BESTSELLER

Erma Cárdenas (Washington, 1945) es una narradora, ensayista y traductora mexicana que reside durante largas temporadas en Australia. En 1997 escribió *El canto de la serpiente*, y en 2002 apareció su primera novela, *Mi vasallo más fiel*. Con *Tiempos de culpa* obtuvo en 2006 el Premio Nacional José Rubén Romero, otorgado por el Instituto Nacional de Bellas Artes. Otras de sus obras son *Como yo te he querido* (Premio DEMAC 2008-2009), *Reflejo*, *Caterina da Vinci, el origen* y *Voy a contarles un corrido*.

Erma Cárdenas

Caterina da Vinci, el origen

DEBOLS!LLO

Caterina da Vinci
El origen

Primera edición: octubre, 2019

D. R. © 2010, Erma Cárdenas

D. R. © 2019, derechos de edición mundiales en lengua castellana:
Penguin Random House Grupo Editorial, S. A. de C. V.
Blvd. Miguel de Cervantes Saavedra núm. 301, 1er piso,
colonia Granada, delegación Miguel Hidalgo, C. P. 11520,
Ciudad de México

www.megustaleer.mx

ISBN: 978-607-318-328-4

Impreso en México – *Printed in Mexico*

El papel utilizado para la impresión de este libro ha sido fabricado a partir de madera
procedente de bosques y plantaciones gestionadas con los más altos estándares ambientales,
garantizando una explotación de los recursos sostenible con el medio ambiente y beneficiosa para las personas.

| Penguin
Random House

Para Kelvyn, el gran amor.

A un amigo, el lector:
La diversidad de voces que abarca *Caterina da Vinci, el origen*, me obligó a prescindir de la tipografía tradicional. Por tal motivo encontrarás, a lo largo de estas páginas, que los títulos y las palabras ajenas al español van en redondas; los pensamientos de los personajes en cursivas.

CAPÍTULO I

Antes

Durante siglos el arado había abierto surcos en las entrañas de la tierra, penetrándola, desmenuzándola, hasta que, oscura y fértil, fructificó. El río, cercado por olivares cuyas ramas se movían con el viento, bordeaba un caserío, Anchiano. Diez o doce chozas se apiñaban junto a una vereda, como si su cercanía las protegiera del peligro. En los campos las espigas despuntaban; las higueras reverdecían.

Caterina salió de una de aquellas casuchas. Sus muros mostraban cuarteaduras y el techo revelaba tejas rotas. No obstante esa pobreza, por una ventanilla se podía entrever un jarrón lleno de flores. La moza cargaba un cesto que balanceaba suavemente, al compás de sus pasos. Cuando llegó a la arboleda se detuvo y, alzando la vista… *las hojas, al moverse con el viento, reflejan la luz, por eso brillan.* Aspiró la fragancia del roble: *resalta contra el olor a laurel y, más todavía, el perfume dulce del castaño.* Tan distraída estaba, captando los aromas y el paisaje, que tropezó con una raíz. Asustada, levantó el paño para revisar el contenido de la canasta. *Gracias al Cielo, ningún huevo se rompió.*

Desde una colina, el pueblo más cercano, Vinci, deslumbró sus ojos: las torres gemelas del puente levadizo simbolizaban el poderío terrestre; la iglesia, la mano de Dios sobre la Toscana. Fuera de las murallas se alzaba el barrio medieval. Sus primeros moradores debieron sentir un miedo terrible porque sus hogares estaban a merced del enemigo, pero las épocas cambiaron y ahora la paz se mantenía por medio de tratados que incluían todas las posesiones de los Medici.

Caterina bajó la vereda sin apresurarse. Saludó al herrero, Giusto di Pietro, quien se le quedó mirando con un deseo apenas disimulado. La chica ni siquiera apresuró el paso: estaba acostumbrada a la admiración de sus vecinos. Luego hizo una reverencia a Bartolomeo di Pagneca, el párroco. La sotana, ondulando con la brisa, le recordó sus obligaciones: *Debo confesarme.* El sacerdote preguntaría: "¿Pecaste? ¿Dónde? ¿Cómo, cuándo?" Y el rubor cubriría sus mejillas, delatándola. Ante su silencio, aquel juez terrible tomaría la palabra: "Te regodeas en tu belleza, aunque constituya una trampa. ¡La peor! Si los hombres vieran bajo la piel, tu alma les causaría asco porque intentas seducir por medio de los sentidos. Al menos, cubre tu cabello". Ella asentiría, tapándose con la capa, de tan raída casi transparente. Y las acusaciones proseguirían, implacables: "Varias devotas te acusan: metes la nariz en todas partes. Tu curiosidad, muchacha, conduce al infierno". Caterina se estremeció: había visto pinturas y frescos donde los diablos torturaban a los pecadores: "Te semejas a Eva, cuya soberbia la llevó a indagar sobre el bien y el mal. Hoy, la humanidad padece las nefastas consecuencias de ese fisgoneo". Tras una pausa, la exhortaría: "¡Obedece! Reza más y averigua menos. Sólo así te salvarás".

Sin embargo, todavía no estaba hincada ante el sacerdote, quien pasó a su lado sin tan siquiera mirarla. Pospondría unos días su confesión y la penitencia que sin duda merecía. La mañana tibia, clara, despejó esos pensamientos. Además, había llegado a su destino: la puerta entreabierta de la casona de los Da Vinci invitaba a pasar.

Tantas veces vio el león alado sobre el pórtico, que ya no le causaba asombro ese imponente escudo de piedra. Atravesó el patio y entró en la cocina. Cerca del fogón, la quietud parecía materializarse. Bajo aquel sosiego, que inmovilizaba tiempo y espacio, los rayos solares se estrellaban contra el suelo. Por un momento contempló los haces luminosos, luego trató de calcular cuánto podía tardarse. *Las campanas aún no llaman al Angelus.*

Colocó la canasta sobre la mesa y nuevamente se distrajo: *Unos huevos tienen la cáscara blanca; otros, rojiza. ¿Por qué?* Domenica, la cocinera, ni siquiera la saludó. Tras echar un vistazo a la mercancía, dijo lo de siempre:

—El ama enviará el pago a tu madre.

—Nos falta harina.

Estaba consciente de que la patrona perdía con el trueque. Sin embargo, *Sea Lucia jamás nos ha negado su ayuda.* Su mirada vagó por la mesa y de pronto se detuvo. El pollo a medio desplumar llamó su atención: pellejos, plumas, entrañas, patas. Contuvo una arcada. Nunca se acostumbraría a la matanza de animales domésticos y consideró una bendición que rara vez hubiera carne en su hogar. Si los grandes señores relacionaran los manjares servidos en platones dorados con los despojos que tenía ante la vista, seguramente se alimentarían, como ella, de hortalizas. Entonces expresó sus dudas:

—Domenica, ¿sabes por qué los cascarones son de diferentes colores?

—No —refunfuñó la cocinera.

Caterina era famosa por sus preguntas absurdas. Algunas personas hasta la juzgaban idiota. Sólo su hermosura la salvaba del repudio. Tenía un perfil de madonna.* Rostro ovalado, sonrisa tenue, casi displicente, y aquel cabello, de un oro semejante al durazno, que caía en rizos sobre su espalda, hasta las corvas. Mas, si tanta belleza atraía, también presagiaba tribulaciones. Como afirmaba don Bartolomeo, era tentación, abismo, podredumbre, raíz del mal, cuna de vicios.

—Minestra?** —indagó la criada, señalando la cazuela—. Sírvete.

---

* Virgen María, cuadro o imagen que la representa, sola o con el Niño Jesús.
** Sopa.

—Grazie.

Tras llenar un tazón, estrujó las hierbas que guardaba en su bolsillo y las echó al caldo. Mezcladas con nabos, zanahorias y col, producían un olor delicioso. *Domenica aún no agrega los trozos de res que aderezarán esta sopa. ¿Lo hace para complacerme?* Volvió a distraerse. *¿Por qué el vapor sube al cielo?* Iba a formular esa interrogante y se contuvo. En ocasiones practicaba la prudencia.

Sin pedir permiso, usó la cuchara de las salsas. Domenica suspiró: *¡Muchacha quisquillosa! ¿Qué de malo tiene sorber de la escudilla? Y, ¿para qué tenemos dedos sino para comer?* Caterina se limpió la boca con un lienzo bordado. *¡Vaya, esta niña trae un montón de sorpresas bajo el delantal!* Tantos melindres la impacientaban; también le provocaban ternura. *Sufrirá mucho pues no nació para pobre.* Mientras la observaba, la chica enjuagó los enseres y se despidió.

—Dios te acompañe, criatura.

Retomó el camino hacia su casa, contenta por haber cumplido su tarea. Al final de la vereda la esperaba el primogénito de Ser Antonio, dos años mayor que ella y tan diferente a Caterina como el agua del aceite. Piero poseía, aunque no lo apreciaba demasiado, un don negado a los campesinos: podía elegir su destino. Gracias a la riqueza de su familia escogería el oficio que le agradara.

—Mañana parto para Florencia —anunció, acoplándose a la muchacha—. Y hoy tienes que decirme adiós con un beso.

Ambos se dirigieron hacia los árboles que entrelazaban sus ramas, profundizando la penumbra. No obstante la soledad, cómplice de amores y pecados, Caterina se opuso a cumplir aquella petición. El recato era una virtud esencial si aspiraba al matrimonio. Y, con sus catorce años a cuestas, le urgía cambiar de estado. Sus amigas estaban casadas; algunas cargaban un hijo en los brazos y otro en el vientre. *Cumplen con su destino; la gente las honra. En cambio yo...*

—¿Por qué te vas, Piero?

—Porque esto es una tumba —respondió, abarcando los alrededores con un ademán.

—¿Prefieres escribir, contrato tras contrato, por el resto de tu vida?

—Lo haré apenas ingrese al gremio de Arte dei Giudici e Notai —y puntualizó—: nosotros y los jueces somos los miembros más respetados de las siete cofradías mayores.

—Ya me lo explicaste.

—Abogamos por nuestros clientes, llevamos las cuentas de los grandes comercios, invertimos ganancias…

—¿No vas a volver?

—Cuando el calor sea insoportable en la ciudad.

—¿Por qué no te gusta Vinci?

—Me gustará, si no me siento atado a mi herencia: viñedos, casa, las tierras que alquilamos, panales, huerto —entonces sonrió—: este año recibimos de Costereccia cincuenta arrobas de trigo, cinco de mijo, veintiséis barriles de vino y dos toneles de aceite. Así lo declaramos en el catastro para el sistema de impuestos que se establecerá en la República.

No la impresionaban tales alardes: aceptaba la fortuna de los Da Vinci; un caudal, según sus parámetros. Tampoco la sorprendía que Piero estuviera enterado de los planes para arrancar nuevas contribuciones a los ciudadanos. Era ajena a aquellas cifras y no tenía un céntimo a su nombre.

—El alquiler de nuestras granjas no me inmovilizará —prosiguió el joven quien, a diferencia de Caterina, consideraba su patrimonio bastante exiguo—. ¿Sabes? Desde 1361, cuando Ser Guido, mi tatarabuelo, firmó la primera acta, en nuestra familia ha habido un notario en cada generación… salvo por mi padre —tal irregularidad era causa de agrias discusiones. Como si dictara un fallo inapelable, añadió—: yo seguiré el ejemplo de mis antepasados. Lo llevo en la sangre.

—Te llamaremos Ser Piero —dijo, acentuando el "Ser". Su compañero no captó la ironía.

—Suena bien, ¿eh?

Ella esperó unos segundos antes de deducir:

—Y te casarás con la hija de un notario, como tu madre, Sea Lucia.

—Desde luego.

—Entonces, ¿por qué dices que me quieres?

—Porque te quiero.

—Pero no para casarte conmigo.

—Si tuvieras una buena dote, pediría tu mano —admitió, magnánimo.

Se le colorearon las mejillas y una furia injustificada la invadió. *¿Por qué no acepto mi pobreza, ni mi condición?*

—Estás en lo cierto. No sirvo para tu esposa, mas tampoco seré tu putana.

Piero intentó detenerla, hacer las paces:

—Te invito a vivir conmigo en Florencia. Formarías parte de la servidumbre.

—¡Ni tu manceba! —gritó, deseando golpearlo—. Si no te convengo, déjame en paz. Al menos cumple los preceptos eclesiásticos: mantente casto hasta el día de tu matrimonio y no aumentes con tus bastardos la miseria del mundo.

Corrió, casi a ciegas, para alejarse de ese mozo que la atraía por muchos motivos: posición, influencias, futuro, porte y prestigio. El apellido Da Vinci le daría preeminencia y seguridad económica… De pronto suspiró. Aquél era un sueño irrealizable. Así lo comprendía. *No, no me resigno a mi suerte.* Peores cosas se habían visto. Algunos burgueses, llevados por la lujuria, instalaban a sus concubinas en palacetes y reconocían los frutos de tal unión. Ocurría en casos excepcionales. Por desgracia, bastaba para que muchas indigentes soñaran con imposibles. *Ser Antonio*, el patriarca de los Da Vinci, *no se opondría a mi casamiento con Piero.* Sea Lucia, su esposa, se lo había confiado: "A mi marido nunca le interesaron la opulencia ni las distinciones; por otra parte, valora hasta la exageración la dicha que sólo se halla en estos campos. Le gustaría tener nietos para criarlos aquí, lejos de Florencia y sus vicios". *Para mi desgracia, Piero era diferente.*

Pensando en cómo salvar ese obstáculo, disminuyó el paso. Conocía la vida de todos sus vecinos, pues el pueblo se divertía desmenuzando chismes. Ser Antonio, ahora viejo y apacible, había desquiciado durante años la tranquilidad familiar. Aunque había llevado a cabo el aprendizaje y había cumplido con los requisitos para ingresar al gremio, también se había negado, en el último momento, a ejercer su lucrativo oficio. Cuando sucedió, su progenitor le atizó un par de bofetadas; luego lo cubrió de lágrimas, ruegos y desprecio sin conseguir que cediera. Semejante escena se repitió con diversos grados de violencia, siempre con el mismo resultado. Antonio amaba la campiña toscana, donde el sol parecía recostarse, bruñendo cuanto tocaba. Por eso rechazó la costumbre ancestral: si bien era el primogénito, jamás trabajaría en una notaría.

Se refugió en Vinci. La casona y sus dos patios lo acogieron, protegiéndolo del mundo exterior. Desde ahí, junto a la chimenea en invierno y bajo las viñas en verano, administraba mediocremente sus bienes. Los labradores se aprovechaban de esa apatía y Ser Antonio, sin ganas de discutir con sus arrendatarios, permitía que los pagos se atrasaran mientras las estaciones se deslizaban a paso lento.

Ni siquiera le importó que la gente pusiera en duda su virilidad. No se le conocían vástagos y a los treinta, cuarenta, cincuenta años, permanecía soltero. La mayoría de sus contemporáneos había muerto y, sólo para que las tierras que tanto amaba permanecieran en la familia, contrajo nupcias. Lucia, hija de notario, solterona con intachable reputación, aceptó trasladarse de Toia di Bacchereto a Vinci, para calentarle la cama. Hizo más, pues bajo su vigilancia granos, vino, aceite, frutas, quesos y leña empezaron a recibirse en cantidades exactas. Puso las rentas al corriente y organizó su hogar: con escasos sirvientes, ella y su marido disfrutaban de mayores comodidades de las que garantizaban sus ingresos.

La pareja esperaba cumplir una tarea, la procreación, sin demasiado esfuerzo. Así pues, su gratitud fue grande cuando alguno de aquellos encuentros apáticos produjo una criatura, el 19 de abril de 1426. Esa vez Ser Antonio acató las reglas y llamó al primogénito Piero, como su difunto padre.

Los cónyuges redoblaron su empeño y, al año siguiente, Lucia trajo al mundo a Giuliano, que murió dos o tres meses después. Ser Antonio, con mano temblorosa por la pena, anotó el suceso en un grueso libro. Igual que a sus ancestros, le gustaba comprimir, en unas cuantas palabras, la felicidad y el dolor de los Da Vinci.

Sin descorazonarse, el matrimonio repuso al ausente con una hija, Violante. La vejez ya aconsejaba practicar la castidad, pero antes tuvieron a otro bambino, Francesco, conveniente sustituto de su hermano mayor, si acontecía una tragedia. En 1427, el terrateniente declaró que mantenía a cinco personas e hizo la deducción fiscal de doscientos florines por cada boca. Desde ese momento, la vida prosiguió sin variaciones. Pero la desesperación de Caterina aumentaba. Ponía las piezas del rompecabezas en el sitio correcto, sin hallar respuesta a sus dudas. Piero la sacaba de quicio, *¿por qué razón no ejerce sus derechos?* Había podido desflorarla desde tiempo atrás… ¿Acaso temía verse involucrado en un juicio de estupro? O… *¿acaso no lo atraigo?* ¡Por supuesto que sí! A él y a cada varón con quien se topaba. Era fácil descubrir su embeleso: cuando la mirada languidecía y la voz se volvía melosa, concediendo favores y gracias.

A pesar de todo, su belleza no solucionaba el gran problema: carecía de dote. Ningún campesino se uniría a una pobretona, pues ambos, junto con su prole, morirían en la miseria. Debía ser un burgués quien la elevara hasta su altura. ¡Imposible! Esa clase descollaba por su ambición y nunca caería en la trampa de unos ojos bordeados por larguísimas pestañas. Al cabo de varios años, ni la más bella conservaba su atractivo; en cambio, los florines aumentaban su dorada seducción.

Estudió la posibilidad de vender sus favores. Aquello implicaba el traslado a Florencia, un guardarropa en el que el brocado y la seda resaltaran, una casa para recibir al cliente, práctica en las lides amorosas, banquetes, músicos, bailes… requisitos fuera de sus medios y habilidades. Así las cosas, le quedaban dos alternativas: esperar el regreso de Piero o… un viudo con ocho hijos le ofreció matrimonio. Necesitaba una esposa que los alimentara y cuidara su hogar. Es decir, lavara, barriera, cosiera, hilara, horneara; atendiera el huerto, criara pollos, ordeñara vacas, cuajara quesos, mantequilla, y calentara tisanas. Fungiera como amante o enfermera, según el caso, además de educar a sus propios hijos.

—El trabajo evita males mayores —opinó don Bartolomeo, el cura, apenas lo consultaron—. La edad de tu pretendiente, Caterina, garantiza una unión serena. Los sentimientos no le obnubilarán el seso, una gran ventaja ya que, si la pasión predomina, el marido imitará a Adán. Ese insensato, consecuente con Eva, provocó una catástrofe. En cierta manera mató a Jesús pues, sin el pecado original, Cristo jamás habría tenido necesidad de morir, ¿entiendes? La lujuria suscita excesos, adulterios, celos y, lo he atestiguado, desemboca en la locura —porque su alocución le secaba la boca, tragó saliva antes de concluir—: un viudo posee experiencia. Sabe cuándo aplicar correctivos, impone normas, da ejemplo. Es la cabeza de su familia y no lo engañan los embustes, ni se doblega ante la coquetería femenina. Elígelo por marido, muchacha. Te hará marchar por el sendero recto y a tu muerte entrarás al paraíso.

A pesar de tan sensatas recomendaciones, la joven rechazó aquella oferta. *Tarde o temprano conquistaré a Piero.* Mientras, guardaría celosamente su doncellez.

El calor desató fiebres y vómitos. Quienes pudieron, se refugiaron en el campo. Piero regresó a Vinci cambiado, comprobó Caterina durante su primera entrevista. Por principio de cuentas… *¡No intenta besarme!* La observó, como evaluándola, y luego inició su discurso:

—Escuché a un trovador. Conoce la lengua de Oc y de Oíl y en sus versos alaba a Eleonora, Leonora o Leonor de Aquitania —asentó las variables del nombre porque la exactitud era requisito imprescindible en su oficio—. Hace... —le molestó no recordar la fecha—. Hace mucho tiempo la reina Eleonora se rodeó de poetas y músicos y estableció en su castillo el amor cortés —bajó la voz; se le acercó un poco—. Este amor empieza con una mirada: una flecha sale por los ojos y atraviesa el corazón. Los caballeros, arrodillados ante su dama...

—¡Arrodillados! —musitó, incrédula.

—Adoptan la postura del vasallo. A la manera de los siervos ante el señor feudal, juran fidelidad y renuncian a su propia persona.

Piero mencionaba cosas que trastornaban a la pobre Caterina, pues todo aquello formaba parte de sus planes.

La muchacha asintió, tratando de captar semejantes conceptos.

—Tras la pleitesía, viene una prueba —prosiguió Piero, cada vez más ufano—. La dama pide que se le venere con amor perfecto, por encima de la carne y la lujuria. El caballero acepta. Dispuesto a todo, hasta al sacrificio, besa la orla del vestido.

—¡Como si fuera la madonna!

Caterina sentía sofocos. Entonces, ¿era lícito que el amor provocara tamaños arrebatos?

—El amante obedece porque toma en cuenta la naturaleza frágil y tierna de su amada.

—Tú no hablas así.

—¡Claro que no! Cito frases del trovador para convencerte de que me adhiero a su relato. ¿Quieres oír el resto?

Apenas logró mover la cabeza en señal de afirmación.

—A esa cita siguen otras. La última es por la noche, en un sitio propicio: el jardín rodeado por altos muros, una cámara apartada... Ambos llegan y, sin hablar, se desnudan. Pasan dos o tres horas lado a lado, mas no sacan partido de su proximidad. Después, la prueba se torna ardua, casi irrealizable. Ella lo besa, lo acaricia…

—¿Y él?

—Se mantiene inmóvil.

—Sólo los santos resisten esa clase de tentaciones.

—Esperaba tu objeción —se mofó Piero. Con una sola palabra la devolvió a su nivel social—: una campesina, acostumbrada a violaciones y raptos, no comprende semejantes ideas —pomposo, cerró su perorata—. A diferencia tuya, yo aprecio tales refinamientos. De hoy en adelante, dejas de interesarme —y dando media vuelta, se alejó.

Ni siquiera intentó detenerlo. Durante varios minutos permaneció inmóvil, atontada por aquellas imágenes. ¡Un hombre arrodillado, presto a acatar órdenes! ¿Qué pretendía Piero da Vinci al contarle semejantes cosas?

El amor cortés, según el futuro notario, resolvía varios problemas. *Ya no temeré ser víctima de las bajas pasiones.* Al rechazar a las mujeres, eliminaba la posibilidad de que lo subyugaran. *Y, al conservarme casto, obedezco los preceptos cristianos.* También abría la posibilidad de que Caterina se comportara como una dama noble, lo pusiera a prueba y terminara cediendo a sus requerimientos, incitada por una curiosidad malsana o por la exacerbación de la concupiscencia. En tal caso, ella cargaría con esa responsabilidad. *Tiempo al tiempo*, se dijo satisfecho, mientras caminaba hacia su casa.

Durante cinco años, reinó la bonanza: ni el granizo ni la sequía redujeron las cosechas. Así, casi por milagro, Caterina y su madre conservaron su independencia. Ambas dominaban el tejido de varias agujas. Producían calcetines, gorros para niño y guantes litúrgicos; también pintaban cinturones, bolsas y escarpines. Laboraban desde el amanecer pero, cuando pardeaba la tarde, descansaban los ojos atendiendo el huerto y las gallinas. A pesar de sus muchas obligaciones, visitaban con frecuencia la iglesia.

—Algo recomendable para no caer en tentación —sentenció el sacerdote, quien insistía en su propósito. *Casaré a esta terca, cueste lo que cueste*—. La fémina, cosa deleznable, debe resguardarse en el claustro o bajo la protección del esposo. Dos mujeres solas, viviendo lejos del pueblo, provocan maledicencias y una acusación sobre brujería atraerá a los inquisidores. ¡Ya lo demostró San Bernardino! Durante su apostolado, las hogueras proliferaron.

La muchacha se estremeció. La sola mención del Santo Oficio la hizo criar un perro, que mantendría a raya a los intrusos, y redoblar las muestras públicas de piedad.

Por su parte, Piero concluyó su aprendizaje y a los veintiuno, redactó su primer documento legal. Estaba listo para probarse en Florencia, pero antes de recorrer ese camino, debía retornar al terruño para un merecido reposo. Acaso existía otro motivo o, al menos, Caterina así lo deseaba: *¡Regresa por mí!*

Ser Antonio, el hidalgo culto, amante de la placidez, recibió a su primogénito con los brazos abiertos. Hubo lágrimas en ese "mio filio!"* que soltó Lucia al que había estado ausente. En medio de tanta emotividad, se presentaron el párroco y los vecinos, para felicitar al flamante notario. Sin embargo, en aquellos parabienes se evidenciaba cierta reserva, porque el mozo había abierto una brecha entre su infancia rural y un porvenir deslumbrante.

Como la cocinera no se daba abasto, pidió ayuda a Caterina. A Sea Lucia le disgustó que la muchacha se presentara con un delantal lleno de remiendos y parches. Al tiempo que le entregaba un vestido, dijo:

—Está bastante usado, pero mucho mejor que el tuyo. Póntelo.

* ¡Hijo mío!

La campesina obedeció y, de repente, se evadió de su entorno. Estudió la caída de la tela en los senos y la curva de los brazos. Se movió, atenta a las ondulaciones de la falda, al juego de la luz contra la lana. *¿Qué sucedería si coso unos lazos en el escote? ¿Cuál sería el color perfecto?* Entonces Sea Lucia gritó:

—¿Qué haces? ¡Los hombres aguardan y tú aquí, perdiendo el tiempo!

Sonrojándose, la muchacha corrió al refectorio. En un santiamén colocó el mantel y lo alisó, admirando el bordado: un lujo en honor a Piero. Colocó jarras, copas, escudillas y pan, sin que aquella tarea le impidiera intercambiar miradas con el recién llegado.

Los comensales ocuparon sus lugares y la plática se generalizó. Sea Lucia acataba las viejas costumbres: nunca se sentaba a la mesa. Ese día no fue la excepción. De pie, atendió a su marido y Caterina sirvió a los huéspedes. Mientras llevaban los platos al fregadero, escamotearían uno que otro bocado.

En medio de anécdotas, las viandas disminuyeron. Apenas se vació el último platón, los invitados empezaron a despedirse. Caterina recogió las copas, con movimientos tan gráciles que el estaño parecía flotar en el aire.

—Siéntate un momento —le indicó Ser Antonio, cuando sólo quedaron los Da Vinci alrededor de la mesa. La campesina, consciente de tal distinción, ocupó el borde de una silla.

El anciano observó a su hijo y a la chica, y juzgó que podían ser felices en aquel hogar, rodeándolo de nietos. *No codicio más. Para mí es suficiente la dicha quieta, la tranquilidad del alma.* De repente, captó una tensión casi palpable entre los jóvenes. *¿Es amor?* El amor se desborda y esto era un sentimiento reprimido, sujeto por razones ajenas al corazón. Continuó reflexionando: *De niños jugaron juntos y años después pasaban horas en el bosque, sin ayas ni cuidadores. Entonces, ¿por qué no ha sucedido nada? Ella es tan hermosa y vestida así parece una dama. No, no debo preguntar. Yo me casé a los* *cincuenta y tantos… ¿Acaso puedo exigir que mi hijo lo haga a los veinte?* Consideraba a Piero calculador. Nunca permitiría que las emociones alteraran sus planes, por lo que decidió modificar su testamento, de tal manera que su siguiente hijo, Francesco, heredara también algunas tierras, un intento de impedir a su primogénito que las vendiera al mejor postor para financiar su ambición.

—Mira, padre —dijo el muchacho en ese momento, sacando un rollo de su escribanía portátil—, traje mi insignia.

—Una nube con la letra P —el anciano pensó que él también hubiera podido tener un sello propio; *pero troqué ese honor por la paz del espíritu*—. ¿Qué es esto? ¿Una vara?

—Una espada —rectificó su hijo, molesto.

—Entonces hay un error —intervino Caterina y en un santiamén corrigió los trazos con la pluma.

—¿Dibujas? —le preguntaron. Como siguieron estudiándola asombrados, ella tartamudeó:

—A veces amplío el diseño de las hojas que adornan los cinturones o las bolsas y acabo pintando arbustos y flores. Nosotros no tenemos empedrado en el patio y la arena es tan suave, tan tersa, igual a un pergamino. Copio jarrones, vasos…

—¿Quién te enseñó?

—Nadie.

Apenas tenía un respiro, sus dedos empezaban a trazar líneas sobre el polvo. ¿Obedecían una fuerza oculta? ¿Estaba hechizada?

—Algunas monjas pagan para que alguien adorne sus breviarios. Si vivieras en Florencia, conseguirías trabajo fácilmente —sugirió Piero.

¿Otra vez con lo mismo?, pensó Caterina. Ante su mirada fulminante, intentó tranquilizarla:

—Te regalo una pluma y dos fojas.

Se quedó quieta, sopesando tamaña fortuna. Incapaz de resistirse, tomó el papel, lo dobló a la mitad y repitió la operación. Después, si cosía esos cuatro pedazos por un extremo, obtendría un cuadernillo. *No desperdiciaré ni una pulgada.* La dicha se reflejó en sus ojos color ámbar.

—Gracias.

—Te acompaño a tu casa.

Los viejos intercambiaron una mirada y se dirigieron a sus habitaciones; los muchachos salieron al patio.

Durante las anteriores visitas a Vinci, ninguno había cedido. La pueblerina se mantuvo firme. Piero, después de algunos ruegos, desistió. No obstante, jugaban con fuego. Se paraban frente a frente, con las manos juntas y las bocas separadas por un espacio, tan estrecho, que apenas cabía un soplo de brisa. O, mejilla contra mejilla, percibían la tibieza de sus rostros y exacerbaban el deseo. *Imitando a duques y princesas, nos acostamos lado a lado, desnudos,* recordó Caterina. *Tus dedos rozaron mis senos y yo sentí que me encendía. Virgen, Virgen Santa, ¿cómo llegué a tanto?*

Esa noche, envueltos por una oscuridad traslucida, se besaron. Un beso nuevo. Con la pasión de dos hambrientos. Caminaron hacia el establo. Él mandó al diablo su propósito de evitar problemas; ella adivinó qué ocurriría. *Aún estoy a tiempo... aunque pronto cumpliré veinte años. ¡Soy una solterona!*

Antes de que llegaran a la paja olorosa y suave, Piero hurgó bajo el corpiño. Mientras Caterina apartaba las manos ávidas, de movimientos bruscos, ideas en jirones revoloteaban por su mente. *El violador debe casarse con su víctima o dar una compensación para que otro lo sustituya.* ¿Eso pretendía Piero? Había una nota discordante en ese cálculo. *No me guardé todo este tiempo por avaricia.* Admiraba a Piero, sin rival en la comarca, *ni siquiera su hermano Francesco puede competir con él.* Pero eso no borraba el hecho de que Caterina ansiaba una oportunidad para escapar de su pobreza y de la búsqueda, día a día, de algo para llenar el estómago. *Ambiciono amor, respeto, hijos.* ¿Acaso su belleza no le daba derecho a todo?

Se recostaron sobre la saya de Sea Lucia, que Caterina aún no había devuelto. *Quizá, si lo complazco, jamás logre olvidarme.* Correspondió a sus caricias porque le agradaba aquel hombre delgado y fuerte, vestido con elegancia y finos modales. Quizá lo amaba, pero escondía semejante debilidad para no entregar su doncellez a cambio de una esperanza incierta.

Piero la poseyó con la rapidez del novato. ¡Era virgen como ella! Tal descubrimiento la enorgulleció hasta que las dudas invadieron su espíritu: *Piero no hallaba gusto en ayuntarse. ¿Ser Antonio le había heredado su naturaleza?* El frío nocturno interrumpió aquellas reflexiones. Durante años reservó su curiosidad y pasión para ese momento, tan fugaz, tan leve. Y ahora que había concluido, *me siento indefensa, terriblemente sola.* Tras un silencio, en tanto contemplaban las estrellas, inquirió:

—Piero, ¿te casarás conmigo?

Él estuvo a punto de contestar "sí"; luego recordó el puesto que lo esperaba en Pistoia, conseguido gracias a una recomendación de su cuñado. ¿Humillaría a su familia política uniéndose a una contadina?*

—No, contigo nunca —su propia crueldad lo incomodó, pero no lo suficiente para retractarse. Mientras se ponía las bragas completó su rechazo—. En dos semanas visitaré a mi hermana Violante y no regresaré en muchos meses. Tú sabrás si te despides de mí o si prefieres que el enojo nos separe.

Caterina se tragó su despecho y le dijo adiós. Desafiante, más hermosa porque al amanecer lavó sus cabellos y se perfumó con espliego. Frente a criados, vecinos, párroco y el matrimonio Da Vinci, hizo una reverencia ante el viajero. Aquella cortesía disimulaba su encono:

—Te deseo buen camino y mejor regreso, Ser Piero.

El notario tuvo un gesto que provocaría las hablillas de los asistentes. Tomó la diestra, ajada por las labores domésticas, y la rozó con sus labios. Luego giró, descartando a la muchacha.

---

* Habitante de un condado. Campesina.

Contra su voluntad, Caterina removía sus sentidos. Lo instaba a adquirirla, como una fruta jugosa, para su deleite exclusivo. Por tal motivo, prefería poner distancia entre ella y su glorioso destino.

Al día siguiente, la moza revisó su cuerpo. *¡Jamás podré enfrentarme a la vergüenza de tener un bastardo! Dios mío, ¿qué hice?* Transcurrió un ciclo lunar y se atrevió a respirar con menos angustia. Transcurrieron dos… Decididamente, Piero pertenecía a la raza de los Da Vinci: no preñaba al primer intento.

En apariencia, nada había variado, pero Caterina comprendía que su valor no era el mismo. Sin virginidad y sin dote, la posibilidad de casarse se reducía aún más. *Lo cual tiene ciertas ventajas.* Si permanecía soltera, al lado de su madre, daba oportunidad a Piero de compensarla. Además, evadía las brutalidades de tener un esposo. Ni en ese aspecto, ni en otros, los aldeanos se distinguían por su delicadeza.

El joven notario cumplió su trabajo y, tras recibir la paga estipulada, se estableció en Florencia. Ahí, durante un lustro (*¡Ay, el tiempo se desvanece como un suspiro!*), hizo todo lo que sus clientes pedían: invirtió fortunas, cobró altos réditos y mediante tácticas dudosas redujo impuestos. Era un equilibrista. La menor equivocación significaría un porrazo brutal, llegar al final de la cuerda, el triunfo. Poco a poco se relacionó y tuvo acceso a la corte, así como a las hijas de los notables de su gremio. En ambos extremos, el social y el emotivo, corrió con suerte.

Antes de avanzar hacia el pináculo, ahora bastante próximo, regresó a Vinci por dos razones bastante simples: para llevar la vida que creía merecer, necesitaba dinero; después estaba Caterina. Tras cinco años de encuentros furtivos, estaba acostumbrado a ella, a la pasión carnal bajo las estrellas donde, poco a poco, sus reticencias desaparecieron. Para acallar su conciencia, le regalaría algo, cualquier cosa. Y una vez saldada esa deuda, olvidaría el pueblo que siempre había despreciado.

La estancia se prolongó en discusiones inútiles. Expuso varios planes ante su padre, entre los cuales estaba ceder las tierras a Francesco a cambio de efectivo. Ser Antonio estudió la propuesta hasta que se topó con la venta de una granja. Entonces se opuso; tampoco quiso solicitar un préstamo. Sin embargo, Piero insistía. Cada tarde los tres Da Vinci hacían cuentas, medían los campos y discutían hasta quedar exhaustos. Buscando esparcimiento, Piero enamoraba a Caterina y ella creía esas mentiras porque deseaba creerlas.

Esa noche, la última, se sintió más cerca de ella. Quizá hubiera cometido un error del que siempre se arrepentiría, pero una torpeza rompió el hechizo.

—¿Te casarás conmigo, Piero?

—No. Contigo nunca —y agregó, sofocando su agradecimiento—: estoy comprometido.

A Caterina se le escapó un grito de ultraje.

—¿Cómo se llama esa mujer?

—Albiera. Hija de notario, como predijiste.

—¿Por qué me lo ocultaste?

—No habrías acudido a esta cita y… pasamos un buen rato.

—Me engañaste —lo estrujó, ahogándose en lágrimas—. ¿Ya corrieron las banas?

—La primera correrá este domingo, en Vinci, durante la Misa Mayor.

—Entonces, a las doce en punto me presentaré y anunciaré que me preñaste.

Hubo una pausa. ¿Decía la verdad? ¿No recurría al motivo más viejo del mundo para obligarlo a cumplir con sus responsabilidades? Contempló el vientre, cuna de lo que todo hombre anhela: un hijo. Lo haría a su imagen y semejanza, ¡notario! *Excepto si me caso con ella. A los bastardos les está vedado mi oficio.*

—Llevará tu nombre, Piero, heredará tu inteligencia.

¿Bajaría a su nivel? *Con una campesina, me enterraría aquí, en estos malditos campos.*

—Estarás tan orgulloso de…

—Aun si juraras que ese niño es mío, ¿cómo lo probarías?

—Sabes que es tuyo.

—Sé que te acuestas conmigo, podría haber otros —los celos, o un primitivo sentimiento de posesión, lo aguijonearon. *Nadie más que yo. ¡Nadie más que yo!*—. Si me atacas, defenderé mi honra y tú no podrás argüir nada a tu favor. ¿Te golpeé? ¿Te resististe? Con dos o tres testigos…

—Comprados.

—Con dos o tres testigos comprados —recalcó la última palabra—, saldré del embrollo. Hay una alternativa. Si lo mando, esos mismos testigos te acusarán de prostituta o asegurarán que un íncubo te poseyó.

Caterina asociaba aquel vocablo con perversiones terribles, un falo gigantesco, muerte súbita. Como siempre que alguien mencionaba las fuerzas malignas, tuvo un escalofrío. Miró a su alrededor, temerosa; su imaginación ya le mostraba sombras con hálito propio.

—Íncubo viene de incubare, yacer sobre —aclaró Piero, quien no perdía la ocasión de lucir su latín—. Este demonio ronda a las doncellas y provoca embarazos extraños. Si se enamora de su víctima, engendra magos o videntes; en todo caso, criaturas excepcionales. Si odia a su amasia, le chupa la energía vital, debilitándola hasta matarla. ¿Qué sucedió contigo, Caterina?

—¡Nada! Sólo me he entregado a ti.

Piero suspiró, reconfortado: *Es mía. Me pertenece.*

—¿Ni en sueños me traicionas?

—¿Acaso soy responsable de mis sueños? Hasta el dinero tiene límites, no puedes acusarme de un acto involuntario.

—Explícaselo a los inquisidores. En ciertas ocasiones admiten denuncias anónimas; en todas emplean la tortura para descubrir la verdad.

El silencio se palpaba, cual mortaja.

—Cara, carissima, no juegues con fuego. Sigue mi consejo: mantén la boca cerrada.

Para demostrar que no necesitaba de su cuerpo blanco, tibio, tendido sobre la yerba, se vistió despacio y, despacio, se perdió entre las sombras.

Ambos creyeron conocerse e ignoraban la fuerza de sus propias emociones. Piero pasó la noche en vela: ansiaba buscar a Caterina. Ella se culpó: jamás debió anunciarle la buena nueva en esa forma. Su arrebato había dado pie a una interpretación adversa, la de que utilizaba a su hijo para obtener riquezas y honores.

A la mañana siguiente Piero partió sin comprobar si la aldeana mentía o estaba embarazada. Tras mucho pensarlo, llegó a una conclusión de que no le importaba. Nadie, ni siquiera una muchacha bellísima, alteraría sus planes.

Justo cuando Caterina se dirigía al pueblo, vio a un jinete en la distancia y tuvo un presentimiento. *Huye… Sin un adiós. Pero, en verdad, ¿soy digna de consideración?* En la pirámide social resultaba superflua, punto menos que nada. Y había cedido por voluntad propia. *Entonces, ¿qué puedo argüir?*

El caballo del notario no estaba en la cuadra. *Esto comprueba mis sospechas.* Con el alma en los pies, se dirigió a la cocina.

—Partió hace media hora —dijo Domenica. La muchacha le provocaba piedad, pero su voz se mantuvo ecuánime al ordenar—: Trae agua.

Caterina fue al pozo. Desde el brocal observó su reflejo sobre la superficie líquida. Era hermosa, pero aquello no había bastado para seducir al seductor. De pronto, un torrente de lágrimas bajó por sus mejillas.

—¡Ya me parecía que había gato encerrado en todo esto! —rezongó la criada, cuando la muchacha depositó el balde cerca del lavadero—. Tienes los párpados rojos. ¿Tanto te afecta que Piero se vaya? —y ante la cabeza gacha, señal de profunda tristeza, dictaminó—. Te hizo un hijo.

La acusada asintió.

—¡Ah, sucedió lo de costumbre! —puso los brazos en jarras para recalcar su indignación—. Claro, siendo tan bonita, al mozo se le encabritaron los cojones —su enojo se estrelló contra Caterina—. Tú tienes la culpa. ¿Cómo se te ocurre meterte con alguien por encima de ti? ¿No piensas?

¡Vaya si había pensado! A pesar de todo, cometió un error común: ella sería la excepción a la regla. Si Luzbel perdió el paraíso por soberbio, ¿no era natural que una boba cometiera el mismo pecado? *Ahora, cuando no hay remedio, la situación me parece evidente.* Piero la consideraba una cualquiera. Reemplazable. *No sentirá remordimientos. La noche de su boda cogería lo que tuviera a mano: su sustituta.*

—¿En qué mes parirás, Caterina?

Y ella ahí, con un hijo dentro. Sola.

Contaron las semanas, levantando un dedo por cada ciclo lunar.

—En abril, creo —calculó la cocinera—. Muchas primerizas se adelantan.

—¿Nacerá sano?

—Quizá. No eres muy joven… ¿Cuántos años cumpliste?

—Veinticinco.

La respuesta no le sentó bien a Domenica.

—¡A tu edad, cometiendo estas estupideces, como si fueras una mocosa! ¡Jesús me dé paciencia! —suspiró con fastidio—. Desde hoy, no corras, ni saltes, ni hagas movimientos bruscos. Sobre todo, evita la copulación. Come carne grasa.

A Caterina se le revolvió el estómago.

—Concebí fuera del matrimonio. Dios castiga a quienes rompemos Sus reglas. ¿Hay alguna manera de saber si mi hijo será deforme o se inclinará a… Lo oculto?

—La hay. Palparé tu vientre; al nacer, lo revisaremos. He oído decir… —hizo el signo para apartar el mal de ojo y le susurró al oído—: un punto negro sobre su piel significaría… —tragó saliva; ese tema le ponía los pelos de punta—: Los demonios se esconden en lunares abultados y, al pincharlos con una aguja, el cuerpo del anfitrión no siente nada. Si tu hijo muestra hinchazones oscuras…

—¿Lastimarías a una criatura indefensa?

—Es la prueba que hacen los inquisidores para descubrir a los embrujados. Me lo dijo mi madre.

Aquello las asustó. Al unísono se persignaron.

—No repitas esto.

—A nadie, Domenica.

Al cabo de unos segundos, la sirvienta reanudó sus labores.

—Asegúrate de que Ser Antonio sepa quién es el padre de tu criatura. No se lo confieses a él, sino a tus vecinas. Pide que te guarden el secreto y pronto se conocerá este escándalo.

Desde Florencia llegaron noticias que se comentaban en la mesa de los patrones. Gracias a las criadas, los chismes salían al exterior, atravesaban la campiña y se detenían alrededor de pozos y aljibes. Ahí los recogían las mozas, mientras llenaban sus cántaros de agua y la boca de murmuraciones.

—¡Ser Piero se desposa con la hija de Giovanni Amadori! —palmoteó una.

—La novia aportará una dote estupenda —confirmó otra.

A Caterina se le enfriaba el alma. Jamás podría aportar propiedades o rentas para la fundación de un hogar.

—Dicen que es fea —añadió una costurera.

A Caterina se le calentaba el corazón. Quizá no todo estaba perdido.

—Pero ese defecto lo disculpa su juventud. Apenas cumplirá trece años.

Las miradas taladraban el vientre que empezaba a despuntar y, ante esa compasión, mezclada con cierta burla y desprecio, la pobre se repetía: *nunca existió la posibilidad de conquistar a Piero.*

El zagal que limpiaba los establos llegó en ese momento, interrumpiendo la plática.

—Te llama Ser Antonio.

La aludida asintió. Aquel anciano octogenario era su único recurso.

Excepto por la preñada, a esa hora nadie caminaba por las calles de Vinci. Los hombres labraban la tierra; las mujeres, sin la vigilancia de maridos, hermanos, padres y tíos, respiraban con mayor libertad.

—¿Y en qué emplean esa libertad? —rezongaba el sacerdote, único testigo confiable de cuanto acontecía en el pueblo—. ¡En la difamación! Se quejan de sus esposos, perjuran, critican, mienten. ¡Hasta las he oído murmurar dentro de la iglesia! ¡Ah, pecadoras, malditas sean sus lenguas viperinas!

Sin embargo, nada podía evitar tales desmanes. Aun bajo cerrojo, las féminas encontraban la manera de escabullirse.

Los Da Vinci la esperaban en el patio cubierto por viñas. Sus rostros mostraban tal gravedad que Caterina se estremeció. Hizo una reverencia y se mantuvo quieta, con los ojos bajos.

—Nos hemos enterado de tu embarazo y de la paternidad de Piero… Le envié una carta, y su contestación fue ambigua. Admite su yerro, pero no te protegerá. Está demasiado ocupado con el casorio y la notaría —suspirando, el patriarca prosiguió—: te queremos bien. Si mi hijo tuviera otro carácter, arreglaríamos el problema de distinta forma. En fin, debo resignarme. Desobedecí a mi padre y merezco que ese ambicioso desafíe mi autoridad. Prefiere la ciudad al campo, la actividad a la contemplación, a una desconocida exigente en vez de a ti, madre de su primogénito.

La muchacha se sonrojó. Aunque el anciano la exoneraba, sólo ella tenía la culpa de su desgracia.

—Parirás en otro pueblo —intervino Sea Lucia, antes de que su esposo se embrollara en discursos interminables.

—Allá estarás tranquila —añadió Ser Antonio—. Los olivos rodean esa vivienda. En la distancia se contemplan las colinas y el cielo. Cuando despunta la primavera, se oye el zumbido de las abejas.

—Tiene dos cuartos —continuó la señora, sin distraerse por aquella interrupción—, suficientes para ti, Teresa y el recién nacido.

—Tu madre... ¿mejora?

—No, Ser Antonio. Algunos días ni siquiera me reconoce.

—Hágase la voluntad divina. Yo, con tantos años a cuestas, sigo en pie, como los robles.

Contempló sus manos, todavía ágiles.

—El solar no nos pertenece, así que cuídalo. Luigi Nacaratto nos debe arriendos y nos compensa prestándonos su propiedad —Sea Lucia calló, por prudencia, sobre aquella triquiñuela legal, pues al declarar que habitaban un domicilio ajeno, pagaban menos impuestos—. Resuelto este asunto, me retiro. Quiero supervisar el lavado de la ropa.

A solas, Ser Antonio tomó la palabra.

—Si es varón, yo mismo educaré a tu hijo; si es niña, la dotaré para que profese. En cualquier caso, no tienes de qué preocuparte —titubeó. *Necesito tratar un tema vergonzoso, pues las campesinas, en medio de su desesperación, con frecuencia emplean ese remedio*—: existen drogas para expulsar al feto.

Caterina alzó los ojos, pálida.

—Yo nunca pensaría...

—Mejor así. El aborto es un crimen. En tierras tudescas, únicamente la miseria más terrible se considera una excusa y salva a la asesina de que la entierren viva o la ahoguen.

—Yo nunca... —repitió tartamudeando. De pronto, sus lágrimas la sofocaron. Temblaba a tal grado que el anciano, compadecido, la sostuvo. *Debo consolarla o se desmoronará... la tristeza también mata.*

—En tu maternidad encontrarás la redención. Si Eva es el origen del mal, María da a luz al Bien Supremo. Reza, ruega que la madonna te guíe.

Caterina se secó el rostro con el delantal. Gracias a esas palabras, vislumbraba una esperanza.

El matrimonio Da Vinci tuvo razón. En la casa aislada recuperó cierta paz. Sólo la sobresaltaban las visitas del cura, quien participaba del secreto. Don Bartolomeo golpeaba la puerta al mismo tiempo que gritaba:

—¡Abre, mujer, cosa frágil, jamás constante excepto en el crimen, llama voraz, locura extrema!

Y, cuando ella obedecía…

—Predije que te hundirías en el pecado y lo has hecho…

Desde ese momento, el sermón duraba hasta el atardecer.

A medida que el embarazo proseguía, las imprecaciones aumentaban:

—¡Raíz del mal, engendro de todos los vicios, la penitencia es tu única salvación! Encierra tu lujuria entre blancas paredes, flagela tus carnes, implora.

—Ya pedí perdón.

—¡De rodillas, con los brazos en cruz! Imita a María Magdalena quien, siendo basura y peste, pagó sus trasgresiones lacerando su cuerpo.

La perorata superaba una hora, hora y media. En cuanto el sacerdote se despedía, Caterina se refugiaba en brazos de Teresa. La anciana acariciaba el vientre, arrullando al niño que crecía dentro. Después, su demencia daba paso a la ternura:

—Habla con la Virgen. Ella nos comprende porque fue madre.

—Cuéntame lo que te contaban de niña.

—¿Por dónde empiezo, Caterina?

Sin testigos, sintiéndose muy próxima a aquélla que le había dado vida, contestaba lo primero que se le ocurría.

—Por el tiempo. ¿Es una línea por donde caminamos, como le explicó Ser Antonio a Sea Lucia?

—Es un círculo. Nosotras lo medimos por la menstruación. Concebimos con la luna naciente y nuestro vientre crece igual a la luna llena. En el menguante expulsamos a la criatura. Después, el círculo vuelve a empezar.

Teresa interrumpía la explicación mientras su mente vagaba por vericuetos fantasmales. Caterina no insistía. La estrechaba en sus brazos y permanecían muy quietas; al fin, una o ambas se dormían.

De tanto susurrar: *Ave María*; de tanto pedir: *Dios te salve, Dios me salve*, Caterina acabó por captar que Eva era Ave al revés: *El saludo a ti, Madre; la bienvenida al consuelo, a la aceptación*. La idea que le trasmitiera Ser Antonio le causaba una alegría intensa. *Si una mujer perdió al género humano, tú, también mujer, nos rescatas.*

Sus remordimientos se aquietaban ante las atenciones constantes de los Da Vinci. Mandaron vino tinto, indispensable para la salud, prendas pequeñitas y una cuna. Recibirían al primer nieto con los brazos abiertos.

Su dicha habría sido total si Piero la hubiera visitado, pero el notario delegó aquella responsabilidad en su padre mientras él paladeaba las mieles del casorio. Se había adiestrado con una aldeana, lo usual en tales menesteres. En ella demostró su virilidad; ahora sólo faltaba engendrar a un heredero legítimo.

Al cabo de treinta y nueve semanas se agudizaron las contracciones. Aquel sufrimiento agradó a Caterina. *Acepto mi castigo: pariré con dolor. Así saldo mis deudas.* No le importaba padecer si el niño nacía sano. *En caso contrario, tengo un frasco con agua bendita. Lo bautizaré para que suba al Cielo sin tardanza…* Porque el sacerdote le advirtió que no la auxiliaría:

—El alumbramiento y las demás funciones mujeriles me repugnan —*y también me atemorizan*. Las consideraba demasiado primitivas, demasiado bestiales, para su sensibilidad de hombre culto—. San Agustín compartía mis emociones. Bien dijo: "Nacemos entre orines y excrementos". Por lo tanto, arréglatelas a tu guisa y, si es Su voluntad, traerás a tu hijo al templo, imitando a María. Yo me encargaré del resto.

Caterina aceptó aquella sentencia. No merecía otra cosa. Además, un hecho la apaciguaba: desde la noche anterior, Nicolasa, la comadrona, dormía a su lado por orden expresa de Ser Antonio.

Una semana después, mientras cortaban lienzos y disponían navaja, agujas y vendas, se inició el parto. La muchacha preguntó:

—¿Cómo superaste la aversión a las evacuaciones: pus, flemas, saliva?

La mujerona soltó una carcajada:

—Jamás sentí asco. Tú no tuviste hermanos, lo cual considero una rareza. Las demás limpiamos a viejos y niños desde que tenemos uso de razón y, apenas menstruamos, nos familiarizamos con la sangre.

—Sangre ponzoñosa.

—No seas tonta.

—Si cae sobre un campo recién sembrado seca las semillas, corroe el metal…

—¡Mentira! Alguien que desconoce nuestra naturaleza inventó semejantes patrañas por envidia.

—¿Envidia? —repitió la muchacha, asombradísima.

—Somos la puerta de la vida. Quizá ignoramos quién es nuestro padre, pero siempre sabemos quién nos trajo al mundo.

Aquella idea encantó a la primeriza, la hacía sentirse menos despreciable. Luego, sosteniendo su vientre, recorrió la habitación.

—Respira despacio. Puedes refrescarte la boca, si no bebes ni un trago.

Asintió. Estaba dispuesta a obedecer cualquier mandato con tal de que todo saliera bien. *Me parece que han transcurrido horas desde la ruptura de la fuente.*

—El primero tarda. Ten paciencia.

—¿Una larga espera significa que el bebé será hombre?

—No. El útero tiene siete células. Cuando la semilla entra por la izquierda, la mujer concibe una niña; por la derecha, un varón; por el centro, un afeminado o una marimacha.

Caterina cerró los ojos, relajando los músculos para impedir que el sufrimiento la derrotara.

—Calma. Eres fuerte. Tu hijo no morirá en el parto, como tantos, ni un mes después, el más difícil. Te he palpado y viene en posición correcta. Tu canal del nacimiento es bastante amplio: el cráneo y los hombros pasarán sin problemas.

—¿Tendré suficiente leche, Nicolasa?

—De sobra. Toqué tu vena hembra, la kiveris. Late a buen ritmo —*si pierde el dominio de sí misma, la labor se prolongará.* Para evitar una tragedia, continuó—. Esta vena conduce el flujo menstrual, purificado por la concepción, a la matriz. La sangre alimenta al feto y, cuando nace, va a los senos y se transforma en leche. ¿Comprendes? Las mujeres expulsamos nuestros malos humores menstruando; los hombres producen barba y vellos; los animales cuernos y pelo.

Asintió de nuevo, distraída. Luego, haciendo un esfuerzo, controló su miedo. Como nunca había presenciado un alumbramiento, aquella experiencia le provocaba una mezcla de terror y fascinación.

—¿Hay leña, Nicolasa?

—Ser Antonio trajo una carreta. Ya puse agua a hervir. En cuanto esto termine, te lavarás. Yo bañaré al niño.

—¿Qué sucede si se detienen las contracciones?

—Las aceleraré con granos de centeno fermentado.

Se abstuvo de agregar que si el bebé llegaba a cansarse, se asfixiaría.

Un gemido retumbó en la habitación.

—Aspira —aconsejó la comadrona, secándole la frente.

—Por favor —dijo Caterina de pronto—, si no pudiera nacer…

—Esperaremos hasta el final…

Calló lo que ambas sabían: cuando el feto se atoraba en el conducto, era preciso destazarlo. Nicolasa se retrajo. Pese a su experiencia, ese método brutal turbaba su ánimo. Meter la mano, coger un miembro y jalar... *Los alumbramientos difíciles llenan las calles de tullidos, deformes o idiotas.*

—Deberíamos ver qué ocurre dentro del vientre —opinó la joven, entre resuellos.

—¡Ni lo mande Dios! La Iglesia prohíbe tales indagaciones.

—Según dice, algunos médicos compran cadáveres para...

—¡Ave María Purísima, qué tonterías dices! —murmuró, nerviosa, y se santiguó de prisa.

En el silencio que se instaló en el cuarto rebotaron los jadeos y las quejas. Caterina a duras penas controlaba su pánico.

—Ojalá tu madre siga durmiendo bajo el influjo de la pasiflora. No quiero amarrarla a la cama para que nos deje en paz.

El tiempo transcurría, marcando las contracciones cada vez más intensas. La última, especialmente larga, la llevó a inquirir:

—Nicolasa, ¿la Madonna también sufrió, como yo, como todas?

—¡De ninguna manera! En el nacimiento divino no se abrió el útero, ni la vulva. María permaneció virgen, es decir, cerrada, antes, durante y después del parto.

—Eso... ¿lo avala la Iglesia?

—¡Por supuesto! Para Dios todo es posible. Don Bartolomeo me hizo aprenderme los nombres de quienes descubrieron esa verdad, convirtiéndola en dogma. Los he olvidado porque estoy vieja, pero puedes consultarlo a él.

—No, gracias. Me dirá que la ignorancia hace la felicidad.

De pronto, las piernas le temblaron. La comadrona ordenó:

—Siéntate y acomódate —y señaló la silla horadada, su posesión más valiosa—. Ahora, puja. Échalo fuera.

—¡No puedo!

—Puedes, ¿o prefieres que corte?

El dolor la cegaba. Sentía que se rompía en dos. Líquidos viscosos caían al suelo. Entonces cesaron sus titubeos. Ante la necesidad de ayudar a su criatura, Caterina asió los brazos de la silla hasta que se le agarrotaron los dedos. Apremiada por una urgencia inaplazable, gritó una, varias veces. Apretó la mandíbula, tensó los muslos. La sangre fluía entre sus piernas. El sudor bajaba a torrentes por su piel. Creyó partirse cuando la cabeza del niño se abrió paso hasta descansar en las manos ásperas de Nicolasa.

—Varón —anunció, tras un momento.

Caterina suspiró. *Siempre lo supe.* Por eso, en los meses de espera, observando al león alado sobre el blasón de los Da Vinci, eligió un nombre magnífico.

Al oír el llanto agudo, Teresa tuvo un momento de lucidez: suplicó que le mostraran a su nieto. La comadrona, al terminar de limpiarlo, le llevó al bambino.

—Es muy bonita —exclamó la anciana. No exageraba, el bebé era precioso—. Se llamará Caterina.

Comprendieron que confundía fechas y personas. En su desvarío, paría de nuevo a su única hija.

—Cerreto… Cerreto Guidi, mi marido, quería un varón para que lo ayudara en el trabajo. Planea talar aquellos robles.

Mientras la demente parloteaba, Nicolasa recuperó a la criatura para colocarla cerca de los pechos rebosantes. Caterina estudió al recién nacido. Un sentimiento fiero, avasallador, explotaba en su corazón: *Su padre lo rechaza. Es mío, de nadie más.* Sin desperdiciar un instante contó los dedos, ¡diez! Revisó sus ojos… *¡Completo! ¡Sano!* Sin duda, Dios la perdonaba. Apenas creía en tanta dicha. *Esto no es un castigo; es la mejor recompensa.*

—¡Mío! ¡Sólo mío!

La mujerona, ya tranquila y habiendo ganado la paga que tan generosamente Ser Antonio le ofreciera, exclamó:

—¡Un chico hermoso! Tu compañero debe haberse divertido mucho concibiéndolo —no mencionó a Ser Piero; una indiscreción podía costarle caro—, porque el hombre que copula encendido por el deseo, tiene un hijo alegre, ingenioso y amable.

Caterina no prestaba atención.

—Le daré el nombre que me plazca. Un nombre sonoro —se mordió los labios suprimiendo un lamento pues el niño, prendido a su pecho, mamaba con avidez. Besó la cabecita. En ese instante no se hubiera cambiado por nadie—. Se llamará Leonardo. Leonardo da Vinci.

Al día siguiente, Ser Antonio se enteró de la noticia y el orgullo colmó su alma. Quizá nadie entendería por qué amaba tanto a ese nieto ilegítimo, en el que perduraba su simiente. *La estirpe de mis ancestros sobrevivirá otra generación.*

Desempolvó el libro en que su abuelo anotaba los sucesos familiares. Al final de la página quedaba un espacio de dos líneas. El anciano lo interpretó a su manera. *¡Cerraré con broche de oro estos anales!* Su mano temblorosa escribió: "1452. Me nació un nieto, hijo de mi hijo Piero, este 15 de abril, sábado, a la tercera hora de la noche". Por piedad o porque los viejos olvidan ciertos detalles, omitió una palabra: *bastardo.*

Tras secarse las lágrimas, el abuelo eligió un atuendo para llevar al niño al templo. Como era la primera semana después de Pascua, don Bartolomeo vestía la domenica in albis. Diez padrinos lo acompañaron hasta una capilla. Ante tamaña multitud, el párroco calculó: *Nunca oficié en un bautizo tan concurrido.* Por su avanzada edad, Ser Antonio no podría proteger a su descendiente. Al aceptarlo, escogía sustitutos que resguardaran a esa criatura contra los peligros del mundo y de la carne.

La pila era muy antigua y sus piedras, sin pulir, brillaban bajo el agua bendita. A unas varas de distancia, el altar resplandecía con flores y cirios. Estos detalles, de tan vistos, pasaban inadvertidos para los asistentes.

Papino di Nanni Banti, Maria, hija de Nanni di Venzo, Arrigo di Giovanni Tedesco, administrador de los Ridolfi, y la esposa de Domenico di Brettone, cuchicheaban, mientras sus estómagos gruñían, pero ninguno se impacientaba, pues Ser Antonio, chocheando por el nieto, tiraría la casa por la ventana. Al término de la ceremonia, los asistentes suspiraron, satisfechos. Las puertas del Cielo estaban abiertas para Leonardo.

En el atrio, los asistentes hicieron una pausa. Era el momento oportuno para disertar sobre cuestiones religiosas antes de enzarzarse en actividades terrenas.

—Me parece bastante triste que a algunos inocentes se les prive de la visión beatífica porque la muerte impide su bautizo —opinó Nanni Banti, cuidando que sus palabras no sonaran a crítica.

—Esas almas no sufren tormentos, ni castigos —repuso el sacerdote—. Es decir, experimentan un contento natural. Mayor felicidad resultaría injusta, ya que no la han ganado mediante el sacrificio o el martirio. Por tal motivo esperarán en el Limbo, hasta que Jesús las lleve al trono del Creador.

Concluida esa cuestión, se dirigieron a casa de los Da Vinci. Nadie comentó la ausencia de los padres del nuevo cristiano. Piero no comprometería su futuro asistiendo a ese bautizo; Caterina guardaba cama. Y estaba bien que se cuidara. La falta de leche implicaría la contratación de una nodriza y a Sea Lucia le hubiera disgustado ese gasto.

Al pasar por el jardincillo, todos pensaron que Leonardo había elegido un día propicio para nacer. Las higueras mostraban su fruta dulcemente púrpura; el sol expandía su órbita y los prados, absorbiendo ese calor, se henchían con los aromas del próximo verano.

En la casa aislada, Caterina fue feliz. La existencia entera se centraba en su hijo y su madre; mientras uno cobraba fuerza, la otra la perdía. Ella, en el centro, sostenía esas dos vidas.

Aquella mañana despertó por un trueno. Miró a su alrededor y se sobresaltó al descubrirse cerca del fogón, recostada sobre la mesa. *¿Qué hago aquí? ¿El cansancio me venció y no pude llegar a la cama?* A través de la ventana percibió un punto oscuro contra el añil del cielo. Un ave, se dijo y, sin saber por qué, leves temblores recorrieron su espalda. Aún no descifraba ese miedo cuando la atmósfera se compactó, como si una inmensa nube oprimiera los campos. El entorno varió de azul a gris. *Leonardo.* La ausencia del niño entre sus brazos aumentó su desazón. Al instante sintió que los pechos se le llenaban de leche. *Debo amamantarlo.* Un relámpago bañó de brillo fantasmal las cacerolas. Aquel cuarto, tan conocido, le pareció extraño. *¡Leonardo!* Entró corriendo a la habitación contigua. La cuna se balanceaba. *Una luz intensa la cubre. Resplandece. Mi madre debió moverla para arrullarlo.* Oyó un aletazo. Al volverse, vio un milano sobre la puerta. Su miedo se desbordaba. *¿Cómo entró?* Observaba a su hijo con la fijeza de unos ojos que distinguen su presa desde las alturas. Esa vigilancia tenaz la aterrorizó. Estuvo a punto de gritar. *Estos pájaros habitan Mont'Albano, pero nunca entran en las casas. Entonces, ¿por qué…?* Un suceso increíble le respondió. El animal abrió la boca del muchachito y metió su cola rojiza. Después golpeó los labios diminutos con las alas. Caterina, atónita, permanecía inmóvil. Ella y el tiempo se habían detenido. Aquellas garras, que cortaban cual estiletes, ¿la atacarían? *Es un enviado celestial,* se dijo. *Las aves llevan mensajes de Dios a los hombres. El Espíritu Santo anunció a María su maternidad.* Paloma, halcón; blanco, negro. Le fascinaba cómo esos seres alados, semejantes a los ángeles, se fundían en el horizonte, dibujando líneas onduladas. *Deseo volar, cortar la niebla con mis alas.* Sus pensamientos se atropellaban. *La* madonna *no requirió de varón para concebir.* Y ella, ¿necesitaba a Piero? *Lo criaré sola.* Una idea llevaba a la siguiente. *¿Quién engendró a Leonardo?* ¿Hombre o íncubo? Piero insinuó que había sido poseída por Satán. El sudor la cubrió. En alud, las imágenes caían sobre sus sienes, torturándola. A gritos pidió:

—Madre, madre, dime qué sucede.

Teresa apareció a su lado, susurrando:

—La cola del milano simboliza el miembro viril. Tu criatura ha perdido la inocencia. Un pene en la boca de un ángel.

—¡Loca! —exclamó Caterina.

—Pecará con el crimen nefando, hija. Homosexual, pederasta —y se carcajeó, mostrando las encías.

—Loca perdida —atajó—, me niego a escucharte.

—Ah, pues controla tu mente, chicuela. Yo predigo aquello que tú piensas.

De pronto, Teresa desapareció. ¿Había muerto? ¿La vieja volaba entre querubines y santos? Caterina enfocó lo que tenía ante los ojos. El milano hablaba al oído del niño. *¿Le comunica sus secretos?* Su criatura, adorada, bella, perfecta, tenía poderes sobrenaturales, *¿o era un engendro del diablo? ¡No! Me confundo, veo visiones. Leonardo está en peligro y yo no lo protejo.* Se acercó, dispuesta a todo. Ante ese movimiento imprevisto, el ave extendió las alas, que se agrandaron rozando las paredes. *Buscaré algo con qué matarte.* El cuchillo. Allá, sobre la mesa, justo donde ella dormía. Dio un paso en dirección al fogón y una sombra escapó. *¡Me hirió la cara al pasar! ¿En qué momento se abrió esa ventana?*

—¡Madre! Vuelve a este mundo; aún te necesito. ¿Qué imaginé?

—Nada, Caterina: fue real.

Corrió al jardín y aún alcanzó a distinguir un punto oscuro diluyéndose en la inmensidad azul. Cuando despertó, tuvo que quitarse la camisa húmeda de sudor. *¿Soñé? Lo que vi... ¿era verdad?*

Leonardo continuaba durmiendo en la cuna, mientras Teresa cantaba, muy quedo, antiguas romanzas.

—Tienes sangre en la mejilla —comentó.

Ésa era la prueba. *El milano me hirió al escapar por la ventana.* Mientras se lavaba, Caterina guardó la escena en su memoria para contársela al hijo cuando creciera. *¿Se trata de* *un portento o de una maldición?* Al cabo comprendió: *Tu destino se relacionará con las aves, Leonardo. Deberás decidir si es para bien o para mal porque tú, de alguna manera, cruzarás el espacio. ¿El infinito?*

El matrimonio de Piero marchaba cuesta arriba. Ávido de probar que Albiera no desmerecía casándose con él, la rodeaba de lujos que a duras penas podía pagar, y ella le correspondía siendo dócil. No obstante, el tiempo pasaba y seguía estéril. *Quizá no me esmero lo suficiente,* decidió Piero. Multiplicó los encuentros. A su pesar, cada vez ponía menos interés en esos ayuntamientos porque, ahora se daba cuenta, Caterina era irremplazable. Atado a sus negocios, la ansiaba, si bien al bastardo no le dedicaba ni un pensamiento. *Sólo esa mujer me satisface.* La suya, siempre dispuesta, carecía de pasión. Demasiado pasiva, indiferente. Insípida.

El notario postergó el trayecto a Vinci innumerables veces. A medio camino retornaba a Florencia y, dejando el caballo sudoroso en manos de un criado, descargaba remordimientos y frustración en Albiera. Se defendió contra el adulterio, arguyendo moral, lealtad, conveniencia, pero la tentación era irresistible.

Una noche llegó a su destino, la casa aislada donde vivía Caterina. Sus pasos despertaron a Teresa quien no lo reconoció, ni se torturó con posibilidades. Su mente ya no registraba las palabras *crimen, amante, perfidia, egoísmo o traición.* Tras una mirada al intruso, giró hacia la pared para dormitar entre recuerdos umbrosos y las fantasías que habitan el mundo de los locos.

En la habitación contigua, Caterina, apenas consciente, lo admitió en el lecho. Sobre sábanas casi transparentes por el uso, reanudaron su pasado hasta el amanecer. ¿Era eso amor? Desde luego, no aquél en que la dama impartía ordenes al caballero arrodillado. Por añadidura, aunque Leonardo era precioso, sano y risueño, no le despertó el menor afecto. A contrario, los celos carcomían a Piero. Caterina era suya. Y la pequeña boca chupaba el pezón. *Vives para mí, únicamente para mí.* La manita tentaba el pecho blanquísimo, con vetas azules bajo la piel. Caterina debía pensar en él, su dueño, mañana y tarde, durante la vigilia, mientras soñaba. Y ella, borrándolo de su mente, arrullaba al niño. Bastaba que el hijo la necesitara, para que el mundo entero desapareciera.

Al despedirlo, Caterina apenas entendía lo ocurrido. *Piero retorna y yo lo acepto,* como aceptaba la lluvia, el cambio de estaciones, lo inevitable. Le agradaba verlo. ¿Por vanidad? *¿Recién casado me buscas?* ¡Cuán poco valía Albiera para que el notario arriesgara la paz conyugal por una infidelidad! ¿Lo tenía a su merced? *¿Qué pasará después, si el hastío se impone entre nosotros?* Pero en ese momento volvió a improvisar quimeras. Quizá Piero reconociera a su hijo. Bastaría ese acto para que todos los caminos se abrieran ante Leonardo y pudiera elegir su destino.

¿Se atreverá Piero a cumplir con esa obligación? ¿Cómo reaccionaría Albiera? Legalizar a un bastardo significaba admitir, públicamente, que la esposa no podía darle vástagos al marido. Y, ¿si esa pobre fuera estéril? Caterina lo deseó con una pasión más fuerte que cualquier sentimiento. *Acabarías por aceptar al hijo de una campesina. Y hasta le darías gracias a Dios.*

De día amamantaba al bambino y cuidaba a su madre. Sólo estaba consciente de las noches en que su amante regresaba. Las demás pasaban inadvertidas. Esos actos, alimentación y ayuntamiento, la inducían a creerse la Madre Tierra, fértil, fragante, desplegando una abundancia sensual irreprimible.

El niño aprendió a caminar. Descubrió olivares y castaños, el trigo dorado. Los colores hechizaban sus pupilas y, apacible por naturaleza, pasaba horas contemplando una piedrecilla, las formas rechonchas del barro, el encaje que el sol tejía entre las hojas y proyectaba contra el suelo.

Un buen día, los pechos generosos dejaron de producir leche. Como el muchachito saciaba su hambre con pan y verduras, *mi utilidad ha terminado.* Quizá los Da Vinci la echarían de la casa. *Cada mañana espero un anuncio que no llega,* por eso debía aprovechar ese respiro. *Le comunicaré a Leonardo lo poco que sé y lo mucho que me gustaría saber.* ¿Lo recordará? ¿Era factible que una mente aún informe fijara en su interior palabras, ideas, dudas?

A los tres años dibujaba para él.

—Ve bien a las personas. Su cabeza es una pelota, el brazo una línea; si quieres pintar un codo, haces un ángulo. Así.

A los cuatro, Leonardo creyó que los rostros de ángeles y serafines, tema favorito de Caterina, salían del tizón para posarse sobre el papel. Pretendió imitar los trazos; pero su diestra, todavía torpe, lo traicionaba.

—¡Te cubriste de hollín!

Caterina lo llevaba al río y ambos se maravillaban ante el vaivén continuo del Vincio.

—El agua dulce fluye hacia el mar y se vuelve salada. ¡Mira qué fuerza! Si te soltara, acabarías nadando con los peces.

Tras chapotear un rato, el niño se acurrucaba en el regazo materno. Su respiración se hacía más lenta, la sonrisa se acentuaba. Entonces, la aldeana sacaba un cuadernillo para retratarlo una y otra vez. En esas composiciones Jesús, con facciones iguales a las de Leonardo, jugaba vigilado por una mujer idéntica a Caterina. Al terminar, dibujaba halos sobre los personajes bíblicos y de un plumazo divinizaba a su bastardo.

De regreso a casa, cortaba flores. Más tarde las colocaría en jarrones o haría guirnaldas para perfumar el ambiente. En su apremio por trasmitir todo lo que la rodeaba, instaba al muchachito a imitarla.

—¡Pon atención, Leonardo! Los colores del atardecer se funden en la distancia. ¿Qué los altera? ¿La transparencia del aire? Quizá Dios pinta al mundo para conmovernos.

Los meses transcurrían con un ritmo inalterable. Caterina hubiera querido que nada cambiara. El niño de cinco años se convirtió en su único confidente, pues Teresa empeoraba. Muda, inmóvil, pasaba horas mirando el vacío, dispuesta a hundirse en la locura total y de esa oscuridad transitar, sin sobresaltos, a la muerte. Sin embargo, su cuerpo se aferraba a la existencia, a esa vida que ya sólo era sufrimiento.

—¿Qué pecados cometió mi madre para pagarlos con tan terrible penitencia? ¿Acaso Dios se ha olvidado de ella? ¿Y dónde habita su alma? ¿Desaparece con la inteligencia?

Leonardo se limitaba a acariciar a la enferma, con una curiosidad insaciable, objetiva y fría. Tentaba las arrugas, las comisuras de la boca, la piel marchita. *¿Estudia cómo es un viejo? No, desde luego que no. Imagino tonterías.*

Una mañana, al mover a la anciana, Caterina descubrió manchas rojas sobre el camastro. ¿Era eso el fin?

—Si abriéramos nuestro cuerpo para estudiar qué hay adentro encontraríamos… —ella misma se contestó—: ¡Sangre! —un río fluyendo bajo la piel. Aquel líquido escarlata le bañaría las manos—. ¿Controlaríamos nuestra repugnancia? —Al darse cuenta de lo que decía contempló al muchachito, siempre atento a sus palabras—. ¡No! Olvida eso. La Iglesia prohíbe deshonrar a un cadáver. Ni siquiera el de un ahorcado… polvo al polvo.

Para distraer a Leonardo, que ni siquiera parpadeaba, añadió:

—Escucha esta adivinanza. Tu abuela me la repetía cuando yo era pequeña. "Muchos chicuelos serán arrancados de brazos de su madre con golpes impíos, arrojados al suelo y mutilados." Dime, dime, ¿qué es?

Leonardo se le quedó viendo, con sus ojos color miel. Al cabo de un minuto…

—¿Quién es la mamma de esos niños?

La cautivó que buscara la respuesta sin pedir ayuda abiertamente.

—Quizá un nogal.

—¡Nueces!

—Quizá un olivo.

—¡Aceitunas!

—¡Bravo! —tomándolo de la mano lo hizo bailar mientras Teresa los observaba. Por la ventana abierta entraba el calor del mediodía y, a lo lejos, escucharon el canto de los labriegos—. Acércate, Leonardo.

Apenas distinguían las figurillas inclinadas sobre la mies, marcando el compás con la guadaña. Luz y sonido concordaban en una sola armonía.

—Escucha, caro filio, parece una música luminosa —la belleza del entorno le provocaba emociones intensas—. Nunca olvides estos campos.

Tan absortos estaban que la llegada de un criado los sorprendió.

—Ser Antonio te llama.

—Iré en cuanto me mude de camisa, Vicenzo.

Mantenía una relación cordial con los Da Vinci y los ancianos adoraban al nieto pero, hasta ese momento, Ser Antonio jamás la había requerido. Algo extraño pasaba, ¿escucharía su sentencia ese día?

Al entrar al salón, Leonardo, recién peinado y estrenando jubón, abrazó a sus abuelos; luego se detuvo, un tanto cohibido, ante don Bartolomeo. La campesina hizo la consabida reverencia. Le dio un empujoncillo a su hijo para que besara la mano del cura e hizo lo propio. Fue la única que permaneció de pie, con los ojos bajos, como convenía a una aldeana.

El matrimonio Da Vinci carraspeó. Tras largos años de vivir juntos, practicaban los mismos gestos y ademanes. Rara vez se separaban, mucho menos cuando debían resolver asuntos importantes. Sea Lucia tomó la palabra:

—Decidimos casarte.

A Caterina se le detuvo el corazón.

—¿Con quién?

—Accattabriga habló conmigo —interpuso el sacerdote.

El Revoltoso. Sus muchos pleitos le habían ganado aquel apodo. También era probable que guerreara bajo el mando de Jacopo da Castelfranco y su naturaleza violenta lo indujera a cometer hazañas legendarias. De cualquier modo, Caterina se contrajo, fijó sus ojos en la túnica del sacerdote y empezó a contar los treinta y tres botones que cerraban las mangas. *Uno por cada año de la vida de Cristo.*

—Gana poco; es menor que tú, mas se conforma con una dote modesta, dentro de nuestras posibilidades —prosiguió Sea Lucia—. ¿Lo conoces?

La pregunta rompió su ensimismamiento. Recordaba vagamente al hombrón: barba cerrada, moreno, musculoso, con cicatrices en brazos y pecho. Un olor a macho cabrío resaltaba su sexualidad, fuerza inexorable que, cual torrente, pronto la revolcaría.

—Conozco el forno donde labora Antonio di Piero Buti del Vacca —susurró al fin.

Semanas atrás, tomó el camino a Empoli para adquirir cal viva. Su obsesión por la limpieza la inducía a blanquear paredes y muros, aunque difícilmente lograba costear semejantes lujos. Recordó las llagas del fornaciaio,* algunas supurantes, otras llenas de costras, pues no importaba cuántas precauciones se tuvieran, un descuido quemaba la piel. Habían intercambiado tres o cuatro frases para efectuar la transacción en que el hombracho incluyó la molienda de la cal. Al agradecer esa gentileza, Caterina jamás imaginó que su rostro quedaría grabado en la mente del Revoltoso, a tal grado que... *¡me reclama como esposa!*

* Trabajador del horno.

—Los monjes de San Pier Martire le alquilan ese horno desde 1449 —precisó don Bartolomeo.

—Redondea sus ingresos trabajando el Campo Zeppi —agregó Ser Antonio, constatando que había investigado al pretendiente—. Esa propiedad, al oeste del Vincio, pertenece a los Buti desde hace un siglo. Aunque su fortuna disminuye, todavía lo posiciona un peldaño por encima de los campesinos que alquilan tierras. Tu dote, nosotros la aportaremos, no te inquietes, mejorará la situación.

Caterina, ingenua, tenía una esperanza: que Piero la rescatara, permitiéndole seguir con su vida, junto al niño, en la casita que tanto amaba. *Serían suficientes unos cuantos florines al mes. No pido mucho. Fui pobre y siempre lo seré.*

—Perdone, Ser Antonio, su hijo… ¿lo sabe?

—Él nos rogó que aceptáramos la propuesta. Tu situación le desagrada…

Ante el titubeo del viejo, Caterina entendió que su soltería alteraba la estabilidad conyugal de su amante. Quizá Albiera sospechara algo.

—La gente murmura —intercaló don Bartolomeo—. Han visto el caballo de Piero frente a tu casa.

—Frente a la casa que te prestamos —rectificó Sea Lucia.

A Caterina se le colorearon las mejillas. De ira y de vergüenza. *¡Soy una idiota! Pensé que nadie sospecharía nada.*

—¿Leonardo vivirá conmigo? —inquirió, centrándose en el presente.

—¡Desde pequeña haces preguntas absurdas y todavía no se te quita esa pésima costumbre! —refunfuñó el cura—. La crianza de un varón corresponde a la madre hasta los siete años; después al padre y, si falta, al abuelo o a los tíos; en último caso, al padrino. ¿Qué ejemplo darías tú, una pecadora ignorante?

Su rubor se intensificó. Se apoyó en el pie derecho, después en el izquierdo. Ser Antonio tuvo compasión de ella.

—Tu futuro marido no se caracteriza por un temperamento tranquilo. Si llevado por la cólera castiga a mi nieto, ¿qué harás?

Lo impediré, pensó ella. *Me pararé frente a Leonardo para recibir los golpes.*

—La madre encuentra en el hijo una parte de sí misma, por eso lo ama hasta la folía —dictaminó don Bartolomeo. Su voz retumbaba, agobiando a los presentes—. Este amor posesivo, egoísta e intensísimo favorece la salud y el bienestar de los niños, pero pone en riesgo sus almas. La mujer rara vez aplica correctivos. Por eso, cuando crecen, los vástagos reconocen en su progenitor la fuente de la honra y de los bienes que heredarán. Al final, la presencia paterna desplaza a la materna y, en muchas ocasiones, la prole desprecia a quien antes admiraba. Tú, infeliz, ya cumpliste con tu función: amamantar. Ahora, hazte a un lado.

—Déjalo aquí, con nosotros. Yo me encargaré de él. Es un chico muy despierto, así que le enseñaré a leer y lo enviaré a la escuela —prometió Ser Antonio.

—Leonardo no se convertirá en una carga para tu esposo —agregó Francesco, irrumpiendo en la habitación.

—¿Nos espías? —indagó Ser Antonio, irritado.

—Al entrar escuché voces y presté oído —replicó el segundón, sin mostrarse contrito.

Francesco no sobresalía en nada. Permanecía al lado de sus padres, cuidando su más valiosa posesión: la tierra. De ahí venía, precisamente, de trabajar entre labriegos, sin importarle que nadie apreciara sus esfuerzos. Tendió los brazos y Leonardo se lanzó a estos. Lucharon a empujones y, a pesar de que los abuelos los observaban, aprensivos, el niño reía a carcajadas. Aquel mozalbete, apenas dieciséis años mayor que él, era su adoración. El padre que nunca había tenido.

—Nos visitarás cuando quieras, Caterina. Por nuestra parte, deduciremos una bocca, ¡doscientos florines!, de los próximos impuestos. El trato tiene sus ventajas —ironizó el joven.

La aldeana comprendió que no le quedaba otra alternativa y aún debía agradecer que los Da Vinci la protegieran, casándola.

Su hijo viviría en esa casa, donde comería hasta hartarse. Ella no podía ofrecerle algo mejor. Y si bien otra brincaría de gusto, a ella le pesaba como plomo.

—Recogeremos su ropa y su cama.

Asintió. Después de todo, ellos le habían dado casi todo lo que poseía. Para que los viejos no descubrieran su pena, besó la diestra de Ser Antonio, se inclinó ante su esposa. Luego caminó hacia la salida y, afuera, sus lágrimas se derramaron. Avanzó a ciegas, mientras los gritos de Leonardo, jugando con el tío, disminuían en la distancia.

Apenas pasaron unos minutos, Accattabriga, entró a la sala. Se descubrió la cabeza y aguardó. Al igual que a Caterina, lo invadía la desazón.

—Eres el instrumento para redimir a una perdida y quiero que conozcas el camino que debes andar —le explicó el párroco, quien esa tarde se sentía muy inspirado—. Sea Lucia y Ser Antonio aportarán sus opiniones porque conocen bien a tu futura esposa. La amparan desde que Piero… —se corrigió de inmediato—: desde que tuvo un hijo —para lanzar su sermón, don Bartolomeo se puso de pie—. El matrimonio es una mancha. Dios lo bendice y la Iglesia lo eleva al rango de sacramento. No obstante, implica rendirse a la lujuria. Tú —lo señaló con el índice—, en tu disoluta vida de soldado, fornicaste con cuanta hembra te salió al paso. Por tal motivo, ahora necesitas mujer. Comprendo que quieras remediar esa carencia, mas no pongas tu alma en peligro. Ya lo dijo San Agustín, amar ardientemente se considera pecado puesto que el matrimonio tiene, como única meta, la procreación y ese acto no necesita embelecos.

Accattabriga nunca había oído sentencias tan doctas. Los campesinos escuchaban con las orejas y jodían con lo que había en la entrepierna. Entonces, ¿ni siquiera casándose fornicaría a sus anchas?

—Yo no hubiera permitido esta unión —prosiguió el cura—. Siendo tu futura esposa liviana y salaz —al oír tales calificativos, a Accattabriga se le iluminó el rostro—, podría perderte. A la mujer corresponde que el hogar no se vuelva sitio de tórrida lujuria y Caterina...

—Guardará la modestia adecuada —prometió Ser Antonio—. Aceptará el débito conyugal, impidiendo que su esposo se descarríe, mas no lo incitará en exceso.

Cada vez me gusta menos este asunto, pensó Accattabriga.

—El débito conyugal debe ser recíproco —aclaró Sea Lucia, quien antes de casarse había estudiado tales cuestiones—. Cada cónyuge puede reclamarlo, aunque también tiene derecho a negarse. Teresa ha perdido la razón: pues bien, yo me encargaré de suplirla. No tengáis pendiente: impartiré buenos consejos a la desposada.

Los hombres se miraron inquietos.

—Ojalá —tronó don Bartolomeo—. De otra manera, ¡que no se queje si su marido la engaña o la apalea por rebelde!

—Es demasiado altiva para lamentarse y demasiado hermosa para que la suplan —opinó Ser Antonio.

—Siempre lo advertí. ¡Tanta hermosura supone un riesgo! Quizá adorne la frente del marido con...

—Jamás, jamás seré un cornutto —la interrupción los sobresaltó. Los tres se volvieron para observar al veterano de cien batallas.

—A eso iba —exclamó, satisfecho, el cura—. Métela en cintura. Hazle saber, desde un principio, quién manda.

—Pierda cuidado. Por las buenas o por las malas me obedecerá.

Como estaba harto de sandeces, hizo las consabidas reverencias y se fue.

Caterina abrió la puerta de su hogar y, de repente, aquel aislamiento le pareció tenebroso. La aguardaban dos habitaciones sombrías, pobladas por los fantasmas que creaba la mente de una loca.

—Madre —le anunció—, voy a casarme.

Por primera vez en meses, la enferma hizo una pregunta cuerda:

—¿Mañana?

—No… pronto.

Tal vez Teresa comprendió que estaba de más, o tal vez el miedo detuvo su corazón. De cualquier modo, falleció mientras dormía. Su muerte, tan oportuna, canceló todas las obligaciones filiales.

Tras el entierro, Caterina durmió por última vez en la casa solitaria. Porque el alma es contradictoria, ahora le costaba despedirse de donde había sido feliz. Ahí concluía la parte menos ardua de su vida y comenzaba una nueva llena de la verdadera miseria… y tendría que meter el hombro y luchar a brazo partido si quería comer.

Piero la encontró envuelta en una manta, tiritando. Una vela dispersaba las sombras, pero al iluminar el rostro húmedo de lágrimas, lo hacía resplandecer.

—Mi más sentido pésame por la muerte de tu madre —musitó el notario. Tal formalidad era lo único que le inspiraba la muerte.

Lo miró, sin propiciar un acercamiento. Abrazándose las rodillas, musitó:

—Mañana me caso.

—Me lo dijo mi padre en su última carta.

—Tú le pediste que arreglara esta unión.

—Cierto. Si tuviéramos otro hijo, ¿cómo se lo explicaría a Albiera? Lo que es peor, ¿cómo me justificaría ante mi gremio? Los notarios debemos dar ejemplo de honestidad.

Caterina esperaba una indiferencia menos cruel. Ante esas palabras, le parecía imposible que Piero la deseara. Su egoísmo, frío, brutal, aumentaba a medida que crecían bienes y fama.

—¿Me sustituirás con una que te cause menos conflictos? —el despecho pasó inadvertido para su amante—. Si la instalas en Florencia, te ahorrarías estos viajes.

—Evitaré futuros problemas. Contigo termina una etapa. Mi mujer ha adquirido experiencia, se pliega a mis gustos y jamás exige nada, en ningún sentido. Para mí es suficiente.

Durante un instante la huérfana repitió su obsesión: *Si no tiene hijos legítimos, reconocerá a Leonardo.* Entonces, desde lo más recóndito de su alma, le lanzó una maldición: *Ojalá tengas una esposa estéril en quien entierres tus esperanzas.* Después se encogió de hombros. Estaba exhausta.

Ante la inmovilidad de Caterina, el notario salió al patio. La noche invitaba a una despedida placentera. Y aunque todavía esperó un rato, al fin, desistió. Por su parte y contra toda lógica, Caterina aguardaba. Piero debía agradecerle las muchas ocasiones en que lo complació. *Al menos eso.*

Cuando oyó sus pasos alejarse, una rabia amarga la estrujó. No consiguió amor ni dinero y, al alimentar quimeras, hasta una ilusión se había filtrado en esa relación desigual. *¡Basta! No más quejas.* Mañana se uniría al Revoltoso. Sin el amante, la enferma o el hijo, estaba libre para iniciar su propia vida.

Recibió la bendición nupcial en una iglesia casi vacía. A la derecha de la nave estaban los Buti: Piero, padre del Revoltoso; su madrastra, Antonia; su hermano mayor, Jacopo; su cuñada, Fiore, y tres sobrinos, Lisa, Simona y Michele. Del lado izquierdo, se sentaban Ser Antonio, Sea Lucia, Franceso y Leonardo. No habría banquete de bodas.

Don Bartolomeo aprovechó la homilía para remachar un punto: sometimiento al marido. Tras catorce variaciones sobre el mismo tema, el sacerdote hizo el signo de la cruz y Accattabriga tomó a su mujer del brazo para conducirla a su hogar. En el atrio, Leonardo se interpuso.

—Mamma, ¿voy contigo?

Fue el anciano quien contestó:

—Ya te lo he explicado, querido. Tú vives con nosotros.

El muchachito no prestó atención.

—Mamma, quiero irme contigo.

Caterina sintió un dolor profundo en las entrañas. Su esposo la miraba fijamente y los demás evaluaban su reacción.

—Estás mejor con tus abuelos —y agregó atractivos señuelos—: tienes un cuarto para ti solo, irás a la escuela…

El niño, cuyo temperamento plácido le conquistaba mil simpatías, se prendió a las faldas de su madre. Francesco intentó razonar con él, pero el resultado fue negativo. Leonardo, sordo a cualquier argumento, gritaba a todo pulmón, primero en una rabieta, después con zozobra incontrolable. El miedo lo sacudía, impulsándolo a repetir un ruego:

—¡No te vayas! ¡No te vayas!

El Revoltoso hizo un movimiento que Caterina interpretó como una probable agresión contra su hijo. *Si lo tocas, te las verás conmigo.* Girando a medias, intentó librarse de las manos infantiles.

—Romperás el traje —lo previno su padrastro. Efectivamente, Leonardo hubiera desgarrado la saya antes que soltarla.

—Fanciullo,* cálmate.

Francesco atrapó al niño y a viva fuerza lo apartó.

Accattabriga, aprovechando esa tregua, agarró a su esposa e inició la marcha. La novia no pudo evitar volverse. Leonardo seguía pataleando en el suelo, mientras sus abuelos trataban, inútilmente, de tranquilizarlo. Ése era el recuerdo que guardaría de la mañana de su boda. *No me lo perdonará jamás.* Y *jamás* implicaba un tiempo sin fin.

Una colina protegía la cabaña contra el viento, de manera que era relativamente agradable en invierno. Durante el verano, la

* Niño.

familia Buti sufría calores sofocantes. La circulación del aire se hacía pesada y los humores de nueve personas resultaban insoportables para Caterina, pues los demás ni siquiera se afligían.

El hacinamiento la agobiaba más que la pobreza. Antes compartía una habitación con su madre o con Leonardo; ahora lo hacía con una multitud. Nunca estaba sola. Apenas me levanto, preparo el desayuno. Cuando niños y hombres se iban al campo, Fiore y ella limpiaban el gallinero. *Nos turnamos para ordeñar la vaca.* Atendían el huerto y cocinaban. *Por las tardes, una lava mientras la otra remienda o cose.* Ni mejor, ni peor: la rutina usual, sin un instante de sosiego. Cada noche, la recién casada salía a contemplar las estrellas. Necesitaba silencio para sobrevivir. Después, aspiraba profundo, preparándose para el siguiente amanecer.

Con determinación férrea, se propuso mejorar su situación. Tapó las hendiduras, cambió la paja del suelo y plantó hierbas aromáticas. Dos innovaciones no tuvieron éxito: los lienzos que empleaba para limpiarse la boca, en vez de usar las mangas, provocaron carcajadas y, por mucho que sazonara verduras y cereales, los Buti preferían comer carne.

En cuanto al débito conyugal, la recién casada se llevó una sorpresa. Aunque Accattabriga no se bañaba, había aprendido a tolerar su olor y su brusquedad. Cubiertos por una capa andrajosa, la penetraba. Sus jadeos no interrumpían el ronquido de los viejos, ni el reposo de los niños, acostumbrados a atestiguar tales escenas. Además, el marido se encargaba de que ella olvidara dónde se hallaba, alargando la cópula hasta provocarle placer.

Una mañana…

—Iré a la Iglesia.

Al antiguo soldado se le erizaban los vellos. Si su mujer se confesaba, don Bartolomeo frenaría esa pasión, única cosa por la que vivía.

—Irás cuanto termines tus quehaceres.

Levantaba una barrera infranqueable de obligaciones infinitas. La noche y la muerte llegaban sin que los campesinos tomaran un respiro, así que heredaban sus tareas a los hijos, a los nietos, a quien deseara cortejar aquella tierra caprichosa e imprevisible. En vista de lo cual, Caterina redujo sus devociones a la misa dominical y a la confesión obligatoria por Pascua Florida.

La rudeza del Revoltoso le impedía expresar un cariño tosco, pero evidente, pues a diferencia de Piero, él no calculaba sus sentimientos. Aceptaba que no fuera virgen y que tuviera un bastardo. También admitía las comparaciones. Sabía que, si se trataba de letras, cualquiera podía derrotarlo, mas en la lucha cuerpo a cuerpo o con arma blanca vencería al notario. Y aunque la gente creía que se había casado a cambio de una buena dote lo cierto es que consideraba a su mujer una diosa, el máximo don, y la hubiera desposado contra viento y marea.

A Caterina la halagaba inspirar aquel ardor. Al cabo de unas semanas, correspondía a los requerimientos del marido sin melindres. Incluso descubrió que no era tan delicada como ella creía, pues una parte de su naturaleza apreciaba la dominación del macho. Tampoco la ofendían las bromas soeces del cuñado y los suegros celebrando las hazañas nocturnas de Accattabriga, pues así se los granjeaba y llevaba la fiesta en paz.

Por desgracia, aquel espejismo perdió su lustre hasta revelar una realidad. El pasado se mantenía intacto y tras ese primer deslumbramiento, a su esposo empezó a irritarlo que ella hubiera tenido un amante. *Pero yo no lo engañé.* Él conocía, como todo el pueblo, lo ocurrido; *sin embargo, me eligió.* ¡Cuán complejo era definir sus sentimientos! Por un lado Accattabriga la conmovía; por otro, le causaba hondo desdén. Ambas emociones surgían a un tiempo, mezcladas, oponiéndose, complementándose.

A pesar de tales conflictos, por fin era una mujer honrada y sus hijos llevarían el apellido Buti. A cambio de tan importante ventaja, le restaba importancia al sudor, la inmundicia y el hacinamiento, a los piojos, el estiércol, el ruido incesante, la preocupación de que faltara comida. Comprendía que la elegancia de Piero la había estropeado, pero ninguna campesina rechazaría la vida que tenía, la única a la que tenía derecho.

Su nueva familia la acogió con agradecimiento. La dote había resuelto problemas urgentes. No sólo conservarían las tierras, valuadas en sesenta florines y la casa, en diez; también pagaron los impuestos atrasados. Establecieron lazos muy convenientes con los Da Vinci, pues resolvieron su gran problema, la soltería de Caterina. Además, sólo ella pagaba por esa bonanza, pues Sea Lucia y Ser Antonio se habían apropiado de Leonardo. *Debería sentirme agradecida,* se repitió. *Le dan educación, mimos, un hogar.* Aun si lo apreciaba, aquella separación la hacía sufrir.

Los Buti conmiseraban a su nuera pues, desde un principio, comprendieron que aquella muchacha estaba destinada a otra vida. Si bien su belleza y sus modales hubieran adornado un palacio, su mala estrella la refundía en una pocilga. Al menos no se daba aires y trabajaba de sol a sol. ¿Qué más podían pedirle?

Una mañana, al terminar las labores más apremiantes, planchó un vestido y se perfumó con espliego. Después anunció:

—Iré a Vinci.

Fue tan contundente que su cuñada guardó silencio.

—¿Acaso no tengo derecho de ver a Leonardo? —se impacientó.

—¿A escondidas? Yo le pediría permiso a mi marido —afirmó Fiore evitando mirarla—: ya sabes, si caes una vez, puedes caer dos. A mí no me asombraría que Accattabriga oliera una traición. Te arreglas como si fueras a la fiesta de la Virgen… ¿Para ver a un niño? Piero, tu notario, debe haber regresado.

Caterina no se rebajó a discutir. Giró en redondo y se dirigió al pueblo.

Su hijo jugaba en el jardín, poniendo barreras a una columna de hormigas. Los insectos las rodeaban; luego, sin desviarse un ápice de la ruta inicial, marchaban hacia su objetivo. Esto despertaba un profundo interés en el niño, que aumentaba los obstáculos apilando piedras y varitas.

Al alzar la vista, Leonardo se sobresaltó ante la visión de su madre, pero fingió interesarse en su juego. Entonces ella se agachó para besarlo y él se mantuvo impávido. *Levantas un muro entre nosotros. ¿Cómo te recupero?*, se lamentó Caterina. *Compartíamos cada pensamiento, dormíamos en la misma cama, platicábamos del alba al anochecer.* En ese momento, Francesco salió de la casa.

—Buongiorno, Caterina.

—Espero no les moleste...

—Ven cuando quieras —la interrumpió y, para contrarrestar el silencio hostil de su sobrino, se mostró especialmente amable—: entra. Probarás nuestro vino. La cosecha fue excelente.

—Cierto. Mi marido —se enorgulleció al decirlo— recaudará cinco fanegas de trigo y prensaremos suficientes uvas para acabalar cuatro grandes barriles.

Al tenderle la mano al chico vio sus ojos, tan llenos de resentimiento, que se estremeció. *Perdóname. Nunca debí mencionar a Accattabriga.* Leonardo la ignoró, concentrándose en las hormigas.

—Entra —insistió Francesco y, aunque ella se resistía, la llevó al vestíbulo. Ahí, su actitud bonachona se transformó—. Han pasado dos meses.

¿Sólo dos? A mí me parecieron una eternidad: suficiente para cambiar de sentimientos y hábitos, inútil para sofocar su esperanza: *que Piero dé su apellido a Leonardo.*

—¿Por qué no viniste antes? —sin aguardar respuesta, Francisco prosiguió—: ¿Recuerdas la rabieta de Leonardo? Le provocó fiebre. Se negó a comer y, cuando lo hizo, vomitó. Supuse que enfermaría gravemente.

—Al casarme adquirí obligaciones. No me sobra tiempo.

—Salía a esperarte, incluso me rogó que le señalara el camino a Campo Zeppi —añadió Francesco mirándola con lástima—. Apenas hablaba y, estoy seguro, se dormía llorando —bajó la voz al concluir—: tu ausencia lo ha endurecido.

No me perdonará nunca. Tomó la copa que Francesco le tendía y la estudió un instante. Cuánto admiraba esa elegancia: la habitación ordenada, el tapiz sobre la pared, palangana, aguamanil… *Reconquistaré a mi hijo,* resolvió al fin.

—Ojalá no te guarde rencor. Es demasiado suspicaz. Lo que otros chicos ni siquiera recordarían, él lo graba en su corazón. Tiene una sensibilidad extrema y una memoria prodigiosa. Me platica anécdotas que ocurrieron cuando era muy pequeño. ¿Cómo las recuerda?

—No sé —dijo la campesina, incapaz de mayores explicaciones.

—En dos meses he aprendido a conocerlo.

En dos meses se aprenden muchas cosas. Ella y su hijo se adaptaban a circunstancias que nunca hubieran escogido y si antes compartían la vida, ahora los separaba un abismo.

—Hablaré con Leonardo y le explicaré la situación.

—De acuerdo.

El niño permanecía en la misma posición, como si esa media hora no hubiera transcurrido. Por sus manos subían las hormigas sin que perturbaran su ensimismamiento. Caterina se sentó a su lado y, tras varios momentos de indecisión, musitó con voz trémula:

—Herodes regresará y arrancará a los inocentes de los pechos maternos. Los pobrecillos morirán. Dime, dime, ¿qué es?

—No me gustan tus adivinanzas.

—Me las contaba mi madre.

—¿Ella también te abandonó?

Negó, lentamente.

—Estaba casada con mi padre. La casa le pertenecía.

El silencio volvió a establecerse, aislándolos. *¿Qué tanto te cuentan, Leonardo? ¿Quién me condena… Ser Piero, Sea Lucia?*

61

—Mi abuelo me enseña a leer —le dijo Leonardo. Aquello era el gran aliciente, la razón por la cual aceptaba el resto—. Traeré mi libro. Tiene grabados.

Regresó a los pocos minutos y puso su tesoro sobre la falda de Caterina.

—Siéntate sobre mi regazo —le rogó ella.

El muchachito no se movió. Abrió el volumen y leyó sin tropiezos.

—¡Bravo! ¡Bravísimo!

—Mi abuela dice que tú no sabes leer.

—Dice bien.

—Mi padre y Francesco leen. Yo iré a la escuela.

—Y serás el mejor de todos los alumnos.

—Mi abuelo dice que hace un año Gutenberg imprimió un libro. Pronto habrá muchísimos. Costarán menos y entonces me comprará los que yo quiera.

—¿Sólo recuerdas lo que tu abuelo dice?

—No.

—¿Qué decía yo cuando nos acostábamos sobre la hierba y veíamos el cielo?

—Decías: "Leonardo, describe esa nube".

—¿Cómo se disuelve en gotas de rocío o de lluvia? ¿Qué causa la niebla? ¿El aire engruesa? ¿Por qué varía de color?

—Estornudé y tú preguntaste: "¿Qué es un estornudo? ¿Un bostezo, una contracción?". Yo no sabía qué era una contracción y tú me lo explicaste.

—¿Qué provoca una parálisis, un temblor, los sueños, la sed?

—Mamma, ¿quieres saber todo?

—Sí, pero ni siquiera sé leer —contempló el campo, el límpido azul—. Tú tienes mejor suerte; pero, por mucho que te enseñen en la escuela, aprenderás más si estudias la naturaleza: un libro abierto para el que tiene ojos y se empeña en ver.

De pronto, una paloma se acercó a ellos.

—No nos teme, Leonardo.

—Porque yo le doy de comer —y sacando un pan duro de su faltriquera, echó migajas al ave. Después la acarició con afecto—. Vuela, vuela.

Observó la sonrisa del hijo y, por un instante, los dos admiraron la silueta blanca fundiéndose en el horizonte.

—Mamma, si fuera ángel, ¿volaría?

—Desde luego. Si tuviéramos alas, las agitaríamos y…

—Cuando sea grande, yo voy a volar.

La aldeana titubeó. *Quizá no haya otra ocasión para contarle lo sucedido.*

—Un milano te visitó en tu cuna —y relató esa experiencia que aún la confundía.

—E vero? E vero? —indagó azorado.

—Sí, es verdad.

¿Aquello se reducía a una alucinación o implicaba una señal maléfica? Descartaría esa última posibilidad. A pesar del pecado en que había sido engendrado, su hijo tenía un alma pura.

—Mamma, ¿le contesté algo al milano?

—No sabías hablar —se rio—. Además, con los pájaros no se habla, se canta.

—Cuando sea grande, compondré canciones para que las canten los pájaros.

—Eres un león, llevas la fuerza y la grandeza en tu nombre. Cuando crezcas, harás tantas cosas que te faltará tiempo —¿por qué estaba tan segura? El muchachito no destacaba en nada… excepto en hermosura, rapidez de comprensión, habilidad manual, vocabulario extensísimo, modales refinados y… *Las madres siempre creemos que parimos milagros. Peinándole los rizos,* añadió—. Eres un león, por tu cabello dorado… pero también te relacionarás con el viento, las alturas y las nubes.

A pesar de que aquel relato lo distrajo, Leonardo volvió a tocar el tema decisivo.

—Quiero irme contigo.

Será la última vez que me lo pida.

—Mi esposo —recalcó el título para que el niño aceptara esa situación— no lo permitiría. Tú tampoco serías feliz en una cabaña, rodeado por desconocidos, mal comiendo, entre chinches y liendres.

—Entonces, vete con él.

Recogió su libro y se dirigió a la casa. A Caterina la invadió el pánico. *Lo pierdo. Lo pierdo para siempre.*

—Te enseñaré algo que ni tu maestro, ni tu abuelo, ni Francesco saben.

—¿Qué?

La curiosidad lo obligó a acercarse.

—A dibujar.

Se le iluminaron los ojos. Desde pequeño lo maravillaba que Caterina creara, con unos cuantos trazos, una figura. Había tratado de imitarla…

—Irás a visitarme. Lleva papel, lápices, tinta, tiza.

—¿Cuándo?

—Mañana. Antes de que Accattabriga regrese de la labranza.

El niño le tendió los brazos y ella lo cubrió de besos mientras lo estrechaba contra su pecho.

—No quiero a nadie como te quiero a ti, Leonardo.

Al mirarlo, a Caterina le pareció que se reflejaba en un espejo. El cabello entre oro y cobre, los ojos, la tez. *¡Mío, sólo mío!* El ingenio de su hijo la enorgullecía y le despertaba cierto recelo. *Memoriza cada detalle, incluso los insignificantes,* a una edad en la que otros ni siquiera se percataban de su propia existencia. Se quedó pensativa. *Acaso Piero dijo la verdad: fui el instrumento de un íncubo.* Aquel demonio había usado su vientre para engendrar a esa criatura extraña y maravillosa. Era imposible explicarlo de diferente manera. Se semejaba a ella, únicamente a ella. Del notario no había heredado ni un rasgo; de Satán, acaso, ese talento deslumbrante.

—¿Preferirías ser menos inteligente? —inquirió de pronto. Era la cualidad que todos alababan. *¿Todos? La Iglesia enseña*

que la razón sin humildad conduce al mal. Bienaventurados
los pobres de espíritu...

—No.

Lo estudió largo rato. *Comprende perfectamente mi pregunta.*

—Entonces te condenarás —dedujo, con esa seguridad que atemorizaba a quienes la oían—. Yo he pecado, tanto, que después de morir nos encontraremos en el infierno... y arderemos juntos.

¿Por qué afirmaba tales barbaridades? ¿Quién hablaba por su boca? El niño la miró horrorizado. Ella, absorta, le acarició el óvalo de la cara.

—Tú resolverás mis dudas. Serás mi voz, mis oídos y mi mente. ¿Comprendes? Yo veré con tus pupilas.

Leonardo le sostuvo la mirada. Aun si no fuera su madre, lo hubiera atraído de la misma manera que fascinan los abismos: era la mujer más hermosa que había visto. Captaba el parecido entre ambos, no la consecuencia inmediata: al amarla, se amaba. La ofuscación lo doblegaba, penetrando su piel, la médula de sus huesos. Al fin asintió, dócil, apenas consciente de la carga terrible que llevaría sobre los hombros.

¿Por qué le trasmitía las dudas que la carcomían? Ansiaba que pensara y sintiera como ella. Don Bartolomeo se lo había explicado: "Eres posesiva. Sofocas a quienes amas". Mas en esa infinita ternura materna estaba la justificación de su deshonra, el deseo pasional por el alma gemela. Leonardo era todo para ella y ella debía ser todo para él. Se fundió en su mirada todavía inocente y lo acercó, lentamente, hasta besar los labios entreabiertos.

Accattabriga la esperaba ante la cabaña. Adentro, espiando por la puerta entreabierta, estaba la familia entera, testigo mudo de lo que sucedería. En cuanto se aproximó, temblorosa y con una explicación que lo apaciguara, la abofeteó. No le permitió intercalar una frase. A gritos la acusó de traición.

—Soy tu esposo. ¡Estoy primero que tu hijo!

Aquella rabia evidenciaba un hecho: pertenecía a esa clase de hombres que no perdonan. *Te consideraba perfecta, Caterina,* admitió cegado por la ira. Sin embargo, al preferir a Leonardo, la aldeana perdía ese nivel. *¡Ingrata!* Los golpes continuaban, aunque ella se cubriera el rostro. El hijastro lo desplazaba por el simple hecho de existir. Leonardo se fundía con el notario. Ambos, invencibles, le robaban el amor de la esposa.

—Maledetta! —los celos destruían su ingenua adoración, llenándolo de amargura—. Maledetta!, ¿dónde tuve la cabeza para creer que el pasado desaparece?

Era un imbécil y pagaría ese error toda la vida. Aunque existía una solución: la llenaría de hijos, de *sus* hijos. *Apenas eches a uno, te meteré otro en el vientre y no tendrás tiempo para visitas.*

Se creyó soldado, como en tiempos de gloria. Ruegos y llanto restituían su poder. Exactamente igual que durante los asaltos, reaccionó de inmediato. Una sola idea martillaba su mente: aplastarla, humillarla, dominarla, someterla. Giró para mostrar la erección a sus sobrinos. A la cuñada: *Compárame con Jacopo, querida Fiore.* A la madre: *Pariste un macho.* De un portazo los dejó afuera, terminó de desvestirse y una levísima sonrisa distendió su boca. Lo satisfacía su virilidad, *pocos aventajan mi tamaño o mi fuerza.* La obligó a ponerse a gatas.

—¡No, así no! —suplicó, intentando escapar a las manazas que la inmovilizaban—. Está prohibido por la Iglesia.

La silenció de un revés. *Calla, puta, maldita putana. Calla o te desfiguro…* Y con un sollozo, añadió: *Bella, cara, mia donna.* Porque el amor no se borra a voluntad, sino que echa raíces, torturándonos.

La penetró con una rudeza que la hizo gemir. Cuando terminó, el viejo Buti salió de la choza. Su nuera se limpiaba las lágrimas, en tanto Accattabriga se acomodaba las bragas. Sin hacer comentarios, su padre lo tomó del brazo y lo alejó, de manera que nadie los oyera.

—Ten cuidado. Si se requiere, pégale, pero no demasiado. Ser Antonio le tiene cariño y le disgustaría que le rompieras la nariz o los dientes. Recuerda: quizá necesitemos al ricacho. Una mala cosecha, alguna enfermedad... Es la madre del nieto.

Aquel consejo lo enojó de nuevo.

—Padre, no te metas en mis asuntos.

—Ten cuidado —repitió—. Copulaste por detrás. Si tu mujer te acusa con el párroco, te meterá en problemas.

Reconoció que el viejo tenía razón. *Sólo la aparté con el pie. Bendice tu suerte, Caterina; debí patearte.*

Durante las semanas siguientes, insistió en su propósito. Poseía a su mujer con desesperación. Nada lo detenía:

—¿Y qué importa el menstruo? Denúnciame, si te atreves.

En el coito descargaba sus frustraciones. *Ella es fértil. Yo, en cambio, nunca he tenido hijos.* O al menos jamás lo había averiguado. Las prostitutas que seguían a la soldadesca evitaban los embarazos y, si concebían, abortaban o sofocaban al estorbo.

Pero Caterina tampoco cejaba. Acudía a las citas con Leonardo y para evitar reproches, hacía el trabajo de Fiore. La cuñada pasaba horas en la plazuela enterándose de mil embustes.

Las clases de dibujo proseguían. No obstante, Caterina se sentía terriblemente sola. Sus suegros, que al principio la habían aceptado agradecidos, se mostraban ahora cautelosos. La brutalidad de Accattabriaga los mantenía en ascuas. Quizá la compadecían, pero no osaban demostrarlo, preocupados de lo que podría pasar si empuñaba su ballesta y se largaba, pues la guerra, disfrazada de heroísmo, representaba un medio excelente para escapar de las obligaciones.

La situación se volvió insoportable. Bastaba una contradicción para que el Revoltoso insultara al más cercano. Durante las comidas los niños apenas respiraban. Hasta ellos notaban que las antiguas costumbres recobraban sus fueros. El fornaciaio sorbía ruidosamente, con tanta prisa, que el caldo resbalaba por su mentón, ensuciando la camisa; también lanzaba escupitajos al suelo, para demostrarle cuánto se había esforzado por aminorar la faceta grosera de la pobreza. Pero eso ya era historia. La desdicha tuvo una segunda consecuencia, pues cada día le pesaba más, la responsabilidad de alimentar ocho bocas. ¿Quién se lo agradecía? Nadie. *Separaré las tierras. ¡Ya veremos si mi hermano cosecha suficiente trigo para mantener a su familia! Y si no lo hace, ¡que mendigue!*

—Mañana sembraremos —anunció, en cuanto las mujeres limpiaron la mesa, y nadie se atrevió a replicar. Pues si Caterina dejaba de ser el cuerpo que recibiera todos los golpes, ¿sobre quién caerían?

Accattabriga apagó la vela, otra manera de fastidiar a su mujer. Y, en cuanto hallara su sitio, junto a él, la poseería. *A ver cuándo concibes, inútil.*

Al amanecer iniciaron la siembra. Su padre mantenía el arado en el surco y el Revoltoso, lo jalaba. Sus músculos, tensos por el esfuerzo, brillaban bajo el sudor. *Apesto, pero pescaré una pulmonía bañándome en el río.*

A la mitad del terreno, se detuvo. *Actúo y huelo a bestia, por eso ella me trata como tal.* Tras limpiarse la frente, reanudó la tarea. Sus pies se hundían en la tierra recién removida. *Cuando me harte, y falta poco, agarraré camino. ¡Que se las arreglen como puedan!* Se detuvo de nuevo. Aspiró con fuerza; el aire le causó un profundo ardor en la garganta, luego en los pulmones.

Ante él se abría el campo que el sol lo cubría de alabastro. Aun el más lerdo se enamoraba de aquel paisaje. ¿En verdad podría abandonar sus posesiones? La cabaña, el horno, las viñas, Caterina… siempre Caterina. Se agachó y recogió unos granos de trigo. *De aquí saldrá la harina, el pan que nos llevaremos a la boca.* La tierra, como una mujer desnuda, aguardaba la simiente. Abstraído, alzó la vista. En ese momento distinguió a su esposa, bajando la cuesta para llevarles el almuerzo: polenta, queso y el magnífico tinto que habían cosechado ese año. Pero ni siquiera eso lo alegró, porque su mujer prefería al bastardo.

Cerró los párpados. La escena que a últimas fechas rememoraba volvió a repetirse. Se vio entre soldados y caballos. Al frente, el objetivo. *¡Tomen la fortaleza! Una pieza de oro a quien baje el puente levadizo. Alzati! Avanti!* Se aferraba a una soga y escalaba la muralla, apoyando los pies en los heridos, sin prestar atención a sus gritos. *El aceite salpica mis brazos.* Aullaba y su piel se convertía en llaga. *Algunas gotas rebotan en mi casco...* Imaginaba el dolor, la grasa resbalando hasta la frente... *Llego a la plataforma. Tomo aliento antes de empuñar mi espada. Corto brazos, piernas, mano. ¡Rodeen la plaza!* A su derecha descubría a una ragazza con los ojos desorbitados. Ante su vista estaba un capitán aferrado a su falda . Antes de que pudiera violarla, lo traspasó una flecha. Lo compadeció, pero a él la guerra no le arrebataría nada. Decidió terminar lo que el muerto había comenzado y, para no ser interrumpido, le tapó la boca a su víctima y fornicó de prisa. Entre sangre y bombardas, nadie le prestó atención. ¿Qué causa mayor gozo? ¿Los ojos claros, desbordados de terror, los gemidos o los estertores de la agonía? Un clarín rompió el caos. *Encajo mi daga en el vientre tembloroso y tibio. Todavía la acaricio un poco. No sé por qué lo hago: paso la diestra por el rostro. Cambio la mueca de horror por un gesto tranquilo. Sus parientes, pobres estúpidos, pensarán que murió sin sufrir demasiado.*

Retornó al presente, a los campos que esperaban el corte largo y recto del arado. Caterina lo observaba. *Frente a mí, habla. Sus labios se mueven, pero no entiendo una palabra. Todavía oigo los estertores, roncos, entrecortados...*

—Tu almuerzo...

Se le echó encima. *En esta inmensidad no encontrarás auxilio.* Tuvo razón: el viejo Buti siguió arrojando la simiente con amplios movimientos semicirculares. El trigo permanecía en el aire unos instantes para luego desaparecer entre los surcos. Las urracas aguardarían, graznando, y al anochecer…

—Espera, Accattabriga —pidió ella a gritos. Ahora continuamente gritaba—. Estoy preñada. ¿Lo oyes? ¿Me oyes? ¡Estoy preñada!

—Si me engañas…

—Digo la verdad, pero hoy sangré. Te mostraré los lienzos —hizo una pausa. Modificando el tono, añadió—. Ya rebasé los treinta; estoy vieja para parir. Contente o perderé a éste y quién sabe si engendres otro.

El Revoltoso titubeaba. Esa mujer lo mareaba con sus embustes.

—Trabajaré menos, comeré más y caminaré por los alrededores. Me lo recomendó tu madre.

—¿Lo supo antes que yo?

—Me atendió cuando sangré. Si me descuido, abortaré al niño… A tu hijo.

La contempló con un resquicio de ternura.

—Siéntate junto a mí.

Bajo un fresno, bebieron de la misma bota. Al anciano Buti se le humedecieron los ojos cuando le anunciaron la nueva. Siguiendo una costumbre milenaria, vertió vino sobre el polvo para agradecer aquel suceso. Comieron a sus anchas. El sol despertaba la sensualidad de la piel; adormecía con su calor. *Las caminatas diarias me permitirán visitar a Leonardo.* Por un instante, a Caterina le pareció que esa quietud se semejaba mucho a la dicha.

Ser Antonio puso una bolsa en manos del maestro.

—Pago tus lecciones con una condición —hizo una pausa para que Michele Ciavarella sopesara la talega—: no golpees a mi nieto.

—La letra con sangre entra.

—Harás una excepción —y su orgullo de abuelo se tradujo en una afirmación—: Leonardo aprenderá. Es muy listo.

El fraile suspiró. Había oído tales predicciones mil veces. *Si el alumno capta algo, se lo achacan a sus propios méritos, pero si tiene la cabeza más dura que una piedra, me echan la culpa.* No cabía duda, la vida estaba repleta de amarguras.

—Además, mi nieto va adelantado. Yo mismo le enseñé a leer y a escribir.

—Pues no se diga más. Lo espero la próxima semana.

Sea Lucia, tan parca en gastos, compró una tela recamada para que el niño fuera a la escuela.

—¡Destrozas nuestra economía! —se burló Ser Antonio, feliz de esgrimir los reproches con que su esposa lo hostigara en sus treinta y tres años de matrimonio.

—Uso mis ahorros —replicó ella mientras pagaba, sin siquiera pestañear, la cuenta del sastre.

Ese lunes, ella misma llevó al muchachito ante su marido.

—Parece un príncipe —resumió el patriarca.

—¡Certissimo! Es ágil, de movimientos coordinados y graciosos. Manejará la espada como un guerrero… Y el baile… bailará como un ángel… Y ya nada en el río…

—… como un pez —se mofó el anciano—. Te felicito por tus comparaciones, ¡tan originales!

La escuela estaba junto a la iglesia, pero eso no evitó que lo despidieran nerviosos, "como si partiera a Roma".

—Otra comparación original —ironizó Ser Antonio, con tal de no llorar.

Tras prometer que regresaría a la casa en cuanto terminara la lección, Leonardo besó la mejilla de los ancianos y se fue brincando, calle abajo.

La escuela no era otra cosa que un cuarto donde bullía una docena de mozalbetes. Leonardo abrió la puerta sin llamar.

—Llegas tarde —refunfuñó Michele—. Por si fuera poco, acabas de interrumpir mi disertación.

El chiquillo permaneció inmóvil, indeciso. *Ni mis abuelos, ni Francesco, me regañan.*

—Siéntate ahí.

Tímidamente obedeció. Al cabo de unos segundos, miró a sus compañeros. Uno le sacó la lengua, otro le hizo una mueca. Desconcertado, no reaccionó. Mientras, el fraile luchaba por recuperar el hilo de la cátedra.

—Bien —decidió de pronto—. Tomarán dictado.

Hubo protestas. Al menos, mientras el maestro hablaba, los alumnos podían jalarle el cabello al vecino, pellizcarle una pierna... Era más difícil divertirse escribiendo a toda velocidad.

—Escuchen con atención porque no repetiré las palabras. ¡Y ay de aquél que manche el pliego!

Sin ningún esfuerzo, Leonardo se acopló a la tarea. Y el religioso enseguida se dio cuenta de dos cosas: *casi dibuja las letras, lo que denota su amor por la escritura. ¡Y es zurdo! En un noble, esa característica se considera una lacra, pero en un bastardo... ¿a alguien le importa un bastardo?* Se rascó la barbilla. Aunque existían métodos probados para corregir ese defecto, como amarrar la mano al torso hasta que el alumno se acostumbrara a emplear la diestra, decidió no malgastar su tiempo. Tampoco le enseñaría latín o se le subirían los humos.

Durante la clase de geometría, Leonardo contempló, hechizado, triángulos, círculos y hexágonos. El maestro rectificaba los trazos con ayuda del compás y una regla, luego sombreaba las figuras y asignaba una medida a cada lado. Tanta exactitud maravillaba al bastardo. El fraile lo observó.

—Cierra la boca, tonto —el azoro del chico le provocó una carcajada. *Poverello, está acostumbrado a los mimos. Tendré que foguearlo o sus compañeros se lo comerán vivo—.* Repite lo que dije —le ordenó.

Leonardo lo hizo, frase por frase y, al concluir, preguntó:

—Si pegamos dos triángulos, ¿formamos un diamante?

Esta vez fue Michele quien abrió la boca.

—Desde luego —repuso—. Con dos triángulos equiláteros siempre obtendrás un paralelogramo.

—Y la superficie, esta parte —con el índice, Leonardo recorrió el espacio al que se refería—, será igual al área —pronunció cuidadosamente el vocablo recién aprendido—, de un triángulo multiplicado por dos.

—¿Entiendes la fórmula?

—¿Qué significa multiplicar?

—La multiplicación es una suma abreviada.

—Eso creía. Entonces sí, entiendo.

En su larga existencia jamás se había topado con un niño tan ingenioso. ¡Acababa de cumplir seis años! Ingenioso. Quizá empleaba mal la palabra. ¿Acaso Leonardo era algo más? ¿Tenía ante él a una criatura brillante, sagaz en extremo, una especie de milagro o maravilla?

—¿Cómo dedujiste ese principio?

—Tú lo explicaste, maestro —frunció el ceño, intentando expresarse—: Yo lo vi…

—¿En tu imaginación?

—Muevo las figuras hasta acomodarlas.

Tras un minuto de asombro, Michele se puso de pie.

—Ustedes… ¡fuera! La lección ha terminado.

Empujó a los muchachos, sacándolos a empellones de la habitación, y se quedó a solas con su nuevo alumno. Se sentó frente a él y, de repente, los ojos se le llenaron de lágrimas. *Domine, te supliqué de rodillas, con los brazos en cruz, que me concedieras un discípulo, uno, Domine, uno, en quien depositar mi sapiencia. Y helo aquí: Leonardo da Vinci.*

—El triángulo equilátero simboliza a la Sagrada Trinidad. Sus tres lados miden lo mismo y crean una sola figura, perfecta. Capisci?

—Sí.

Desde ese momento, al caminar por el aula, Michele preparaba sus lecciones para no intercalar frases inútiles, ni muletillas irritantes. Sus pasos repiqueteaban contra el suelo y despertaban ecos mortecinos. *La misión del maestro es explicar el mundo a los novatos. Cuando logro despertar esas mentes núbiles, evalúo mi obra y un contento bien merecido se expande en mi alma. Hace poco, mi erudición habitaba un páramo. Hoy, la desesperanza, el hastío, la inutilidad de mi vida, finalizan.*

La predilección hacia Leonardo se desbocaba. Si su alumno no llegaba a tiempo, Michele abandonaba el aula para buscarlo.

—Regreso en unos minutos. Copien el párrafo. ¡Y pobres de ustedes si cometen un error!

Algo esencial le faltaba si el muchachito no le devolvía la mirada, volviéndolo cómplice de sus deducciones. Varias veces, lo descubrió absorto, estudiando una mariposa o un ave, y el conjunto que formaban niño y ave le parecía una pintura. *¡Qué bello ragazzo!* Sus pupilas se agrandaban cuando resolvía un enigma y, al compartir ese momento, comulgaban con la misma hostia: la curiosidad satisfecha.

Michele nunca se atrevió a interrumpir tal abstracción. Se acercaba despacio e interrogaba al niño como si los papeles se hubieran trastocado. Un entusiasmo juvenil invadía al fraile; al discípulo, el afán por elucidar misterios. *Al comprender el orden universal, el mundo nos pertenece un poco más, Leonardo. No importa qué rama del conocimiento estudiemos, en la oscuridad debe haber luz.*

Y mientras se hacía la luz, los meses transcurrían. Caterina parió una niña, que Accattabriga aceptó con sentimientos opuestos. Aunque estaba orgulloso de haber concebido una criatura sana y fuerte, no podía esconder la decepción de no haber tenido un varón. *La próxima vez,* se prometió. *Apenas pase la cuarentena, la preño.*

Por su parte, Sea Lucia mandó que, a la mayor brevedad, la parturienta se presentara en Vinci. Aunque aseguraba que quería darle algún dinero, su verdadero propósito era solucionar una duda. ¿Era la recién nacida producto de nuevos encuentros con Piero? ¿Era su nieta?

Peores cosas ocurrían en Florencia. La inmoralidad arrasaba con los valores tradicionales. Modales, vestido, vocablos, incluso la percepción del arte se modificaba. *¿Dónde iremos a parar?* Sus pensamientos retornaron al meollo del problema. Si Piero hubiera regado su simiente por doquier, tales visitas carecerían de importancia. Una bastarda más, una menos, pasa inadvertida en el mundo. Sin embargo, los Da Vinci no se caracterizaban por su fertilidad y Ser Antonio insistía en proteger su descendencia. Piero debía concentrarse en su esposa. ¡Tantos años de casado y todavía sin hijos! *E posibile che...* Albiera tuviera la culpa.

—Donna Lucia —la criada se detuvo ante la puerta—, Caterina pide audiencia. Trae a la chiquita.

—Que aguarde en el vestíbulo. Sírvele algo caliente y le regalas unas hogazas de pan.

Media hora después, la matriarca entró al vestíbulo acompañada de Leonardo. El niño se hubiera echado en brazos de su madre, pero un bulto pequeño los separaba.

—Destápale la cara —mandó la anciana y, tras la inspección, dijo—: es idéntica a tu marido.

—E vero.

—Cabello negro, tez morena... ¡Una autentica Buti! —cogió por los hombros a su nieto y lo inmovilizó—. Mira a tu hermana.

—Se llama Piera, como su abuela paterna. Mi marido así lo dispuso —dijo Caterina, muy despacio—. Y sólo es tu media hermana. Tú llevas otro apellido: Da Vinci. No lo olvides.

Leonardo retrocedió un paso. *Me observa con un rencor que se convertirá en odio.*

—Piera nunca ocupará tu lugar. Tenlo por cierto. Es una poverella, feucha...

—¿La quieres? —indagó el niño.

75

—La quiero porque es mi hija, pero no como a ti. Jamás como a ti.

—Entonces, ¿para qué la tuviste?

—Dios envía a los hijos.

El muchachito luchaba contra su inseguridad, los celos, la envidia. ¡Ese bulto lo desplazaba! Titubeó, iba a acercarse… pero un llanto agudo se lo impidió. Caterina apenas pudo refrenar un gesto de fastidio. Era el peor momento para amamantar.

—Aliméntala en la cocina.

Una vez dictada esa disposición, la anciana salió de la sala con aire majestuoso. Caterina rápidamente se descubrió un seno. A Leonardo le pareció gigantesco.

—Ven conmigo, fanciullo.

Su hijo observaba el pecho enorme, escuchaba los chupeteos, veía cómo la leche mojaba la tela del escote, manchándolo. A él, tan limpio que exigía le cambiaran la camisa cada día, se le revolvió el estómago.

—Ayúdame a bajar la escalera.

Un asco incontrolable lo avasalló mientras su madre le tendía la diestra. Negó con la cabeza, incapaz de expresar aquella aversión. Caterina sintió ese rechazo en la médula de sus huesos y, avergonzada, se cubrió con una pañoleta.

—Prego, ayúdame.

El niño seguía negándose y, al sentir una arcada, buscó un balde para vomitar.

—Leonardo —la voz tranquila lo ayudó a serenarse—, me visitarás cada martes, en el sitio que conoces, cerca del río. Te enseñaré cómo uso el aceite y la yema de huevo, polvo y plantas para hacer colores —lo hechizaba su canto de sirena—. ¿Te das cuenta? Hay muchos azules, todos distintos. Azul agua para un estanque, azul cielo para el aire, azul gris para la niebla que se recuesta en el valle, azul negro para el humo.

—Sí, me doy cuenta. Azul moretón, azul pluma de pato…

—Mi marido me obliga a darle hijos —añadió, desviando la mirada—. A mí me bastaría contigo, pero él quiere algo propio.

—E il mio padre?

—No te necesita. A ti debe bastarte conmigo.

Metió su mano en la de Caterina. Después examinó a su media hermana y repitió las palabras clave, como un insulto:

—Se parece a Accattabriga.

—Es verdad. Sólo tú te pareces a mí.

Entonces, le perdonó a la intrusa el hecho de existir.

Leonardo no lo hacía por fastidiar. Arrastrado por su curiosidad, causaba graves disgustos, sobre todo a Domenica. Una mañana, al dirigirse al establo, vio al niño. *¡Saltará al vacío!* A pesar de su gordura, la cocinera corrió cual alma que lleva el diablo. Jadeando, se detuvo justo bajo la ventana del granero.

—¡Baja! —ordenó.

—Voy a volar.

—Y yo, en cuanto me asegure de que no te rompiste la nuca, te daré una felpa que siempre recordarás. ¡Bájate de ahí!

—No hay ningún peligro. Agarraré la capa por las puntas y el aire la inflará.

—¡Jesús bendito, la capa nueva de Ser Antonio! Baja o yo subo. Si te pesco…

El chico obedeció antes de que Domenica pusiera un pie sobre el primer peldaño.

—Aquí hay paja a montones, la altura exacta.

—Vamos con Ser Antonio. A él le explicarás tus planes, cabeza de chorlito.

—¿Qué es chorlito?

—El que merece una zurra —replicó, jalándolo con rudeza—. ¡Apúrate!

—Domenica, te prometo… Nunca, nunca más…

—Díselo a tu abuelo.

—Por favor…

—Ni mimos ni juramentos te salvarán. ¡Camina!

Apenas entraron en la casona, el chico se liberó y, sumamente digno, se dirigió a la sala. Llamó con suavidad.

—Adelante —dijo el patriarca.

Tras besarle la diestra, Leonardo expuso sus cuitas para concluir con un "y ya he saltado mil veces y no me pasó nada".

—¿Mil veces? —repitió el anciano.

—Bueno, dos…

—Me matarás del susto —interpuso la criada, dirigiéndole una mirada asesina—. Cuenta lo de la lombriz.

—¡Sólo le corté la cola, no la maté! Siguió retorciéndose porque…

—Cuenta lo de los ratones.

—Hice una trampa, abuelo. Los ratones entran, atraídos por el queso, la puerta se cierra y… ¡los atrapo!

—¡Para luego soltarlos!

—Quería probar que mi trampa sirve y que las mujeres chillan y se alzan las faldas si ven un ratón.

—Muy gracioso. Cuenta lo de la masa. ¡Gastó medio costal de harina!

—¿De qué otra manera puedo hacer una estatua? ¿Verdad, abuelo, que necesito lodo, arcilla o masa aunque me ensucie un poquito?

La criada recapacitó por un instante. Después enumeró sus quejas:

—Guarda cadáveres de pájaros, disuelve sal en mis cacerolas, se pinta la cara. ¡Y los pretextos que inventa!

—No son pretextos, son razones.

—Yo resuelvo este asunto —afirmó Ser Antonio y la cocinera, recordando que estaba ante el amo, hizo una reverencia. En cuanto se quedaron a solas, le indicó al nieto que se sentara a su lado—. Leonardo, si continúas haciéndola enojar, se irá. ¿Eso quieres?

—No.

—¿Entonces?

—Te lo prometo: haré mis experimentos cuando Domenica tome la siesta.

Sea Lucia, enterada del percance, no desaprovechó esa oportunidad. Irrumpió como una tromba.

—Llamen a Caterina. Esperaré con ustedes.

Apenas la tuvo a su merced, la puso al tanto de lo ocurrido.

—Por supuesto, mi nieto desobedece gracias a la mala educación que le diste. ¡Si a eso se puede llamar educación! Despreocúpate. ¡Yo me encargo de enderezarlo! También te prevengo: tienes los ojos de don Bartolomeo sobre ti. ¡Dios te valga si das un paso en falso! —ni siquiera tomó aliento—: Para empezar, frena tu cariño. Ya te lo explicó el señor cura: el amor desmedido por una persona conduce al infierno. Para demostrar que deseas enmendarte, desde hoy corregirás con severidad las mentiras y juramentos de Piera; nada es más ofensivo que una blasfema.

Mi hija ni siquiera habla, pensó Caterina.

—Cuando crezca, aléjala de las reuniones inconvenientes, fuente de habladurías y vicios. No le permitas bailar, ni siquiera en celebraciones públicas. Incúlcale las virtudes propias de nuestro sexo: modestia en el vestido, gestos y palabras, diligencia, mesura, empeño, docilidad, paciencia y, sobre todo, pureza. Desde hoy, amárrale las manos con una manta y, más tarde, vigílala mañana y noche. ¡Que nunca toque, ni conozca, su cuerpo! En fin, cásala pronto pues, si te imita, todo estará perdido.

Tanta elocuencia exigía un esfuerzo mayúsculo y, al terminar, la anciana se dejó caer sobre una silla. Caterina, que había permanecido inmóvil, en apariencia contrita, actuó de inmediato.

—Te bañaré las sienes.

Con su eficiencia usual, trajo vinagre, rasgó un lienzo. Mientras lo humedecía, dijo en voz queda:

—No hace falta gritar; a Dios gracias, oigo hasta los susurros. Y, quede libre de cuitas, Sea Lucia. Obedeceré sus órdenes.

De pronto se sintió en paz consigo misma. Aquellos consejos le venían como anillo al dedo. Piera requería atención constante ya que pocos niños alcanzaban la edad adulta. Algunos morían mientras dormían, aplastados por sus padres o hermanos, otros enfermaban; muchos no resistían las heladas, el calor sofocante, la sed o el hambre. La peste, eficaz guadaña, aprovechaba el verano para segar a decenas. Los sobrevivientes se enfrentaban a cerdos, ratas, bueyes, bestias salvajes: una distracción y pezuñas, colmillos, quizá garras, acababan con esos inocentes. Por si fuera poco, fogatas, pozo, chimenea o peroles con brea, eran trampas mortales; de tal manera que, de once o doce criaturas, tres sobrevivían.

Caterina no deseaba que su marido le echara en cara un descuido. *Si sabe que abandoné a su hija, a nuestra hija, para ver a Leonardo, me mata.* Así que trabajaba cual esclava, sin una sola queja. Y las lecciones de dibujo proseguían. *No estoy muy segura de que Leonardo entienda todo lo que digo, pero lo memorizará y, cuando crezca, mis palabras florecerán en un cuadro, como los de la iglesia.*

—Escucha: un mago inventó los espejos. Reflejan el largo y el ancho de las cosas. La profundidad es un truco, un engaño de los ojos. Capisci?

—Sí, sí, mamma. Cuéntame más.

—El artista se parece a un espejo; pero en vez de reflejar lo que tiene enfrente, lo pinta.

—¿Más bonito?

—Sí.

¿Cómo le explicaría que, entre mejor representara la naturaleza, más cerca estaría de Dios porque entonces el artista se convierte en creador?

Piera empezó a llorar y Caterina, impaciente, la amamantó. Pero el binomio maestra-discípulo, madre-hijo, se había roto. Para recuperar el interés perdido, sugirió:

—Escoge un árbol.

—Ése.

—Compáralo. ¿Con qué, Leonardo?

—¿La forchetta para el heno?

—Ecco! Huele su perfume. ¿De qué color lo pintarías?

—Los perfumes son aire, mamma. No tienen color.

—¡Claro que sí!

—Bueno… verde.

—Tienes razón. Los arboles huelen a verde. Ahora toca las hojas. Unas son rasposas y otras, lisas.

—Una naranja no sería igual de dulce si la pintáramos… —el niño se concentró, frunció el ceño—: ¿azul?

—Según yo, sabría distinto. Una vez oí a tu abuelo recitar unos versos. El poeta comparaba esa fruta con un pedazo de sol.

Leonardo alzó la cara para comprobarlo.

—¡No! Te lastimarás los ojos.

—Cuando sea grande, voy a engañar al sol. ¡Y lo veré de frente! —de pronto soltó una carcajada—. Ahora hay muchos solecitos rojos bailando delante de mí.

—Estás deslumbrado. Siéntate, descansa —sonrió, pegándose a ella—. El árbol que escogiste ocupa un lugar especial en el campo. Si estuviera apartado no sería tan verde. Es como si sus hermanos, los arbustos y las plantas, le prestaran sus colores.

—Ah.

—Si crees olvidar dónde puedes encontrarlo, dibújalo en mi cuadernillo.

—Está lleno.

—Aquí hay un espacio vacío. Yo no tengo dinero para comprar otro, pero tú… pídele uno a Sea Lucia y nunca te separes de esas hojas. Son tu memoria.

—Cuéntame más.

—Algún día podrás pintar objetos. Luego dibujarás animales y mucho, mucho después, personas. Prepárate porque es muy difícil. ¡Dificilísimo! Cuando saludes a tu abuelo, retén sus gestos y arrugas, las cejas ásperas. Antes de dormirte, imagínatelo.

En una cara plana, sin facciones, pon sus ojos, su nariz, su boca, hasta que te lo sepas de memoria.

—Tiene arrugas acá —señaló las comisuras de los labios—. Y acá.

—Se llaman patas de gallo.

—¡Porque parecen las patas de un gallo! —exclamó Leonardo.

—Exacto. Escucha, ningún conocimiento, por pequeño que sea, está de balde. Aprende a todas horas, cada día, siempre.

—Terminaré mi trabajo aprisa y…

—Yo nunca he acabado un dibujo, Leonardo.

Dejaba abierta la posibilidad de volver a su obra. Una línea leve, imperceptible para los demás, bastaba para aproximar a la perfección. *¡Virgen santa, cometí un pecado de orgullo! Perfecto sólo Dios.* Descartó aquella idea para brincar a otra: *Término significa la imposibilidad de componer algo, pues has llegado al final de tus facultades. Y, ¿es eso posible? ¿Acaso entregué todo, absolutamente todo?*

Mientras Caterina negaba con la cabeza, Leonardo fijó la mirada en sus labios. Parecían dos colinas con un precipicio en medio, la letra "m" extendiéndose ondulante. *¡Qué bonita!* Después, separó la lección en frases cortas, para que hilarlas resultara menos arduo. Mientras su madre cambiaba los pañales o dormía a Piera, él repetía: *Il pinttore observa la naturaleza.* Se volvió: *Ahí está mi árbol. Il pinttore compara una forma con otra. ¿La horqueta para el heno?*

Al fin la niña los dejaba tranquilos. Entonces proseguían aquellas conversaciones interminables.

—Mamma, ¿qué fue primero?

—La oscuridad. Luego, Dios hizo la luz. Si Nuestro Señor tuviera un oficio…

—¡Sería pintor! Por eso hizo la luz: para ver los colores.

Sólo el artista aprecia cabalmente el trabajo divino, pensó Caterina. Hizo un esfuerzo para proseguir por ese camino mental, lleno de recovecos. *Hasta los ignorantes, como yo…*

—¿Por qué no aprendes a leer, mamma?

—Accattabriga jamás me permitirá ir a la escuela y a tu maestro no le interesaría enseñar a una campesina.

—Yo te enseño.

—¿Tú? —se le iluminaron los ojos. En el rostro femenino se plasmó el mismo asombro que subyugaba al niño ante la posibilidad de aprender—. ¿Podrías?

—¿Es pecado? —indagó, por precaución.

—No. La Virgen leía cuando el arcángel Gabriel se le apareció.

—¡Ah! Mañana traigo tinta y plumas.

—Grazie, filio.

Leonardo la acarició, apropiándose de sus facciones, y ella supo que la consideraba hermosa… y se sintió hermosa.

—Mamma, ¿la ceguera es lo peor?

—Certo.

—¿Peor que perder nuestro nombre?

—¿Cómo podrías perderlo, hijo?

—Cuando te casas.

—Cuando se casa, la mujer toma estado, por eso lleva el apellido de su marido.

—Buti.

Le pareció que una piedra rompía la serenidad de la tarde. Resuelta, desvió la plática:

—El nombre de pila varía en diferentes idiomas. Una vez oí a un mercader llamarme Catalina.

—¡Qué gracioso!

—Pero un retrato nunca cambia, forma parte de nuestros recuerdos. No, es el recuerdo mismo porque apresa al tiempo y le impide seguir su camino. En un retrato, el joven sigue joven. ¡Siempre! Por eso… —el tañido de las campanas interrumpió el diálogo—. Debo irme, Leonardo. Mañana te enseñaré a pintar sombras y tú me traerás el dibujo de ese árbol.

—No, ahora. Cuéntame ahora.

Caterina, con la niña en brazos, se dirigió a su cabaña.

—La oscuridad es amiga de la luz, pues la completa. Una cazuela se ve más redonda al lado de su sombra. Lo comprobé en la cocina. Ah, ¿sabes lo que hice? La copié. Si la sombra de tu dibujo parece natural, puedes estar contento. Lo has hecho bien.

Llegaron al terreno de los Buti. El lindero contuvo a Leonardo y Caterina suspiró. *Entro a mi prisión.* A su espalda, oyó la voz infantil:

—Traeré los cartones para enseñarte a leer, mamma. A domani.

La aldeana apresuró el paso. *Si me detengo...* Le costaría mayor esfuerzo empujar la puerta e ingresar en aquel mundo pestilente y mezquino. Hasta la voluntad más firme tiene un límite.

Caterina todavía esperó otra luna. A veces el menstruo se atrasaba. Cuando estuvo segura, se lo dijo a Accattabriga. Él se hinchó de orgullo. ¡La había preñado por segunda vez! Pero la satisfacción de su marido no borró su inquietud. ¿Cómo anunciárselo a Leonardo, en qué momento, en qué lugar? ¿La perdonaría? *Sin desearlo, alzo un nuevo obstáculo entre nosotros y acorto el tiempo del que disponemos para estar juntos.* El resentimiento infantil explotaría tarde o temprano. *Entonces lo perderé de nuevo.*

El niño, ajeno a esas contrariedades, vivía en un mundo aparte. Michele Ciavarella lo mimaba a rabiar. Dos años después de que ingresara al aula, el muchachito se había convertido en un reto espléndido para el fraile. Sus preguntas desconcertantes lo ayudaban a librarse de vanidades. *Tengo muchas limitaciones,* suspiraba. Luego, humilde, acudía a su benefactor, Ser Antonio. Los dos viejos consultaban tratados, discutían, llegaban a conclusiones más o menos lógicas.

—Cometimos un error, Michele. Leonardo leyó este libro y anotó al margen...

—¡El libro está escrito en latín!

—Desde luego. Tú le enseñaste.

—Perdone, Ser Antonio. No se recomienda enseñar la lengua sacra a… a los ba… bas…

—¿Aprendió solo?

—Eso creo. Traduce textos antiguos. Si domina el latín, leerá el original.

—Es posible, Michele. Puse mis libros a su disposición.

—¿No le parece demasiado peligroso? En una mente impresionable se introducen herejías con excesiva facilidad.

—La fe no está reñida con el conocimiento. Lo sabes mejor que yo. Por tal motivo, te agradezco que muestres a Leonardo cómo usar procesos deductivos, rechazando prejuicios e interpretaciones parciales —tras breve reflexión, añadió—: En mi juventud me negué a acatar dos o tres reglas y, supongo, trasmití esta rebeldía a mi nieto. Así pues, ¡que lea cuanto quiera! La ilegitimidad tiene un punto a su favor: permite cierta independencia. Leonardo, ¡como yo!, dedicará su vida a lo que le plazca. ¿Has visto sus dibujos?

—Los he visto… y admirado.

—En mi familia hay notarios, pero nadie se ha dedicado al arte.

—Dios otorga Sus dones por razones desconocidas.

—Mi hijo Piero ni siquiera lo consideraría un don.

Guardaron silencio y para volver al tema principal, el patriarca retomó la palabra:

—¿Aceptas que no encontramos respuesta al cuestionamiento que te hizo Leonardo?

—Obviamente, lo acepto.

—Hay una manera de resolver este problema. Pregunta a mi nieto qué solución le daría a la cuestión que él mismo planteó. Si no me equivoco, debe estar elucubrando algún método.

—Excelente sugerencia. Seré sincero. La modestia no sólo evita dificultades, abre caminos —se inclinó para despedirse—: Grazie, Ser Antonio.

Al día siguiente, el fraile llevó a cabo aquella decisión y Leonardo, a quien le encantaba lucirse, extendió la respuesta salpicándola con latinajos, citas, amplios paréntesis, pausas... Por fin, Jerome Predis, el decano de los alumnos, bufó impaciente.

—Maestro, tengo hambre.

Michele luchaba por atrapar los puntos finos del discurso y esa interrupción lo irritó al máximo.

—¡Cállate! —gruñó, recalcando su mandato con un sopapo—. Leonardo, repite la última parte.

Las protestas se multiplicaron.

—¡Queremos comer!

—¡Es hora del recreo!

Michele repartió coscorrones hasta restablecer el orden.

—¡Silencio! Alimenten sus mentes en vez de preocuparse por sus panzas.

A la salida, Jerome recapacitó como nunca antes. Su rolliza existencia había sido bastante agradable hasta que ese tal Da Vinci ingresó al aula. Él era el preferido y su padre recibía las felicitaciones del maestro a cambio de unas cuantas monedas. En cambio ahora, para ridiculizar al fraile, cambió las alabanzas habituales por insultos: *Leonardo el imbécil, Leonardo el estúpido, repite la última parte.* Pero las cosas no se quedarían ahí.

Una tarde, cuando volvían a sus hogares, Predis y dos más emboscaron al predilecto. Lo golpearon entre gritos e injurias. La víctima chilló de dolor y algunos vecinos salieron a averiguar qué provocaba aquella trifulca. Alcanzaron a identificar a los atacantes.

Cuando vio la cara hinchada de su sobrino, Francesco maldijo cual bellaco.

—Llamen al médico —ordenó, levantando en brazos al herido.

Los criados ya habían alertado a Ser Antonio y a su esposa, quienes salieron a la calle con el alma en un hilo. Apenas examinó al nieto, Sea Lucia pidió las sales. A continuación, lanzó un monólogo en que alternaba quejas, amenazas contra los salvajes que habían atacado al niño y ruegos a la Divina Providencia.

En cuanto se presentó el galeno, el patriarca dispuso:

—No tengo nada contra pomadas y emplastos, mas les prohíbo aplicar sanguijuelas. ¿Está claro?

—Más claro que el agua. No es necesario alarmarse.

Lívido de ira, el anciano se dirigió renqueando a la escuela. Usando el bastón, empujó la puerta.

—¡Michele!

El maestro calentaba su cena. Al escuchar aquel vozarrón, casi suelta la escudilla.

—Me matarás de un susto.

—Eso quisieras. ¡Te mataré a palos, como un perro!

—Prego, signore, explíqueme.

—No recibirás ni un florín. ¡Ni uno más! ¡Maltratan a mi nieto y tú tan tranquilo! Si le rompieron un diente, te lo sacaré de las encías.

—Si lo encuentras —se sulfuró el religioso—. Concretamente, ¿de qué me acusas?

—No vigilas a tus educandos. Mañana darás una tremenda tunda a los responsables de este asalto.

Dicho esto, Ser Antonio regresó a su casa. Michele lo seguía a prudente distancia. Ambos atravesaron el patio en medio de un ominoso silencio. En el vestíbulo, la abuela lloraba a moco tendido.

—Leonardo… ¿Sanará, Lucia?

—Bebió una pócima y ahora duerme. Le cerraron un ojo. ¡Le pisotearon las manos!

—Nada irremediable —los apaciguó Francesco—. Bajaremos la fiebre con paños fríos.

—¿Dónde está el médico?

—Visita a un agonizante, padre.

—¡Llámalo! Lo quiero hincado a mi lado. Rezaremos juntos y, por su bien, ojalá tenga vara alta en el Cielo.

Aparentemente, el susodicho gozaba de privilegios en el Más Allá pues, a las dos semanas, Leonardo se presentó a clases, acompañado de su tío.

—Yo mismo vendré por él, Michele.

Fiel a su promesa, Francesco esperaba a las puertas de la escuela, desde antes que sonara la campana. Al salir, los muchachos lo saludaban. *Pero, en cuanto mi sobrino y yo empezamos a caminar, se apartan y el rechazo se hace evidente.*

—¿Aún te insultan? —preguntó Francesco.

—¿Qué significa "bastardo"?

—Significa que naciste fuera del matrimonio —repuso, contemplando sus zapatos.

—Por eso las criadas me miran con lástima.

En un instante recordó los murmullos; cómo callaban cuando se acercaba. Siempre sospechó que algo andaba mal. Sin embargo, había preferido hacerse el desentendido.

—A causa de tu nacimiento, te están vedadas ciertas profesiones. A ti, de cualquier manera, te desagradaría ser notario.

—¿Y si me gustara?

—Dedícate a pintar, sobrino. Jamás he visto dibujos tan hermosos… ¡a tu edad! Dios te entregó ese don, explótalo. De lo contrario, pecarías.

El niño asintió porque su memoria le devolvió, palabra a palabra, el sermón dominical: *Talento tiene dos acepciones: la moneda de los tiempos bíblicos e ingenio. En el juicio final, cuando Cristo te pregunte qué has hecho con tu talento, ¿qué contestarás?*

—Nada te impide ejercer las artes menores. En Florencia, los grandes maestros ganan fortunas, acceso a la corte, prestigio. Mi hermano conoce a Andrea del Verrocchio.

—Arte menor —lo atajó Leonardo, con desprecio.

—De seguro lo dijo un idiota que ni siquiera era capaz de trazar una línea. ¡Como yo!

El segundón intentó una sonrisa y fracasó. Ante el silencio de Francesco, Leonardo añadió, como si ése fuera el remate de la plática:

—Quiero que Pantaleone me acompañe a clases.

—¿El palafrenero?

—O me quedo en casa.

—Hablaré con tu abuelo. Te lo aseguro, nadie te golpeará de nuevo —le dijo, aunque ambos sabían que las palabras también golpean.

El fraile convino en que el criado permaneciera en un rincón, papando moscas, mientras sus pupilos trabajaban. Pero con esa solución preveía mayores males y acertó. Apenas aflojaba la vigilancia, los muchachos se burlaban de Leonardo. A él debían reprimendas, la dolorosa aplicación de la palmeta en las nalgas y comparaciones humillantes. Y su alumno predilecto también se sentía inquieto. *Tarde o temprano me atacarán; sólo que* esa vez lo dejarían tullido.

El placer del aprendizaje fue sustituido por el miedo. Leonardo faltaba a clases y jamás volvió a contestar una pregunta. Si el maestro insistía, a duras penas mascullaba:

—No sé.

Michele, en el colmo de la desesperación, se propuso pedirle consejo a... ¿Ser Antonio? *¡Ni Dios lo quiera!* Lo despellejaría vivo. Sea Lucia, que no daba paso sin el consentimiento del marido, tampoco era opción. Caterina, por su parte, había provocado numerosos recelos en su juventud. Vivía sola. Una madre enferma y vieja no cuenta, ¿podría ayudarlo? Lo absurdo de tal idea lo hizo sonreír. Una mujer ignorante, pobre... desvariaba. Mientras contemplaba el aula vacía incapaz, concluyó que los campesinos tenían una manera muy simple de ver la vida: si un chico sucumbe, era un incapaz. *Ergo, si las dificultades vencen a Leonardo, ojalá muera pronto. Dios no creó este mundo para los débiles.*

Esa tarde Caterina trabajaba en el huerto, mientras su hija corría de un lado a otro, gorjeando como pájaro. *¡Que se divierta* *mientras pueda!* Una punzada la obligó a enderezarse. Cuando echó la cabeza hacia atrás, su vientre voluminoso se hizo más obvio. Escudriñó la colina. *Mis pupilas se apagan. Ya no distingo las copas de los árboles.* Los detalles formaban masas coloridas, donde predominaban el verde y, atrás, hasta el horizonte, el gris azul. Contra esa penumbra resaltaba una figura. *Alguien baja la cuesta.*

—Buongiorno, mamma.

—¡Leonardo! Hace meses que no vienes.

Su comentario disfrazaba su alegría, convirtiéndola en regaño.

—Estuve enfermo.

A esa hora su padrastro molía cal; no obstante, el muchacho escudriñó los alrededores.

—Piera y sus primos también enfermaron. Una verdadera epidemia, por eso no fui a verte —tras un silencio—: Domenica me mantenía al tanto de tu recuperación.

—Eso pasó hace mucho.

De cualquier modo, lo revisó para comprobar si quedaban cicatrices. Al final le besó la cara.

—Ahora me acompaña Pantaleone —tras una pausa difícil—. No quiero ir a la escuela.

—Díselo a tu abuelo.

Caterina prosiguió su trabajo. Ese consentido la sulfuraba. *Yo hubiera dado una mano o un ojo con tal de aprender algo. ¡Cualquier cosa!*

—¿Por qué no quieres ir a la escuela?

—Me llaman bastardo. Lo tararean mientras caminamos a casa. Pantalone no puede evitarlo. Si corretea a uno, los demás me golpearían.

—¿Y qué puedo hacer yo? Pariré en unos días.

—A otra media hermana.

—¡Sí, Leonardo, sí! ¡Una más! —ese niño no tenía derecho a juzgarla. En cuanto aparecía, le echaba en cara su situación—. Voy a amamantar de nuevo. ¡Lavaré pañales a montones! ¡Pilas enteras! Once personas dormiremos en el mismo cuarto. Si descuido el huerto o las gallinas, habrá menos comida. Comprende: yo tampoco puedo protegerte.

—Entonces, dame un padre que lo haga.

Aquel reproche la hizo palidecer:

—Tienes a Francesco, a tu abuelo…

Se encogió de hombros, desdeñoso. Ante esa altivez, se le aproximó hecha una furia y, jalándolo del brazo, lo sacudió con violencia.

—Aprende a defenderte, fanciullo, porque nadie lo hará por ti.

En ese momento el Revoltoso y el viejo Buti descendían la colina.

—Vaya, vaya. Tenemos visita —ironizó el Revoltoso.

Leonardo iba a huir: su madre le cerró el paso. Sin saludar, ordenó al marido:

—Enséñalo a defenderse.

Leonardo permanecía inmóvil. No entendía si aquello era una traición o una ayuda.

El antiguo soldado tomó su tiempo. Se deshizo de los útiles que cargaba al hombro, escupió en sus manos; luego las frotó una contra otra, lentamente. Como él retrocediera un paso, Caterina lo empujó hacia adelante. Leonardo se cubrió la cara. No vio que el hombrón lo levantaba sin el menor esfuerzo. Por un momento lo mantuvo en alto y, casi con displicencia, lo arrojó al suelo. Los alaridos de dolor resonaron en el campo.

—Te pedí que le enseñaras a defenderse, no que lo mataras —gritó Caterina, golpeando el pecho velludo y sudoroso.

—Cara, bellissima sposa —se mofó Accattabriga—. Eso es imposible. Im-po-si-bi-le. Nuestros capitanes colocan a los bisoños en primera línea. La mayoría termina bajo tierra; pero los que sobreviven, esos prosperan. Saltan hacia la diestra un instante antes de que el enemigo los ataque por la siniestra, se esconden tras un árbol justo cuando una espingarda arroja piedras gigantescas. Su instinto nunca falla.

Muchos acaban ricos, con fama de valientes. Aprenden solos. Capisci?

Leonardo se arrastraba por el suelo, ampliando el espacio entre él y su padrastro. Un temblor continuo lo sacudía. Accattabriga se volvió.

—Déjalo en paz —intervino Caterina—. Aprenderá solo.

—Escucha, muchacho —se sentía a sus anchas resaltando su superioridad física, la brutal eficiencia del veterano—. Explota tus cualidades. Si eres rápido, corre; si tienes buena puntería, dispara; si nadie supera tu fuerza, aplasta. Olvídate de la compasión. En una pelea, gana, gana siempre: la derrota entraña mutilación o muerte. Si hubiera querido hacer contigo cualquiera de las dos cosas, no me habría costado ningún trabajo.

—Acabarías en la horca —le advirtió la contadina. Después, observó a su hijo. *Tiene las rodillas y los brazos magullados, sangra.* Los ojos se le humedecieron, pero apretó los labios, resuelta a esconder cualquier signo de piedad:

—Si eres inteligente, Leonardo, piensa. Piensa siempre. La estupidez implica castración o esclavitud, algo peor que la muerte.

El hombracho y el viejo Buti caminaron hacia la cabaña. La familia entera contemplaba la escena. Apenas se aproximó Accattabriga, lanzaron hurras. Así demostraban cuánto rencor les inspiraba el bastardo. Y, como Leonardo lograra ponerse en pie, lo abuchearon.

—¿Quién te bautizó, León? Pareces un cordero.

Se carcajeó Fiore, presumiendo de ingeniosa.

—Un cobarde —rectificó Jacopo.

De pronto, entonaron a coro:

—¡Cobarde! ¡Cobarde!

Caterina miró al marido con absoluto desprecio. *De hoy en adelante, mientras fornicas, y resoplas y bufas, peor que una bestia, no moveré un músculo. ¿Nuestros ayuntamientos te agradaban? De hoy en adelante penetrarás a una muerta, Accattabriga.*

Al son de aquella cantaleta, llorando de desesperación y coraje, el muchachito subió la loma, queja a queja, paso a paso. En la cima, se detuvo. Estaba solo. A su juicio, hasta su madre le había vuelto la espalda.

—Antonio Buti —su voz resonó en la inmensidad. Ese grito descartaba el apodo enunciando nombre y apellido, de igual a igual. Las palabras adquirieron fuerza, semejantes a un voto sagrado—: Antonio del Piero Buti, regresaré —antes de refugiarse en el anochecer, que cubría los llanos con su sombra, lanzó un escupitajo—. ¡Te lo juro! ¡Regresaré!

Pasaron tres años. Tras María, la Divina Providencia bendijo a los Buti con otra hija. El Revoltoso tuvo accesos de rabia que pronto se transformaron en envidia. Los domingos, al finalizar la misa, se aproximaba a los recién nacidos. Si eran varones, daba un codazo a su mujer:

—Nuestros vecinos tienen suerte. —O, cada vez con mayor frecuencia—. Ésta sabe parir, produce hombres.

A pesar de ese menosprecio, Piera, María y Lisabetta adoraban a su padre, lo cual no impedía que representaran tres bocas hambrientas. Por fortuna, Dios fue misericordioso y acogió en su seno a los ancianos Buti. Nadie supo si el invierno, excepcionalmente frío, les heló los pulmones o si un tumor maligno los había roído por dentro. Amanecieron muertos, tan abrazados el uno al otro que debieron enterrarlos en un sólo ataúd.

Sin su presencia, los pleitos entre Accattabriga y su hermano aumentaron, y las esposas se encargaban de atizar los ánimos; ellas mismas se toleraban a duras penas y pasar juntas todo el día, todos los días, terminaba por desquiciarlas.

No obstante, en esas vidas brillaba una luz, pues mientras Jacopo y Accattabriga habían demostrado su virilidad engendrando una docena de vástagos, seis de los cuales sobrevivían, Piero da Vinci continuaba sin descendencia. La pobre Albiera recorría ermitas pidiendo un milagro, pero ¿era conveniente traer al mundo a otro inútil como Leonardo? Si el patriarca muriera, nadie pagaría a un guardia para que cuidara al bastardo. Piero acumulaba rentas, pero a duras penas enviaba algunos florines para la manutención de su primogénito y Ser Antonio acababa de cumplir ¿ochenta y cinco, noventa? Era difícil saber.

Leonardo atravesaba un periodo ambivalente. Leía cuanto libro caía en sus manos, forzando a su abuelo a ampliar su colección. Esto les permitía pasar ratos inolvidables y sus confidencias los llevaban hasta el río donde, acompañados por el correr del agua, se sentían unidos hasta en el silencio.

Los conocimientos, por desgracia, no empequeñecían el hecho de que Leonardo no estaba capacitado para enfrentarse al mundo. Se tornó precavido; su risa, antes espontánea, en raras ocasiones rompía su reserva. Siempre le había agradado la soledad y ahora la buscaba para alejarse de sus condiscípulos y de Caterina.

Al principio, le pidió a Francesco que le enseñara a luchar. Resultó contraproducente. Era demasiado exquisito para soportar tales enfrentamientos. Le repelía la violencia.

—Mi abuelo me dijo que sólo los bárbaros imponen sus leyes por la fuerza. Cuando crezca, inventaré armas que destruyan al enemigo sin necesidad de combatir cuerpo a cuerpo.

E imaginaba un inmenso caparazón bajo el cual caminarían los soldados. *Dispararán desde ahí y nadie podrá matarlos.*

El contacto con otra piel, sudorosa, le provocaba asco. Lo mismo que agarrar el cabello aceitoso del contrincante.

—Quizá prefieras usar una espada —sugirió el tío—. ¿O te repugna la sangre?

—La sangre tiene un color estupendo —repuso, con una de esas salidas que desconcertaban a todos—. Pero...

—¡Siempre con tus objeciones, Leonardo!

Los riesgos le parecían excesivos: pérdida de un ojo, cicatrices espantosas, gangrena.

—¿Entonces? ¡Decídete! —insistía Francesco.

—No puedo.

El diálogo quedaba cerrado. Durante semanas nadie mencionaba aquel tema. Esa precaución perturbaba desde los criados hasta los señores, quienes se esmeraban por rescatar a Leonardo de su ensimismamiento: un esfuerzo inútil.

—Pierde interés en las lecciones —informó el maestro a Ser Antonio—. Sobrepasa a todos y sus deducciones continúan siendo geniales, pero su mente se ha vuelto vacilante e insegura.

—¿En qué te basas para afirmarlo?

—Algo le impide concentrarse en el momento actual. Escribe fábulas.

—Me ha mostrado dos, Michele; en la primera, las hormigas acumulan trigo; en la segunda, un zarzal atrapa pájaros negros.

—A mí me contó la del cuervo que vuela sobre un campanille. Leyó a Esopo y, supongo, copia el formato.

—¿Acaso importa? Sus personajes poseen frescura, lo mismo que el lenguaje. Ese mundo ficticio le sirve de asilo. Adora a los animales, quizá más que a los humanos.

—No lo dudo, Ser Antonio.

—Asila a cuantos perros y gatos encuentra. Si tienen una pata rota, los entablilla. Y, ¿puedes creerlo? Muchos sanan. Los días de mercado me aturde con sus ruegos. Una vez que tiene dinero en la mano, compra pájaros que después libera. Le maravilla verlos atravesar las nubes.

—Su ingenio lo lleva a conclusiones extraordinarias. En un ensayo *Perche li cani oderan volentieri il culo l'uno all'altro* afirma que los excrementos guardan el olor de la comida que fermentan. Según Leonardo, los canes tienen un olfato tan fino que, al olerse "voluntariamente" el culo, saben cuál pertenece a una casa rica y lo respetan porque su amo lo alimenta con carne. Si, por el contrario, el pobre animal come sobras, lo desprecian y lo muerden.

—¿Eso escribió?

—Así es, Ser Antonio. Salta de un tema a otro, a velocidad vertiginosa. Hoy me preguntó si aquí, en Vinci, ocurrió una gran batalla y por ese motivo nuestra villa lleva tal nombre. Planea su propio destino: triunfará porque Leonardo da Vinci significa Leonardo el vencedor. Le expliqué que Vinci proviene del latín vincus o vinculus, es decir, ligazón o atadura.

—Por favor, Michele, ahórrame tus explicaciones. Las aprendí contigo, en la escuela.

—*Vincus* designa un árbol de la familia de los sauces y crece a la orilla del Vincio —agregó, fingiendo sordera—. Con sus ramas se tejen canastas. Al oírme, su nieto se mostró bastante desilusionado. Por un momento temí que rompiera en llanto. Iba a consolarlo; no me lo permitió. Salió precipitadamente del aula y, tras él, su criado. A su regreso, tres horas después, cargaba un pequeño cesto. "¡Las tejedoras prefieren las ramitas flexibles y largas del vincus!", anunció. "Sólo se rompen aplicando la fuerza. Mas, si les doblan con delicadeza, forman complicadas tramas".

—Elige palabras elegantes.

—Sí. Sorprende la manera en que maneja el idioma, como si saboreara cada frase. "Las tejedoras me mostraron sus cabellos, fra Michele. ¡Los peinan usando los mismos diseños que en las canastas!"

—Mi nieto recibió una cátedra. Ha pasado frente a esas mujeres cien veces y hasta ese momento le asombró la cestería. ¿Por qué?

—Ya se lo dije. Le atrae descubrir todo por sí mismo. "La fuerza está en la flexibilidad", musitó, absorto. "Las varas gruesas se quiebran, las delgadas… Mi madre también teje, magister. Voy a dibujar sus trenzas, canastas, cabellos, cestos…" Debí interrumpirlo, Ser Antonio. A veces habla cual orate, con un entusiasmo fuera de mesura.

—¿Y?

—Cumplió once años.

—¡Once! Parece que fue ayer cuando vino a vivir a esta casa. ¿Adónde se va el tiempo? Vuela, Michele, vuela.

—A su edad, la Inquisición considera que los muchachos cometen gravísimos errores. Un chicuelo sin un padre vigilante tiene mayores oportunidades de condenarse.

—¡El Santo Oficio tiene su sede en Florencia! Ves peligros inexistentes. Además, tú y yo suplimos a mi hijo Piero. Entregamos a Leonardo lo mejor de nuestro espíritu.

—Cierto… y no sólo por generosidad. Con sus preguntas, el muchacho propicia que nos volquemos en él —tras unos segundos, su preocupación aumentó—. El Tribunal recibe denuncias de la campiña toscana, Ser Antonio, y las investiga una a una. El carácter de Leonardo rara vez admite directivas, menos ahora que lo obsesiona…

—¿Qué?

—Hasta donde yo discierno, librarse del criado y propinar una zurra a sus condiscípulos. Recuerda el incidente aquél… la golpiza… Mientras no logre vengarse, vivirá nervioso, ausente, de malhumor.

—Ya pasaron tres… ¿cuatro años?

—Para él, no ha transcurrido ni un día, signore. Reanima esa escena, la convierte en pesadilla. Y, a nosotros, ¡nos mantiene con el alma en vilo! Ignoramos a qué extremos puede llegar una mente desquiciada.

—Te lo ruego, no menciones esa palabra. Evoca la demencia.

—Su nieto se muerde las uñas hasta sangrarlas, parpadea constantemente. ¿Lo nota?

El anciano meditó un minuto completo.

—Yo me encargo de Leonardo; tú cuida a tus fieras.

Se despidieron, todavía intranquilos, sin saber qué hacer o a quién dirigirse.

Después de la cena, al lado de las velas encendidas y con los susurros de la noche como contrapunto de la charla, el abuelo inició el ataque:

—Filio, descríbeme una tormenta.

Sus ojos color miel seguían siendo luminosos a pesar del gesto tenso. Sin cuestionar tan extraña petición, dijo:

—El viento sopla sobre la pradera; remueve lo que no está fijo. Desgarra las nubes y con su furia arrastra hojas y ramas. Algunos árboles se inclinan, casi hasta el suelo; sus raíces quedan al descubierto. Los arbustos que crecen entre las rocas caen, desnudándolas, mientras el aire, al echarse contra el monte, lo cubre de niebla. Una lluvia copiosa desciende. Moja a los hombres quienes, con los vestidos y el cabello alborotados, tapan sus ojos para protegerse.

—Tu espíritu es esa tempestad, Leonardo.

Aceptó aquel fallo. Se había debatido contra un obstáculo al parecer insalvable. *Ideé estratagemas y me esforcé por adquirir destrezas que en el fondo rechazo.* Estaba exhausto. Con tristeza, dando por cierta una respuesta negativa, inquirió:

—Abuelo, un muchacho jamás ha vencido a un soldado, ¿verdad?

El patriarca tardó en responder:

—Veamos, fanciullo, ¿cómo es ese soldado? ¿Hábil con las armas? ¿Alto? ¿Fuerte?

—Un gigante.

—¿Te refieres a la vida real o a los mitos?

—En la realidad —se impacientó.

—David venció a Goliat.

Hubo instantes de silencio.

—Certo! —esas palabras cortaban un espeso velo para dar paso a su salvación—. ¿Por qué no se me ocurrió?

—Porque estás inmerso en tu problema. Debiste admitir que necesitas ayuda.

—Conozco la historia —lo atajó, pues tal reproche se acercaba demasiado a la verdad.

Con su memoria prodigiosa relató, al pie de la letra, lo que su maestro le había contado:

—Saúl y los israelitas se enfrentaban a los filisteos en Socoh, Judea. Dos veces al día, Goliat, el coloso enemigo, retaba a los soldados de Jehová... ¿Cuánto mide un gigante, abuelo?

—¿Al que te refieres? Según unos, seis codos; según otros, ocho. Tan grande como aquella puerta.

—"Envíenme a su campeón", instaba, mañana y tarde, perturbando los rezos del pueblo elegido. Mas Saúl tuvo miedo...

Yo tengo miedo. Accattabriga me aplastará.

—Continúa, por favor.

—David... —calló de inmediato. Su mente repetía una imagen: el padrastro alzándolo y arrojándolo contra el suelo. Su voz tembló levemente—: David oyó que el rey prometía un premio a quien derrotara al filisteo. "Yo lo venceré", dijo. Saúl le entregó su armadura; mas el muchacho declinó el préstamo. Con su honda y cinco piedras obtendría la victoria... Abuelo, ¿es difícil manejar una honda?

—Jamás lo he intentado. Varias veces tuve que castigar a Pantaleone porque era una verdadera calamidad. Mataba pájaros y lastimaba a los gatos de tu abuela con su estupenda puntería.

—¡Imbécil!

—Él puede ayudarte.

No terminaba de decirlo cuando ya Leonardo salía en busca del criado. Lo encontró en el establo:

—¿Todavía sigues matando pájaros?

—No —soltó una carcajada—. Son juegos de niños.

—¿Juegos? Dios prohíbe matar. Y a ésas, sus criaturas predilectas, les dio alas. Son las únicas...

Antes de que Leonardo le ensartara un discurso sobre la resistencia del viento, las nubes o el movimiento grácil, preciso, acompasado, de las aves, el sirviente se encogió de hombros.

—Ni siquiera recuerdo cómo se usa una honda.

—Trata —propuso el jovenzuelo, con la seguridad del patrón.

—Tendría que hacerla.

—Hazla.

Desde esa tarde, Pantaleone y su pupilo dedicaron hora tras hora a un sólo fin: acertar en el centro de un blanco. La fuerza del sirviente hubiera descalabrado a su adversario.

—Y yo… ¿podría matar a alguien?

—Primero debes atinarle —se burló su guardián.

Leonardo apretó los labios. Dominaría esa arma costara lo que costara.

Lo logró en doce meses, largos, llenos de decepciones. Erraba porque no confiaba en su instinto, hasta que recordó las palabras de Accattabriga respecto a los novatos: *Sobreviven si adivinan cuándo los atacarán por la derecha; entonces saltan hacia la izquierda.* Desde ese momento, las lecciones resultaron menos difíciles.

Un domingo, demostró su destreza ante sus abuelos. Los Da Vinci aplaudieron admirados.

—¡No fallaste ni un tiro! —sollozó Sea Lucia, que a últimas fechas lloraba por cualquier cosa.

—Les devuelvo a Pantaleone. Desde hoy, camino solo.

Los ancianos palidecieron. Pronosticaban tragedias y le rogaron con voces lastimosas. Pero su nieto expuso sus razones y no transigió.

Ese mismo lunes se apostó en un muro para proteger su retaguardia, pues Jerome Predis, convertido en un mocetón que había abandonado el aula hacía un par de años, siempre paseaba con sus compinches. Al distinguirlo, entre Giovanni y Andrea Migliorotti, Leonardo colocó cuatro piedras sobre el parapeto; la quinta en su honda.

—Ciao, bastardo —lo saludó Jerome—. Comme va la tua mamma? —insultaba por costumbre; hasta hubiera jurado que sus humillaciones se tomaban a broma, sin causar resentimiento.

—Mejor que la tuya —repuso, al mismo tiempo que... *Una piedra golpea la frente del gigante. Ante el azoro de los filisteos, Goliat se derrumba. Clamores estruendosos retumban en el campo de batalla. El héroe se acerca al vencido...*—. La próxima vez te pegaré en un ojo. Quedarás tuerto. Capisci? ¡Tuerto!

Giovanni y Andrea Migliorotti pusieron pies en polvorosa. *David, con la espada de su contrario, le corta la cabeza. La sangre moja el suelo, formando un charco rojo...* Leonardo observó a su rival. *¿Por qué se coagula? Sólo si está expuesta al aire... Cuando corre por nuestras venas...* Pero no lo ayudó a levantarse. *Le di la espalda. Si me ataca, no tendré tiempo de volverme.* Obligado por el miedo, giró, sólo para encontrar a su enemigo tocándose la frente. *David alza la cabeza del gigante y la muestra a los israelitas...*

Una euforia nerviosa lo oprimía. Necesitaba dominarse o la indecisión frenaría su venganza. *Venceré al Revoltoso. Mi madre tiene miedo, como yo. Su marido la amenaza. Algo terrible ocurrirá si él nos descubre platicando. Quizá la encierre. Las lecciones, las visitas... Nunca más.*

Sus pies lo llevaron a Campo Zeppi y se situó tras un olmo. Así, cuando su padrastro subiera la cuesta, el sol lo cegaría. *Si tienes buena puntería, dispara.* Las manos le sudaban y, al acariciar las piedras seleccionadas con tanto esmero, una cayó al suelo. *Fallaré. Estoy seguro, fallaré.* "Olvídate de la compasión. En una pelea gana, gana siempre", le había dicho él. Calma. *Tiraré a la frente, ni una pulgada de menos o de más o perderá un ojo.* El fornaciaio no podía quejarse, pues sólo seguía sus indicaciones.

Accattabriga se aproximó. Volvía de la labranza, como siempre. Su hermano caminaba a su lado; sin embargo, no se dirigían la palabra. Demasiados resentimientos los separaban y, ahora que sus padres habían muerto, sólo los unían esos campos, de los que extraían el pan de cada día, con mil trabajos.

El veterano mostraba el torso velludo; sobre un hombro acarreaba azadón y guadaña. El tiempo no había mermado su fuerza. Sin duda, todavía era capaz de jalar el arado, suplantando a un buey.

—¡Antonio Buti!

Su grito repercutió en el espacio, igual a un clarín. El antiguo soldado sólo necesitó esa advertencia para reaccionar. Las herramientas rodaron por suelo mientras se cubría la cara… Y el proyectil rebotó contra su antebrazo, sin causar mucho daño. Rugió de rabia. Un segundo después, agachado, brincando, comenzó a ascender. Como en un asalto.

Leonardo preparó la honda. Un giro. Otro. Cada vez a mayor velocidad.

—¡Soldati, caeremos sobre nuestros enemigos!

Aquel exhorto estremeció al niño. Las palabras del texto bíblico resonaron en sus oídos con el vozarrón del Revoltoso: "¿El ejército israelita no tiene hombres? ¿Mandáis a un imberbe a luchar contra mí?". Un temblor espantoso sacudía su diestra. *No logro apuntar*. Se había ejercitado con un blanco inmóvil, porque no hubiera soportado matar un pájaro o lastimar un perro. *Quédate quieto, Accattabriga*, rogó. *Un instante. ¡Por favor, por favor, un instante!*

—¡Ataquen sin piedad! —ante los manoteos convulsos de Leonardo, el hombrón se detuvo. Conocía el aroma del miedo. La pestilencia que impregna los sobacos, las pupilas que se dilatan prestándole una expresión grotesca al rostro—. Vaya, vaya, hijastro —se carcajeó—. ¿Perdiste los arrestos?

—¡La próxima en el ojo! —y disparó.

El antiguo soldado se desvió justo a tiempo: el proyectil pegó en la nariz, rompiéndola. Un dolor agudísimo lo cegó. Tuvo que hacer esfuerzos brutales, pero mantuvo el equilibrio y no rodó cuesta abajo. La sangre lo desconcertaba. Su sangre. Miró sus dedos sucios, el pecho por donde escurrían las primeras gotas… Estaba acostumbrado a escenas horrendas, mas, hasta ese momento, nunca había sido la víctima. Estudió la situación y entendió que Leonardo no le permitiría acercarse.

—¡La próxima en el ojo! —prometió el muchacho, antes de coger la tercera piedra. *Quedan dos. Sólo dos.*

—¡Basta! —el hombracho levantó ambos brazos, en señal de rendición—. La fiesta ha terminado.

Leonardo bajó la honda. Luego escupió el peor insulto que se escuchaba entre la plebe:

—¡Bardassa!

Dio media vuelta y, a pesar de que no vigilaba a su padrastro, la calma lo invadió. *Una derrota significa mutilación o muerte.* La primera vez que escuchó esa frase apenas captó todas sus posibilidades, pero llevaba años sufriéndola en carne propia. El fracaso provoca la pérdida del valor, de la seguridad íntima. Era, en suma, una castración. ¿Y el triunfo? *Ya no tengo miedo.*

Desde la cabaña, Caterina contempló la escena. Un orgullo insano le entibiaba el corazón. Esa noche, después de curar a su marido, se recostó a su lado. Ya no sentía rencor. Accattabriga ni siquiera le inspiraba desdén. Magnánima, le acarició el hombro para consolarlo y, cuando él se volvió, correspondió a su abrazo.

—Abuelo, si derrotas a tu enemigo… ¿nunca vuelve a atacarte? —indagó varios días después.

—Nunca es un término muy largo, Leonardo —contestó el anciano, a quien le habían llegado rumores del pleito—. Escucha: por el simple hecho de vencer inculcas temor en tu adversario. Aprovecha ese momento y concierta una tregua. Si conviene a ambas partes, ninguna la romperá. Utiliza ese intervalo. Mantente alerta. Ejercita tu cuerpo. Conviértete en un atleta que gane las competencias de las ferias. La muchedumbre admira al más hábil y respeta al más fuerte —entusiasmándose con el tema, añadió—: Idea estrategias, agresiones, escapes.

—Como en el ajedrez —le atraía el papel de héroe. Se ejercitaría en los dos campos, el intelectual y el físico. ¿Acaso no había citado fra Michele a los griegos: mens sana in corpore sano? Se regodeaba cual pavo real, mientras una sonrisa perversa distendía sus labios. A Accattabriga jamás se le ocurrirán las mismas tácticas que a él. Lo vencería con una sola mano—. Juguemos una partida, abuelo.

Por aquella época, la relación entre Leonardo y su madre fue dorada, igual a la mies cuando se recoge la cosecha. Las lecciones continuaron al paso lento del otoño: estación que se prestaba al estudio de pardos, ocres, contrastes entre el verde y el carmín. Bastaba que el muchacho resumiera las enseñanzas para que nunca las olvidara:

—Mamma, para calcular la perspectiva dibujas una raya en la pared. A diez codos, cierras un ojo y mides el largo de tu línea con una paja. Luego, haciendo una equivalencia entre las dos, deduces la longitud del trazo. Si aciertas, logras tu propósito.

Caterina pensó en cuán pulcra era esa pronunciación, cuán preciso el discurso. Entonces se felicitó porque ella había contribuido a aquel logro. *Siempre traté de expresarme imitando a Sea Lucia. Si hablas bien, piensas bien.*

—Con tales cálculos, el resultado no tendrá la suficiente exactitud —concluyó Leonardo—. Prefiero basarme en una operación aritmética.

—Como quieras.

Apretó los labios, molesta. Le hubiera disgustado que su hijo se plegara a sus enseñanzas sin objeciones. Sin embargo, tanto perfeccionismo también la irritaba. *Se ha vuelto un vanidoso y la culpa la tienen los mimos de Sea Lucia y la posición de Ser Antonio.* Semejantes prerrogativas daban al nieto una certeza ilusoria, pues la bastardía no la borraba ni el dinero, ni el éxito. Entonces, ¿cómo reprocharle a Leonardo su jactancia? *Que se crea invencible, al fin la vida se lo cobrará tarde o temprano. No en vano vinimos a un valle de lágrimas.* Siempre lo catalogarían de excéntrico, zurdo, ilegítimo, extraño… demasiado extraño. Una persona normal no poseía tanto ingenio, ¿acabaría ese ingenio por acarrear su ruina? Aquella posibilidad, constantemente al acecho, despertaba la ternura de Caterina, quien acababa compadeciendo al inexperto cuya inocencia le impedía prever sufrimientos futuros.

—¿Sabes qué me gustaría dibujar? —musitó ella—. ¡A la Virgen María! En mi composición, mira a Jesús, de dos o tres años, con una cruz pequeña al hombro. El rostro de la Inmaculada expresa una enorme piedad porque su hijo ignora cuánto padecerá.

—Te equivocas, mamma. El Niño lo sabe, por eso carga su cruz.

Discutían como si ya estuvieran pintando el cuadro y, de pronto, la aldeana escapaba a su vida opresiva. No obstante la proximidad de dos males: Accattabriga y la miseria extrema; gracias a Leonardo ingresaba en otro ámbito, mejor que el real.

Ciertas tardes contenían una quietud perfecta. Piera, María y Lisabetta, jugaban; risas y palabras se integraban al gorjeo de los pájaros. Caterina estaba por recoger la alforja, cuando Leonardo afirmó:

—Me fastidia la escuela —mordía una ramita, fingiendo indiferencia—. Fra Michele se ha vuelto viejo. Cabecea en clase, repite las lecciones; además ya me enseñó lo que sabe —a Leonardo también lo abochornaba su estatura—. Le saco una cabeza a mis compañeros.

—La scuola dell'abaco no podía satisfacerte siempre. Pídele a Ser Antonio que te envíe a Florencia.

—Los maestros no reciben aprendices menores de trece años. Esperaré unos meses. A mi abuelo le parece bien. Dice que la despedida debe ser larga, lenta.

—Tiene razón. Vaga por el campo, dibuja, escribe tus impresiones. Conserva, intacto, tu amor por nuestra tierra.

De pronto, Lisabetta empezó a llorar.

—A la Toscana no le guardo resentimiento. A sus habitantes… —como si aún fuera pequeño, canturreó—. Ciertas madres descuidan a sus hijos por nutrir a los ajenos. Dime, dime, ¿qué es?

—¿A qué habitantes te refieres? Tus misterios me fastidian —siguiendo la mirada de su hijo, la fijó en las chicuelas. Al volverse para increparlo, vio que algo cambiaba en el rostro angelical; la sonrisa se tornaba en mueca. *Celos*, se dijo. *Sus malditos celos*—. Yo no quise tener más hijas, Leonardo.

—Lo sé.

—Cada vez que nace una, te pones furioso. Haces rabietas, te ofendes. ¡Madura, por Dios! Los hijos nacen. No podemos evitarlo. Pero, dentro de lo posible, jamás te he descuidado por tus hermanas.

—Medias hermanas —la corrigió—. Y no has resuelto mi adivinanza —otra vez imitó la voz de un chicuelo, haciéndola desagradable—. Dime, dime, ¿qué es?

—Algunos árboles alimentan, con su savia, injertos de otras plantas.

—Correcto.

—Los jardineros colocan esos trasplantes sin preguntarle al árbol si los admite. Te lo repito: no me casé por voluntad propia, ni busqué tener a éstas. Cada una me pesa más que la anterior. ¡Casi muero al dar a luz a Lisabetta! —apenas se contenía. Aquel momento idílico era un espejismo. Uno más—. No inventes otra adivinanza. Me irritan.

—Tú me enseñaste a hacerlo.

—Leonardo, si tienes algo que echarme en cara, no te andes con rodeos.

—Aunque lo niegues, me descuidas —empleaba la misma palabra que Caterina para recalcar su despecho—. A cada una la amamantas, la arrullas, le cantas. Esto se ha repetido tres veces.

—Te gustaría que las dejara morir de hambre, ¿eh?

La miró sin parpadear y al cabo afirmó, como si admitiera un hecho por encima de la crueldad:

—Sí, me gustaría.

Con tal de callarlo, atacó a su vez:

—Correcto. No soy una madre perfecta, pues tú tampoco eres un hijo modelo —sin darse cuenta, descendía al nivel de un chico inseguro—. Nunca me has preguntado cómo me trata Accattabriga desde que le rompiste la nariz.

—¿Para qué? —y remató con el argumento que ella, alguna vez, empleara—. No puedo ayudarte.

El rencor se extendió, enfriando la ternura. Caterina sintió que su desesperación aumentaba. Tarde, comprendía su error. *Debí ser razonable, pero, hago rabietas igual que él.* Accattabriga se lo había explicado: para contrarrestar un ataque, debía distraer al enemigo.

—¿Irás a la fiesta de la Virgen? —ante el silencio del muchacho, barbotó—. El ocho de septiembre, en Massa Piscatoria, junto a la ciénaga. El señor cura nos bendecirá.

Su insistencia escondía un ruego: *No me dejes sola. No me hagas más reproches.*

—Iré. Mi tío prometió llevar pan y jamón.

—Ahí nos vemos.

Se contentaba con lo mínimo: un siguiente encuentro. Entonces, quizá, comprendería cuánto lo amaba. ¿Nunca entendería Leonardo que a esas tres sólo la ataba una obligación instintiva, un reflejo animal hacia la cría? Por tal motivo, le agradaba que, tratándolas con severidad y dureza, todos la elogiaran. *Sigo los consejos de Sea Lucia. Así, mis hijas marchan por el buen camino.*

—Niñas, nos vamos.

Acudieron de inmediato. Una al lado de la otra, aguardaron. Caterina decidió poner a prueba esa paciencia. Con mucha lentitud, se quitó la pañoleta para acicalarse. Accattabriga hubiera aceptado suciedad y humores agrios; a pesar de ello, la aldeana se esmeraba por conservar las delicadezas del mundo al que pertenecía su primogénito.

Entreveradas a las trenzas, aparecieron las flores. Aún despedían aromas silvestres... Leonardo, hechizado, observó cómo su madre peinaba sus cabellos con el mismo diseño que usaban las tejedoras de canastas. *Cuando crezca, y ya falta poco, el escudo de mi academia será un laberinto, por donde la fantasía, esquivando la locura, alcanza su meta. Lo pondré sobre la puerta para que todos lo vean: Academia Leonardi. En el centro: Vinci. El tejido simbolizará el misterio; Vinci, mi origen y mi victoria.* Sólo ingresarían quienes cuestionaran lo creado, la pregunta sin respuesta.

—Adelántense —ordenó Caterina a sus hijas—. Vayan recogiendo varitas para el fogón.

En unos segundos las alcanzo.

Cuando estuvieron a bastante distancia, se aproximó a Leonardo. Esa cercanía quebró la abstracción del mozalbete: ahora estaba consciente de las manos sobre sus hombros. En la penumbra, apenas distinguían el rostro del otro, su propio reflejo. Caterina le dio el beso de la paz, igual que si estuvieran dentro de un templo.

—No faltes —le pidió.

Él asintió. La garganta se le cerraba ante la belleza materna. *No entiendo cómo pude ofenderla.* Volvió a asentir, preso de amor y celos, debatiéndose en un tejido irrompible, igual al de las canastas toscanas.

Grupos de campesinos reunían ramas secas junto al pantano. Aligeraban aquella labor contando sus proezas sexuales; ficticias o comprobables, poco importaba. Los muchachos lanzaban lodo contra las rocas, mientras las mujeres servían vino.

Caterina se apartó de los Buti. Las flores que adornaban sus cabellos apenas disimulaban su tristeza. Varios ancianos se sentaron bajo los árboles. Jerome encendió el montón de leña y, en unos segundos, las llamas competían con la luz. Esa mañana radiante era marco insuperable para una celebración.

El párroco dio la señal y dos mozalbetes trajeron cuatro jaulas. Gallos, gatos, perros y un cuervo se movían en sus respectivas prisiones, medio muertos de sed. Eran totalmente negros; no tenían pluma ni pelo de otro color.

—Desde la bula papal de 1233 —exhortó don Bartolomeo, alzando la voz—, la Iglesia no sólo permite, ¡recomienda que se quemen vivas a estas criaturas donde habita el demonio! —señaló a los animales que gruñían, piaban, ladraban o graznaban, porque sus verdugos sacudían las endebles celdas hasta enloquecerlos—. ¡Ásenlos vivos! ¡Son refugio de Luzbel!

A continuación bendijo a los fieles que sacrificarían sus mascotas en un acto piadoso que enaltecía la fe. Los chiquillos, con palos, rodearon la fogata.

—¡Mucho ojo! Si una bestia logra escapar, regresadla al fuego.

Fue la gran diversión. Niños y adultos acabaron cubiertos de tizne, pero ese día todo causaba risa. Justo al final de la quema, los Da Vinci llegaron en una carreta.

—¡Francesco trajo vino! —exclamó alguien y en un santiamén los campesinos descargaron el obsequio.

En cuanto bajaron del vehículo, el aire fétido, donde ardían grasas y pelos, provocó un ataque de tos a Leonardo; con el estómago revuelto, se perdió entre los árboles. Tuvo suerte: nadie lo vio. De lo contrario, ¿cómo hubiera explicado ese rechazo a las recomendaciones de la Santa Sede? ¿Era otra de sus rarezas o cometía una herejía?

Al cabo de un rato, cuando los labriegos ensartaban capones para asarlos, Leonardo se integró al grupo.

—El gobierno debe desaguar esta marisma —opinaba uno.

—Acrecentaríamos las tierras cultivables y doblaríamos las cosechas —terciaba otro—. Mas, ¿quién tiene influencias ante la Signoria?

Los labios de Leonardo, iguales a los de su madre, temblaron al rozarle la mejilla:

—Buongiorno, mamma.

El Revoltoso, a poca distancia, contemplaba la escena. Ante ese beso, le dio un codazo a su compadre, Giovanni Gangalandi.

—Paciencia, mucha paciencia, Accattabriga —le aconsejó el dueño de la única prensa de aceite en varias leguas a la redonda—. Si pretendes impedirlo, te meterás en problemas.

No tuvo tiempo de replicar. Piera, su primogénita y, a falta de varón, su favorita, se interpuso entre madre e hijo. Sabiéndose apoyada por el hombracho ordenó con su vocecilla chillona:

—No le digas mamma, Leo. Es nuestra, sólo nuestra.

El soldadote la hubiera premiado con una sortija de oro. Piera, carissima Piera! *¿Qué harás ahora, bastardo? ¿Enfrentarte a una niña?* Leonardo miró a su madre; pero la aldeana se hizo la desentendida. Entonces, el muchacho caminó hacia la ciénega.

Caterina se mantuvo inmóvil, en tanto el calor arreciaba. Quizá la sed secó las gargantas; posiblemente ya se había bebido demasiado. En todo caso, nadie supo quién desató la trifulca. Giovanni Gangalandi recibió un empujón que lo tiró al suelo. El Revoltoso, siempre pronto a defender a sus amigos, entró en la refriega. Sonreía de oreja a oreja porque repartir golpes le causaba un agrado sólo comparable a la fornicación. Los insultos ensordecían. Algunas mujeres, que al principio trataron de separar a los contrincantes, aprovecharon para cobrarse viejas rencillas: agarraban el cabello de su rival y, dando alaridos, jalaban hasta quedarse con un mechón. Fiore no se hizo la delicada: le propinó tal puñetazo a Caterina que le cerró un ojo. Al cabo de un rato, la fatiga calmó los ánimos. Cada uno pescó sus bártulos y, sin una palabra, se dirigió a su casa.

Sólo Leonardo, cuya figura resaltaba contra el horizonte, permaneció al borde del pantano.

—Con desniveles y un sistema de drenaje, podríamos desecarlo.

Giró, buscando apoyo a esa idea, y para su sorpresa no encontró un alma en pie. Ante sus ojos se abría el campo de batalla, algunas cazuelas rotas y perros que devoraban las sobras. Aquello había ocurrido casi frente a sus narices y él no oyó ni vio.

Encontró a su tío sacudiéndose la ropa.

—¿Qué sucedió, Francesco?

El segundón soltó una carcajada.

—¡Ah, muchacho! Vives en otro mundo. ¿No escuchaste los gritos? El pueblo entero se aporreaba.

—Resolvía este problema: si construimos una rampa…

—Me lo explicas durante la cena —se tentó las costillas—. ¡Nada roto, aún estoy completo! —se apoyó sobre los hombros del sobrino—. Volvamos a casa, fanciullo.

Hubo varios descalabrados y un muerto. Quince días después, proseguían las investigaciones. Accattabriga fue llamado a declarar ante un juez. Tuvo suerte: dos testigos aseguraron que el veterano no había iniciado la riña; por tanto, ni siquiera pagó multa. Su compadre, en cambio, pospuso esa diligencia. Gracias a varias contusiones, guardaba cama.

—Tienes la oportunidad de ayudar un poco —anunció el fornaciaio a su mujer—. Giovanni necesita que alguien dirija la prensa mientras él sana. Y, ¿quién mejor que tú, tan dispuesta a mandar? Lejos de Fiore quizá haya paz entre estas cuatro paredes. Además, el compadre no te cobrará por prensar nuestra cosecha. ¡Vaya suerte! Todo ocurrió justo a tiempo. ¡Una semana antes de Santa Reparata!

El pueblo se reunió para la recolección. Por mucho rencor que los moretones avivaran…

—¡La oliva se recogerá a tiempo!

Las mujeres aprobaron esa tregua. Usaban el lubricante como combustible; sus lámparas iluminarían las noches invernales, ya próximas. Sin esa luz, la lobreguez de los meses fríos hubiera resultado insoportable. También conservaban una cuarta del óleo más puro para remedios caseros: con tres gotas aliviaban las úlceras y el dolor de oídos; a los constipados les aflojaba el intestino; si los briagos tomaban una cucharada antes de dirigirse a la taberna, el vino retardaba su efecto. La coqueta maceraba hierbas olorosas en el aceite antes de ungir su cutis; la preñada lo frotaba sobre el vientre. Ambas tenían una esperanza: mantener la piel fresca, engañando al tiempo.

Al amanecer, las jóvenes de pechos erguidos y caminar sinuoso, llegaban a los olivares con las canastas bajo el brazo. Los chicos corrían a su alrededor mientras canturreaban: "*Per Reparata, l'oliva e l'oliata*". Nunca fallaba: un pequeñín decía la adivinanza que acababa de aprender, creyendo que nadie conocería la respuesta.

—Caerán del cielo y nos darán comida y luz. Dime, dime, ¿qué es?

Los niños mayores, con un gesto de burla, respondían:

—Las olivas, estúpido. ¿Quién no sabe eso?

Desde el ocho de octubre, las recolectoras golpeaban la fruta con largas varas. Los árboles cercanos al río entregaban su tesoro, cual lluvia negra que llenaba los cestos hasta colmarlos. Entonces, las mozas los llevaban al molino. A veces, un joven aguardaba. Y aquélla que respondía a su mirada se apartaba de sus amigas lentamente, sin perder el paso, pero con el corazón desbocado. Bajo los robles se besaban, como cientos antes, como cientos después, porque la melancolía del otoño propicia el amor carnal. La yerba tibia era el lecho; el crujir de las hojas secas, una sinfonía donde participaban los grillos.

Las zagalas, en fila, cuchicheaban anécdotas plagadas de enfermedades, nacimientos, engaños y muertes. Cuando les llegaba el turno, no faltaba quien advirtiera:

—¡Cuidado! Se derramó una jarra.

El suelo brillaba por la pátina resbaladiza del *olio nuovo*, más preciado que un elíxir.

Pisando con cautela, vaciaban los cestos. La primera trituración separaría la pulpa del hueso gracias a una pesadísima muela de piedra, tirada por asnos, mientras el recinto exudaba aire húmedo, de aroma penetrante. En un rincón, Caterina recibía la paga mientras Leonardo dibujaba el complicado mecanismo de la prensa. Desde ese momento, el mundo dejaba de existir: no se daba cuenta que su cabello o sus ojos, la piel tersa, los dientes perfectos, provocaban sonrisas codiciosas. Su madre, por el contrario, moría de celos. ¡Apenas había cumplido trece años! Sin embargo, las matronas veían a futuro, cuando el joven reemplazara al niño y necesitara esposa.

En cuanto tenía un minuto libre, Caterina le confiaba sus secretos, el anzuelo mágico con que lo atraía:

—Nunca he pintado sobre tela. Debo conformarme con mis dibujos —sin embargo, aprovechaba todo lo que la rodeaba—. En la cocina hago experimentos; por ejemplo, el calor modifica los tintes. La yema del huevo, si se aplica en trazos ligeros, seca con rapidez. No agregues grasa a tus mezclas: las espesa demasiado. Disuelve tus pigmentos con aceite de linaza, pues la nuez mancha el color —*mis conocimientos se agotan, dentro de poco, se convertirá en mi maestro*—. Ahora vuelvo. Voy a atender a un cliente.

Leonardo contempló a su alrededor. *¿Cuánto mide esa viga enorme?* Cogió su cuaderno, compañero inseparable, confidente de sus dudas. Hizo algunos cálculos, pero la puerta abierta lo distrajo. *Un asno pasta mientras el otro trabaja. ¿Cuántas vueltas da al pozo cada día?* Caminó junto al animal, compadeciéndolo. *Vendan sus ojos para que no se maree; pero no ve. Oscuridad noche y día. Una vida sin luz…* Un labrador sacó agua del pozo y la bebió a grandes tragos. Su torso desnudo resaltaba bajo el sudor. Ante el movimiento de los músculos, Leonardo olvidó al jumento. Lo deslumbraba el cuerpo humano. *Cuando crezca, abriré un cadáver. Estudiaré cada órgano, cada ligadura, los nervios, el corazón,* pensó y regresó junto a Caterina.

—La Iglesia prohíbe las disecciones —dijo ella y su hijo se sobresaltó al darse cuenta de que, si veían lo mismo, pensaban lo mismo.

—El mundo es demasiado grande o el tiempo demasiado corto para que abarquemos lo que nuestra curiosidad propone —musitó él, un tanto melancólico.

Luego permanecieron callados, inmersos en esa comunión extraña de sus almas, mientras la molienda de las olivas proseguía. Tras catorce horas de trabajo los obreros se despidieron.

—A domani, Caterina.

El molino se fue vaciando. Cuatro o cinco mujeres echaban agua caliente a los depósitos y, de rodillas, los lavaban con sosa. Una había perdido la vista en esa faena; las demás, para allá iban.

Giovanni Gangalandi entró al obraje cuando su reemplazante apilaba el último florín.

—Buona sera, Caterina.

—Come sta?

—Mucho mejor; mañana vengo a trabajar.

A la luz de las velas, no pudo menos que admirar la belleza, aún presente, de la campesina.

—Hoy hubo buenas ganancias.

Cedió su lugar ante la mesa y el convaleciente contó las monedas dos veces. Al terminar, su sonrisa se había evaporado.

—Las cifras no concuerdan. Tendrás que pagarme la molienda de tus aceitunas.

Tomó aliento. *Si cree que trabajo en balde y se atreve a pensar que le robé… ¡va a oírme!* Esa ofensa requería la formalidad del "usted".

—Perdono su aturdimiento, signore. Quizá todavía usted tenga los sesos revueltos y eso le haga equivocarse.

Entonces Leonardo interpuso:

—Sea Caterina, olvida anotar que Domenica pagará mañana.

Con eso, la suma concordaba. Se despidieron y, una vez en el patio, la aldeana dio rienda suelta a su malhumor:

—¡Sea Caterina! ¿Cómo se te ocurre? ¡Soy tu madre, Leonardo!

—Y la de mis tres medias hermanas. Te apellidas Buti. Un desconocido nunca deduciría nuestro parentesco. Además, no te falto al respeto, te doy el tratamiento que se reserva a las damas.

Se contuvo, agotada. Deseando sacudirlo, permaneció con los brazos rígidos y los ojos llenos de lágrimas; en tanto que Leonardo, deseando disculparse, se dirigió a Vinci.

Leonardo se agitó en su lecho. La pesadilla volvía a martirizarlo. Hizo un esfuerzo, quería despertar, *¡quiero despertar!* Al fin abrió los ojos. Reconoció la recámara, mientras el miedo lo cubría. Temiendo constatar lo peor, se acercó a la mesa y hojeó el cuadernillo. *Aquí está: usaré carnalmente a mi madre y a mis hermanas.* Él mismo había escrito esa frase incestuosa. ¿A sus medias hermanas pretendía usarlas como a su madre? No, no, nunca… Sí, tal vez. Lo había soñado y los sueños encierran deseos ocultos.

Un sudor helado recorrió su piel. Junto a lo escrito, dibujó un camello, símbolo de la lujuria por el tamaño inmenso de su falo y la repetición de las copulaciones. Debajo de aquella línea leyó otra, ilegible. *Las mayúsculas empiezan del lado derecho; las minúsculas siguen hacia la izquierda.* Se le facilitaban aquellos rasgos por ser zurdo. Y no modificaría esa singularidad, al contrario, la perfeccionaría.

Nadie, absolutamente nadie tenía pesadillas semejantes a las suyas, ni se extraviaba en un laberinto, cada vez más estrecho. Las letras brincaban ante sus ojos. ¿Deseaba a su madre? *No, sólo admiro su belleza.* Bien lo decía el cura: la belleza conduce al infierno. ¿Escribía en dirección contraria para que nadie descubriera su crimen, el deseo de lo prohibido? Aquellas palabras lo horrorizaban pero… era inocente. Nadie dirigía sus sueños.

En ese instante, Francesco irrumpió en la habitación. Tenía el rostro contraído por la pena. En silencio, abrazó al sobrino, trasmitiéndole su sufrimiento.

El soñador regresó a la realidad asqueado; es decir, conociéndose un poco más. Desvalido, estrechó al abrazo. Durante varios segundos su tío intentó hablar; después sollozó:

—Mi padre ha muerto. Murió mientras dormía. Oí una queja, entré a su habitación y…

Todavía tardó en captar aquella tragedia: *¡Mi abuelo ha muerto!* Ni siquiera esa afirmación ayudaba a creerlo. *¡Como si alguien me asegurara que habían desaparecido los montes o el río!* Existían desde siempre y Ser Antonio también debía existir siempre. Era el más viejo de los viejos. No tenía contemporáneos en Vinci, quizá ni en Florencia o el resto del mundo.

Los sollozos de Sea Lucia semejaban una lluvia interminable, monótona, a la que ya no se presta atención. Sostenida por su hijo y su nieto, se acercó al cadáver; aunque se reprochaba ese pensamiento, la boca abierta le provocaba aversión. Como si lo adivinara, Francesco cerró la mandíbula y cruzó los brazos flacos sobre el pecho. Entonces el anciano recobró su majestad. La barba lo convertía en profeta; su ancianidad, en último testigo del pasado.

Leonardo tomó la diestra del difunto. Los ojos se le llenaron de lágrimas, pero aun en medio de su tristeza ansió resolver incógnitas. *Pintaré las arrugas y el rictus de los labios, por si alguna vez necesito un modelo para San José moribundo.* La composición incluiría a Cristo, en la plenitud de su fuerza, junto al padre anciano. Examinó al tío, ¿serviría para personificar a Jesús?

Sus lágrimas nunca se desbordaron y los criados, que empezaban a llenar la habitación, juzgaron severamente al jovenzuelo. ¡No lloraba al abuelo que tanto había hecho por él! Entre susurros, calcularon: ese Anno Domini de 1465, el patriarca hubiera cumplido… ¿noventa y seis? No estaban muy seguros. Les parecía increíble aquella edad; también aquella muerte. Ser Antonio era la referencia a las tradiciones de un siglo atrás, a los recuerdos que se transformaban en leyenda. Generoso, jamás negó un préstamo cuando las calamidades arreciaban, ni un consuelo si las penas agobiaban al espíritu. Parecía un roble, a prueba de tormentas. Y ahora se desgajaba, dejándolos solos.

Piero regresó a Vinci para los funerales. Los aldeanos, sin faltar uno, acudieron a la iglesia y luego al camposanto. Tales muestras de respeto eran un bálsamo para el dolor de la viuda. No obstante, su vida, sin el esposo, carecía de sentido.

El notario ocupó un sitio cercano al altar. Debía volverse para distinguir a Caterina. Únicamente lo hizo en una ocasión y se topó con la mirada recelosa de Accattabriga. Tras ese incidente, ya no apartó los ojos del sacerdote. ¿Qué le había atraído de esa mujer? Le parecía absurdo haber perdido el seso por una campesina, por muy hermosa que fuera.

Leonardo, parado junto a su progenitor, evitó el contacto visual con su madre. Al notario le hubiera molestado que la saludara y esto le vino bien. Manteniendo cierta distancia, aclararía sus emociones. Entonces cesarían sus pesadillas.

Al cabo de nueve días, se leyó el testamento. Piero no mostró gratitud ante aquellas disposiciones. Se le adjudicaba el grueso de la herencia, como correspondía al primogénito; sin embargo, hubo un detalle que nunca previó y esto lo irritaba al máximo. Su hermano, el segundón, recibiría la casa familiar, más unos cuantos terrenos, suficientes para financiar una vida decorosa. *¡Sólo a mi padre se le ocurre semejante jugarreta!* Aseguraba la libertad de Francesco, *¡un inútil sin oficio ni beneficio!*, en vez de dejarlo a la merced del hijo mayor. *Yo lo habría guiado, evitando mayores males. El muy bobo ignora cuándo comprar y no tiene idea de cómo invertir. Además, ¿a quién heredará?*

—Sigues soltero. ¿Piensas remediarlo? —indagó el notario, mientras la familia cenaba.

—En este momento, no —repuso Francesco, sin intención de bromear. El peso que cargaría lo aplastaba, pues a partir de ese momento decidiría mil problemas, muchos difíciles, otros desagradables. Disculpándose consigo mismo, se dijo que le agradaba obedecer, era lo único que había hecho desde su nacimiento, bajo la sombra protectora del patriarca.

—Te enviaré mis sugerencias cada mes; así acrecentarás tus bienes. También conviene que hagas un testamento. Legarás tus bienes a mis hijos —dictaminó Piero.

Aquella orden lo puso a la defensiva. Por muy dócil que fuera, se consideraba capaz de administrar sus posesiones como le viniera en gana. Lentamente apartó tazón, copa, vino y cuchillo, cual si despejara el campo donde se iniciaría una batalla.

—¿A cuáles hijos te refieres, hermano?

—Mi esposa parirá a fines de esta primavera.

—¡Qué manera de dar una noticia! —se exasperó Sea Lucia—. Podías habernos preparado.

—Buscaba el momento preciso, madre. En un entierro es difícil hallarlo.

La señora, segura de que la vida no le daría otra oportunidad para mostrar su cacumen, se lanzó a impartir consejos:

—Dile que guarde los tacones altos en el bargueño. Si se encarama en esos zapatos perderá el equilibrio y provocará un aborto, con la consiguiente ruina de su alma. ¡Que olvide el guardainfante y se afloje la basquiña! Que no lave su cabello. Que coma por dos. Que duerma por...

—Madre, te lo suplico, ahórrate tus recomendaciones. Mi mujer está en excelentes manos.

Para calmar los ánimos, el segundón se dirigió a su sobrino:

—¿Y tú qué piensas al respecto?

Leonardo ponderaba la situación. Albiera, tras trece años de matrimonio, al fin cumpliría con su obligación y le daría un hijo a su marido, un hijo legítimo, con todos los derechos. Siempre la juzgó poca cosa, sin los arrestos para desplazarlo y durante mucho tiempo se sintió seguro bajo el amparo de su abuelo; creía, de manera vaga, que la suerte lo favorecería. Por tal motivo, durante las cortas visitas de su madrastra a Vinci, ambos se trataban con amabilidad. *Si Albiera fuera estéril, quizá mi padre me reconocería ante la ley…* Y la fortuna familiar acabaría en sus manos. Tal posibilidad acababa de frustrarse.

—Permaneceré en Vinci —respondió al fin.

Aquello resolvía aquel asunto. Piero nunca se mostró generoso. Enviaba dinero para pagar la scuola dell'abaco, nada más. Y hoy, que Ser Antonio descansaba bajo tierra, ¿quién iba a sufragar los gastos del aprendizaje? Si Leonardo residía en Vinci, ayudaría a Francesco, dedujo el notario.

—Me parece excelente idea.

Jamás deseó tener al muchacho en Florencia; mucho menos ahora que Albiera, sacando provecho de su embarazo, exigía ridiculeces: un cuarto para el bambino, nodriza y, desde luego, una tina. ¡Dios del cielo, una tina para darse baños semanales y recibir a sus amigas, entre vapores, cubierta con preciosos camisones! Sería un cuento de nunca acabar, y después pediría jabón, perfumes y afeites. Si deseaba mantener su nivel social, ¡tendría que adaptarse! Las costumbres cambian y hoy el lujo reina.

—Brindemos por tu felicidad, hermano —propuso Francesco. Al levantar las copas, ninguno recordó que el segundón no había pasado por alto el mandato de Piero. *Heredaré las tierras a Leonardo*, se dijo. *Más que un sobrino, lo considero mi hijo.*

Exhalaron suspiros de alivio cuando Piero retornó a Florencia. Nada le parecía bien. Sus críticas terminaban por enervar a Sea Lucia y Francesco se sentía censurado, lo cual aumentaba sus titubeos. Ahora, sin la presencia intimidante del notario, la abuela, el tío y Leonardo pasaban mucho tiempo juntos, tratando de encontrar consuelo en su cercanía y en los recuerdos.

Paso a paso, la vida se impuso. Como regalo de Navidad, la anciana le dio un caballo al nieto, quien desde ese momento se dedicó a pintarlo: alzando las patas, con pertrechos de guerra o en un desfile militar.

Desde lejos, Caterina veía cabalgar a su hijo. Excelente jinete, saltaba obstáculos igual a un centauro, pero ella presentía que alguna tarde se lo llevarían malherido. Y no respiraba tranquila hasta que el alazán reposaba en el establo.

Una noche, tío y sobrino coincidieron a la entrada de la casa. Los dos se detuvieron para prolongar aquel momento.

—¿No te hastía el campo? —indagó Francesco.

—El campo se transforma cada estación, cada segundo del día.

¿Cómo podía fastidiarlo esa belleza siempre cambiante?

—¿Tampoco te molesta la soledad?

—Al revés, me agrada. A solas, el pintor posee su alma; con otro, la posee a medias.

A Francesco lo conmovió esa frase.

—¿Por qué no escribes tus pensamientos? Despertarían mucho interés.

—Vita del pictore filosofo ne paese —tras una pausa, añadió—. Mis cuadernos están llenos de notas, esbozos, ensayos. Ahí expreso lo que me impresiona y deseo conservar a través del tiempo… Cuando tengo una pluma entre mis dedos recuerdo a los pájaros —y *quiero volar*, pensó, aunque ya no lo confesó. A nadie revelaría su sueño dorado de vencer la resistencia del aire, extender las alas… lanzarse al infinito—. A propósito de aves, dime, dime, una pluma elevará al hombre a las alturas. ¿Qué es?

—La escritura, si el poeta compone buenos versos —replicó el tío—. Vamos, inventa algo menos obvio.

—Estas aves arrullan al hombre. ¿Qué es? —y como tardara en responder—. ¡Un colchón de plumas! Perdiste, Francesco.

Los meses en Vinci se parecían al embarazo de Albiera: lentos, cargados de esperanza. Las espigas crecían inclinándose bajo la brisa, madurando bajo el sol y, cuando todo anunciaba una cosecha abundante, llovió a cántaros. El valle del Arno se inundó; en los campos se perdió el trigo.

Leonardo ayudó a los campesinos. Hombro con hombro, levantaba represas o abría canales para secar los charcos; luego, en lo mejor de la faena, se quedaba inmóvil, fascinado por el agua. Le inspiraba temor; al mismo tiempo, lo seducía. *Un elemento devastador e indómito. Para domesticarlo debo conocer su peso.*

—¡Eh! Vuelve en ti, muchacho. Entierra la pala allá.

A pesar del hambre que rondaba, pelando los dientes, los hombres trabajaban contando bromas en el dialecto toscano; a veces cantaban. Entonces Leonardo se consideraba uno de ellos, porque el barro y el sudor lo igualaban a los demás.

Albiera tuvo un parto difícil. Acostumbrada a la molicie, quedó exangüe.

—No oigo el llanto de mi hijo. ¡Quiero verlo!

Las criadas intercambiaron una mirada. El niño había nacido muerto.

—Lo amamanta la nodriza —mintieron.

—¡Quiero verlo!

—Antes tome una cucharada de láudano. Le hará bien.

Contempló a sus doncellas, suspicaz, y de repente perdió el control. Dando alaridos, apartó la pócima. Se revolvía en el lecho cubierto de sangre y, al tratar de inmovilizarla, se le detuvo el corazón.

La tragedia ocurrió con tanta rapidez que, cuando Piero da Vinci arribó a su casa, en lugar de parabienes encontró dos cadáveres. Ese golpe brutal lo trastornó. Se negaba a comer, no dormía. Al principio, su dolor despertó la compasión de la servidumbre; después, el párroco tuvo que emplear influencia y autoridad para que el viudo aceptara las decisiones divinas.

Nadie sospechaba que semejante desesperación la provocaba el orgullo. Tras aguardar catorce años para producir un heredero, la situación permanecía inalterable. A los ojos de sus clientes, Piero seguía siendo un incapaz. *¿De qué me sirve un puesto en la Signoria?* Ni siquiera había trasmitido su apellido y ya peinaba canas. *Mi vejez está a un paso, y no sólo eso… ¡debo enfrentarme a la monserga de conseguir esposa!* Nunca fue feliz con Albiera y tampoco esperaba serlo con su sustituta. Mas ¿de qué otra manera tendría un hijo legítimo? Le hubiera encantado tratar a todas como a Caterina. *¡Que cumplan con su cometido y a otra cosa!* Las reglas sociales complicaban aquel asunto.

Cuando la noticia se conoció en Vinci, muchos se alegraron. *Así se le bajarán los humos al tal Ser Piero. ¡Hasta el más lerdo preña a una hembra!* Y las risas interrumpían tales comentarios que, de alguna forma, llegaron a oídos del notario. Atizado por ese desprecio, se le agrió el carácter todavía más y en un año hizo algo que a muchos les hubiera tomado diez: se casó con Francesca, hija di Giuliano Lanfredini, su colega, y embarazó a una insolente que vendía sus favores a quienes los mercaran. La buena suerte lo protegió, pues no contrajo enfermedades venéreas y logró probar su virilidad con ese segundo bastardo. A pesar de todo, su agradecimiento con su salvadora fue mínimo. Acatando su propia máxima, la usó y descartó. Su amasia se las arreglaría como pudiera y su esposa… ¡más le valía tener un hijo cuanto antes!

Tras el censo, en que la bocca titulada "Leonardo da Vinci" le ahorró bastantes florines a Sea Lucia, la viuda perdió todo interés y se dispuso a morir. Con su determinación característica, lo logró en pocas semanas.

Francesco hizo igual que con su padre y le cerró ojos y labios. La tristeza lo unió más al sobrino, pero sin que el egoísmo predominara.

—Debes aprender un oficio. Le escribiré a Piero explicándole la situación.

—Adjunta mis dibujos.

Esa súplica descubrió cuánto ansiaba marcharse. Las habitaciones desiertas lo enfrentaban a la fragilidad de la vida. Cada vez que entraba al cuarto del abuelo, se topaba con su ausencia. Creía oír su respiración, esperaba el saludo de bienvenida: "Leonardo, va bene?", y le contestaba un silencio estremecedor.

La muerte, que parecía trágica excepción, cristalizó en regla. *Mi abuela ha dejado de existir.* También Albiera, su madrastra, Pantaleone al caer de una escalera, y el medio hermano que ni siquiera abrió los ojos para conocer el mundo.

Ser Piero no deseaba enterarse de las tragedias que ocurrían en Vinci. Obedeciendo su inclinación, hubiera roto las cartas de Francesco. Se contuvo por un simple motivo: su esposa no estaba preñada y tampoco tenía trazas de estarlo. ¿Qué sucedía? Según un nigromante, Venus y la luna habían lanzado sombras maléficas sobre la pareja que ni la salud, ni la juventud de Francesca lograban disipar. La cura, incluyendo perlas disueltas en vino, especias orientales y otras menudencias, era costosa. *Además, ese agorero no me inspira confianza. Me robará y mi mujer seguirá estéril.*

Un médico famoso expuso su hipótesis sobre el caso:

—Si quiere engendrar, equipare su temperatura con la de su pareja, Ser Piero. Durante el coito usted se quema por dentro, en tanto su compañera se hiela. El deseo femenil es un bosque húmedo. Tarda en arder; pero, una vez encendido, abrasa —*desviaré la mirada o descubrirá que lo considero un inepto,* se dijo—. No tenga prisa. Esgrima su yesca —entusiasta, ilustró su idea—: lumbre, pedernal, chisquero o pajuela.

—Entiendo a la perfección.

—¡Introdúzcase a fondo! —exclamó el médico, sólo para callar de repente. La ciencia médica exigía claridad, pero la modestia, decoro. Para salir del aprieto, optó por tartamudear la primera letra de la palabra que designaba al miembro viril—. Saque un poco el p p p... Meta con renovados bríos la v v v... Retroceda, toque aquí y allá, sobre todo allá. Si las caricias fallan, emplee la lengua.

A Piero se le erizaron los vellos.

—Pues —insistió el galeno—, ¿qué mejor afrodisiaco que el coloquio amoroso? ¿Para qué tiene lengua sino para enamorar con palabras? —concluyó muy digno—. Señor mío, la cura está a su alcance. Alargue los encuentros; esmérece...

¿Por complacer a una fémina? ¡Este imbécil desvaría! Francesca es la única culpable. ¡Que ella busque el remedio a su infecundidad! En tanto, mantendría a Leonardo en calidad de sustituto.

Frunciendo el ceño, se concentró en lo inmediato. Observó lo que tenía en las manos. *¡La carta! ¿Qué querrá mi hermano? Molestar, sólo para eso sirve.* Leyó algunas líneas. Luego estudió los folios adjuntos. *Estos esbozos de Leonardo son magníficos.* Hasta él, profano en la materia, lo captaba. *Hablaré con Andrea. Si las circunstancias me obligan a reconocer a mi bastardo, que al menos tenga un oficio, aunque obviamente, no tan prestigioso como el mío.* Dadas las circunstancias de su nacimiento, será imposible que aspire a más.

Por la tarde, tras poner algunos dibujos en un cartapacio, vistió su camisa de lino, que enlazó en cuello y muñecas. Después eligió un jubón; no el mejor, pues visitaba una bottega;* tampoco el menos vistoso, ya que il Verrocchio le había hecho un precio especial cuando decoró su sala. Para finalizar, ató las calzas al justillo y, haciendo gala de distinción, ocultó los nudos.

---

* Hasta el Renacimiento, taller donde un artista trabajaba con sus alumnos.

En tanto caminaba, el orgullo poseyó su espíritu. *La ciudad progresa.* Si alzaba la vista, distinguiría el fabuloso domo de Brunelleschi. *¡Asombroso! Casi lo termina,* agregó Piero para sus adentros. *¡Iza los materiales a casi trescientos cincuenta pies del suelo, con máquinas diseñadas por él mismo!* Continuó avanzando. Luca Fancelli levantaba los cimientos del Palacio Pitti. Destacaría contra la vegetación esplendorosa de los Jardines Boboli... *Palazzo, palazzo... Una palabreja actual,* recapacitó despectivo. Las innovaciones lingüísticas lo irritaban, igual que cuanto fuera ajeno a su juventud. Encogiéndose de hombros, prosiguió con su reflexión. *Los ricos compran solares para crear plazuelas, desde donde admiran sus estupendas moradas. Compiten el de la familia Rucellai y el construido por Michelozzo para los Medici. ¡Dios Santo! Cosimo murió hace un año. Demasiadas muertes en mi familia y en la de los duques. Era un gran gobernante; merece el título de Pater Patriae, que el pueblo le otorga.*

Inclinándose, saludó a un caballero. *¡Vaya! ¡Usa calzas de seda sujetas a la rodilla con ligas enjoyadas! Tantos colores sobran,* se dijo Piero, mientras observaba la coquilla. *¡La había forrado con brocado! ¡Qué ingenioso! No sólo protege la entrepierna; también esconde ciertas carencias.* Y disimuladamente se acomodó las bragas para comprobar que él no padecía tales insuficiencias. Tras un suspiro, prosiguió. *Otras mansiones crecen a lo largo de la Via Larga. Parecen fortalezas. Sus gruesos muros soportarían un asalto, sobre todo si abren un pozo en el patio. Entonces, la familia resistirá durante semanas hasta que el rescate llegue.* Se rascó la barbilla, meditabundo. *Todo esto engendra una gran inversión. Nobles y burgueses exigen novedades que evidencien su riqueza, sin considerar el precio. Andrea firmará jugosos contratos.* Movió la cabeza, envidioso; su propia situación, buena y de mayor prestigio, jamás le permitiría disfrutar semejantes lujos. *A pesar de todo, doquiera que posemos los ojos, habrá magnificencia y el orgullo de vivir en esta ciudad dulcificará las diferencias económicas. Al menos eso espero.*

Una cocinera, con varias chuletas envueltas en trapos, le cerró el paso. El notario quiso hacer valer su importancia social; ella se mantuvo en su sitio. Al cabo de varios segundos, Piero bajó al arroyo, evitó pisar excrementos u orines. De pésimo humor exclamó:

—¡Qué tiempos, Señor, qué tiempos estos en que una criada atropella con su sebosa humanidad a un transeúnte!

Su mente entrevió una posibilidad. *La sirvienta viene de Ponte Vecchio porque ya nadie compra en el antiguo rastro. ¿Nuestro galopín va al mismo sitio para conseguir mejores precios?* La belleza del puente majestuoso, que atravesaba la ciudad desde hacía cien años o más, lo tenía sin cuidado, como también la contemplación del Arno. Por el contrario, le interesaba ahorrar unos centavos. *Hablaré con Francesca y le daré las indicaciones pertinentes.*

Al doblar una esquina, el notario desembocó en la Via Agnolo, cuyos edificios de madera casi tocaban las nubes. Los impuestos se calculaban según las dimensiones de la planta baja. Sobre ésta, los dueños construían una tienda que adornan con balcones, para atraer clientes. Tiempo después los techaban y erigían una bodega, inclinándola aún más hacia la calle; por último, en el cuarto nivel, edificaban su vivienda. De esta manera, si alguien se asomaba por una ventana, podía estrechar la mano del vecino que vivía enfrente. *A pesar de que quitan aire y luz a los paseantes, esos ladrones pagan el mismo gravamen que si su propiedad tuviera un piso. ¡La comuna debería impedirlo!*

Todavía con un agrio sabor de boca, llegó a su destino. Un espectáculo lo distrajo. Aves, niños, perros, gatos, parroquianos y curiosos pululaban por la bottega sin que nadie los molestara. De todos ellos, sólo las gallinas tenían una tarea fija: poner huevos, pues las yemas amalgamaban los tintes.

En la entrada, los discípulos mostraban sus obras esperando que alguien las comprara. Tres damas estudiaban un cuadro mientras se sostenían, en forma precaria, sobre chapines. Sus criadas les prestaban apoyo; al mismo tiempo alzaban las faldas de terciopelo, bordadas con joyas, cuentas e hilos plateados, para impedir que el polvo las manchara. Piero no pudo menos que admirar la esbelta cintura y los pechos altivos de la muchacha más próxima. Sus dos matrimonios le habían descubierto secretos vedados a los solteros. *Esa grácil figura se logra con grandes sacrificios: corsé de cuero duro y varillas de hierro.* Tras un largo regateo, aquella dama firmó un pagaré.

—¿Te interesan mis pinturas o mis clientes? —indagó el Verrocchio en tanto abrazaba a Piero. Al visitante se le colorearon las mejillas. Lo habían pescado admirando a una desconocida, pero su sangre fría se impuso.

—Observaba el vestido. La moda, *varietas vestium*, es una enfermedad grave —sentenció, con aire docto—. Induce a la rebeldía política puesto que, si reinas y princesas continúan vistiendo como en su nación de origen, nunca se adaptan a su nueva patria.

—Vamos, vamos, exageras —replicó el pintor, sorprendido por semejante diatriba.

—Provoca pleitos conyugales, desequilibrio económico y tal confusión moral, que muchas villas establecen leyes contra tamaños lujos.

—Vamos, vamos… —repitió, mas el notario le impidió continuar.

—Antes se distinguía a las prostitutas por sus atrevidos ropajes, ahora se asemejan a las mujeres decentes (aunque dudo que merezcan este calificativo), cual dos gotas de agua. Usan afeites y tacones del alto de un codo y colas tan ornadas que parecen…

—Calma, Piero. ¿Acaso sientes envidia porque tú sólo puedes portar ropa oscura?

—¿Bromeas? Mi gremio desdeña el boato —se regodeó en esa parquedad que disfrazaba su tacañería. Habiendo expresado sus conjeturas, recordó el propósito de aquella visita. Por principio de cuentas, se inclinó—. Amigo, mereces tu apodo,

¡Verrocchio! "Ojo atinado, ojo que descubre la verdad." Cada vez pintas mejor y yo aprecio tus obras. Sin embargo, hoy vengo a proponerte un negocio distinto al arte.

—Parla —pidió el maestro. Tan a solas como podían estar en una habitación que servía de dormitorio, comedor, estudio, bodega y sala de exposiciones, iniciaron la plática.

—Mi hijo —dijo Piero, pronunciando esa palabra con bastante esfuerzo—, quiere ser pintor.

—Le iría mejor de notario. Hay prestigio en tu profesión —antes de que prosiguiera, su interlocutor mencionó, en voz baja, la clave de aquel asunto: bastardo. No hicieron falta mayores explicaciones—. Tu muchacho… ¿tiene dotes?

Da Vinci sonrió, comprensivo:

—Entiendo que el discípulo del ilustre Donatello escoja a sus aprendices.

—Es la única manera de competir contra Antonio y Piero Pollaiuolo. Muchos los consideran grandes innovadores.

—En mi opinión, tú los superas, pues permites que tus alumnos desarrollen sus habilidades. Tanta liberalidad resulta extraña en tu medio.

—Protejo los dones naturales, Piero, porque no los poseo. He afinado mi trazo a fuerza de estudio. Mi dedicación me convirtió en el favorito de los Medici, título que mis rivales envidian. Recibo comisiones para hacer pendones, acicalo palacetes; pero conozco mis limitaciones —la decepción impregnó el rosto de Andrea—. Quizá, como escultor, las futuras generaciones recuerden mi obra.

—Eres demasiado modesto.

—Aún no me contestas. Tu hijo, ¿tiene dotes?

—Te enseñaré algunos dibujos.

A medida que los mostraba, la expresión del maestro pasó del asombro al franco estupor. Al final, sólo pudo murmurar:

—¡Tráelo! ¡Hoy mismo!

—Espera. Hablemos de negocios. ¿Cuánto me cobrarás por el aprendizaje, albergue y comida?

—Nos pondremos de acuerdo mañana o pasado. ¿Cómo se llama tu muchacho?

—Leonardo…

—Leonardo da Vinci —completó el artista—. Dará de qué hablar.

El mozalbete llegó a Florencia con dos arcones repletos de ropa, ilusiones y una carta. La interpuso entre Piero y él. De ese modo, fueron suficientes las cortesías, sin que mediara el afecto.

El notario leyó la misiva un mes después, cuando Leonardo estudiaba con il Verrocchio. *¡La envía Caterina! ¿Sabe escribir?* Obviamente, puesto que le suplicaba admitiera a su hijo en la casa. *¿Mi casa? ¿Mi propia casa?* Desvariaba. El bastardo no recibiría un trato diferente a los demás, viviría en la bottega. *Ya bastantes mimos tuvo cuando vivían mis padres. Por si fuera poco, Francesco siempre lo ha tratado como a un príncipe.* Piero arrugó el papel. Ni siquiera se enteró de que el cura había puesto a la aldeana sobre aviso de que en las bottegas florentinas se cometían pecados inmencionables. Por lo tanto, sus temores la mantuvieron en ascuas hasta el regreso de Leonardo.

Ocurrió dos años después. El muchacho, más seguro, más alto y fuerte, volvió a su hogar. "Hogar" era aquella casona junto a Francesco y Domenica y el campo toscano, cuyo paisaje tenía grabado en el corazón.

Su tío lo acogió igual que lo había hecho Ser Antonio.

—Mio filio! —aquel abrazo conmovió al viajero: debía conformarse con ese cariño porque nunca conquistaría el de su padre—. Déjame verte —lo examinó de la cabeza a los pies. El cabello ondulado rozaba los hombros esparciendo un aroma a…

—¿A qué hueles?

—Una mezcla de hierbas y flores. Mi amigo la destila en nuestra bottega.

Debe costar una fortuna, dedujo el tío, poco acostumbrado a tales rarezas. Ese detalle lo llevó a un estudio más minucioso. *Su jubón brilla. ¡Seda!* El tono rosa contrastaba con el pálido rostro y la túnica… demasiado corta; demasiado ¿reveladora?

—¿Te disgusta mi atuendo?

—Me sorprende —tras un segundo, decidió prevenirlo—. Aquí, en un medio rural, te considerarán extravagante. Quizá se burlen de ti.

—Aun en la ciudad llamo la atención.

Desde luego, admitió Francesco. Aquel cuerpo esbelto, piernas largas, nalgas estrechas apenas cubiertas por la capa, los colores claros, los anillos, el broche… Todo eso, unido por una belleza perfecta, lo convertía en estatua griega.

—En cuanto a las burlas, tío… a palabras necias, oídos sordos —añadió el mozo con la mayor franqueza.

¡Vaya, acepta sus cualidades como algo natural!

—Te fuiste con demasiada prisa. ¿De qué huías, fanciullo? —lo reconvino, todavía asombrado por transformación de tan radical.

—De todo lo que significa Vinci. Mi padre me tendió una dádiva: el arte. ¿Comprendes? ¡Me ofreció la inmortalidad! Mi herencia será una pintura. La obra que cualquier persona reconozca, hasta en los rincones más remotos de la Tierra. Si lo logro, nada, nadie, suprimirá mi recuerdo.

Tanta vanidad desconcertaba a Francesco. *¿Debo interpretarla como el entusiasmo de un imberbe al que aún no golpea la vida?*

—Domenica te preparó unos bocadillos —comentó, dirigiéndose a la mesa. Y, ya que el diálogo era la única manera de recuperar al ausente, inquirió—. ¿Te cae bien tu maestro?

—Sí. Imparte un aprendizaje conservador; no obstante, respeta a sus alumnos. Jamás rechaza nuestras propuestas —*Il Verrocchio pregona que la sed de conocimientos es común al hombre. Saciarse causa delectación, al revés de lo que sucede con las viandas, estimula el apetito.* Estas ideas no impedían que Leonardo se rebelara contra sus enseñanzas. *Desprecio a quienes obedecen ciegamente. ¡Al diablo con el magister dixit! Los dóciles no aportan nada. Son superfluos y ni un experto diferenciaría su obra de la ajena. Si los artistas sólo duplican el trabajo de sus antecesores, producirán mediocridad. No merecen el título de creador: debe bastarles el de copista.*

—¿Te resulta difícil vivir veinticuatro horas, siete días a la semana, con oficiales y aprendices?

—Tiene ventajas. Aprendes mientras discutes, comes o te aseas. No se desperdicia ni un minuto. Hablamos sobre música, libros, filosofía, mecánica, magia, ciencias naturales… Nos visitan poetas, matemáticos, alquimistas y astrónomos —al fin se mostraba entusiasta—. Il Verrocchio me enseña a tocar la lira da braccio. Yo redacté un curso de latín. Ahora puedo decir que lo domino.

—A pesar de su edad, ¿pasa de los treinta, verdad? ¿Andrea conserva una mente flexible?

—Flexible, no revolucionaria. Acata las exhortaciones de los eruditos sin ninguna objeción. Esto resulta provechoso si el consejo es bueno. De lo contrario…

—Dame un ejemplo.

—En sus "Comentarios", Lorenzo Ghiberti aconseja poseer sólidos conocimientos de las artes liberales: gramática, geometría, medicina, perspectiva, historia, anatomía y aritmética. Por ese motivo, no por decisión propia, Andrea las incluye en nuestro currículo.

Aquel tema, la cultura, lo escocía. Al no tener una educación formal, algunos lo juzgaban inferior. *¡Imbéciles!* Podría replicarles como Gayo Mario a los patricios, "quienes se contentan con absorber la sabiduría de otros, no reconocen mis méritos". *Esos presuntuosos ignoran que baso mis ideas en la práctica.* La experiencia era su maestra y, como tal, la citaría para solucionar cualquier duda. Tomó un pan, lo partió en pedazos y se lo llevó a la boca.

—¿Cuáles son tus disciplinas favoritas, Leonardo?

—¡Todas! Me dedico por igual a la escultura que a la pintura y me considero hábil en ambas.

—¿Qué has hecho últimamente?

—Estudio cuáles músculos se emplean en el movimiento de los labios —la sonrisa de Caterina lo seguía obsesionando. La buscaba en otras mujeres, sin encontrarla. *Por eso la reproduzco constantemente en mis modelos*—. También dibujé un Cristo niño. Mi maestro me permitió venderlo a Giovanni Lomazzo, quien lo calificó de "cosa esselente". Apenas se despidió, mis compañeros repitieron sus comentarios a gritos: "¡Miren qué pureza de líneas! ¡Vean cuánta sabiduría refleja esta criatura, aunque conserva la expresión tierna de la primera infancia!"

—¿Qué compraste con el dinero?

—Oh, bagatelas —*una perla. Se la regalé a Stefano. La lleva colgada al cuello y, si se mueve, roza los vellos rubios del torso.*

Francesco se atrevió a mencionar un tema espinoso:

—Se murmura que la promiscuidad florece en los talleres. ¿Es cierto?

—No prestes oídos a quienes desconocen el medio —*me molesta engañarlo. Mas ¿qué puede hacer? Se preocuparía inútilmente*—. Quizá basan sus chismes en que dormimos juntos sobre la paja.

—¿En el suelo? ¡Qué incomodidad!

—No tanta.

Desde un principio Stefano me protegió, negándose a compartirme. Mantuvo su cabeza sobre su pecho, mientras alguien apagaba los hachones, hasta que la oscuridad se volvió impenetrable. Entonces las parejas iniciaron los ritos nocturnos entre susurros, promesas, quejas, bromas, como si no estuvieran rodeadas por otros cuerpos. Abrazado a mí, compasamos nuestras respiraciones y me quedé dormido. Pues… ¿qué podía pasarle si su amante velaba?

—¿Tienen agua caliente? —preguntó el segundón.

—No. A veces vamos al río —revivió la escena: agua corriendo por los muslos y, sobre la espalda, sol.

—¿A qué hora se levantan?

—Al amanecer.

Aquella primera mañana me despertó con un beso. Describió sus ojos y pestañas, sus labios y dedos, como si pintara un retrato. *Me contemplé en la admiración de sus pupilas. ¿Así soy?* En aquel espejo se reconoció y se enamoró de aquél que le entregaba su imagen.

—¿A qué hora se acuestan?

—Si hay un agasajo, cuando tocan a Completas.

Entonces caían rendidos. Sus ojos poco a poco se acostumbran a la oscuridad. Distinguía dos marcos de lapislázuli; aquel libro cuyo forro espera un nombre y una fecha, antes de entregarlo al noble que acaso nunca lo leyera. Stefano se apoyaba sobre un codo. *De repente me pide: "Describe la fiesta en versos improvisados". Si cometo un error, sufro un castigo delicioso.*

Me esfuerzo por mantener viva esta plática, pensó Francesco. Las brevísimas respuestas de Leonardo lo impedían, de tal manera que la conversación avanzaba a tropezones.

—Hace años que no voy a Florencia. Según dicen, ha cambiado mucho.

—Se extiende diez leguas, donde habitan cuarenta mil personas —su padre le había proporcionado el último censo. *Lo frecuento por conveniencia porque paga mi aprendizaje, aun si no tenemos nada en común.* De memoria recitó—: Ochenta torres defienden las murallas. Tras los puentes levadizos han abierto cincuenta plazas y treinta y tres bancos. Ciento ocho iglesias acogen a los fieles; doscientas setenta tiendas venden lana; ochenta y cuatro se especializan en trabajos de madera, intaglio y marquetería; ochenta y tres trabajan la seda. Los sastres confeccionan prendas lujosas porque nobles y burgueses compiten en donosura. Ahora usan camisas largas con pliegues de órgano. Los jubones tienen cortes en las mangas que muestran la tela interior. Stefano me regaló…

—¿Quién es Stefano?

—Un amigo —para cubrir aquella indiscreción, prometió—. En cuanto vuelva, te traeré un mapa dibujado por mí. Ahí verás a los pescadores con sus redes, barquichuelas, arenas y olas del Arno, casas apretujadas, donde destacan el Palazzo del Podesta, el granero Orsanmichele...

—Y la Piazza della Signoria. Se supone que puede albergar a todos los ciudadanos si La Vacca convoca una asamblea. ¿Ya oíste esa campana?

—Nunca. Desde que vivo en Florencia, los gonfaloni no han exigido parlamentar.

—¡Magnífico! Indica que los problemas se resuelven en concordia.

—A veces... —bostezó abriendo mucho la boca—. Francesco, se me cierran los ojos.

—Y hoy hiciste un largo viaje. Me apena haberte desvelado —se levantaron de la mesa al mismo tiempo—. Domenica preparó tu habitación. Quizá la cal de las paredes tira a gris y las vigas cargan el peso de más años pero, en esencia, todo sigue igual. Buenas noches.

Francesco permaneció en el comedor, recapacitando. Caterina le pediría un recuento exacto de esta plática para disminuir, en cierta forma, la separación entre ella y su hijo. De pronto lo irritó su impotencia. *Para Leonardo resultaría facilísimo hacerla feliz. ¡Ah, ni quejarse es bueno! Los jóvenes siempre habían sido egoístas.* Acaso exigía demasiado porque, en otros aspectos, la madurez de su sobrino resultaba extraordinaria. Algunos duques ascendían al trono a los catorce años y gobernaban por derecho propio. Leonardo rebasaba esa edad; sin embargo, su ingenio y la fluidez y originalidad de su discurso superaban al más dotado.

Antes de Tercia, el aprendiz a pintor se presentó en Campo Zeppi. Dos razones lo impulsaban: Caterina era la única mujer que podía evaluar su obra acertadamente y, por otra parte, Accattabriga no le impediría visitarla. Con ese ánimo, muy próximo al reto, llamó a la puerta de los Buti.

La aldeana salió con una criatura en brazos. Se vieron por un instante. Iban a gritar de alegría y ambos se contuvieron.

—Tu medio hermano —anunció ella, mostrándolo.

Leonardo retrocedió un paso.

—Tuviste un varón —tanta fertilidad le causaba repulsión. *A tu edad, muchas son abuelas*—. Tu marido debe estar muy satisfecho.

—Sí, con este niño demuestra su hombría. Además, nuestra cuarta hija nacerá en seis meses.

—¿Niña? ¿Cómo lo sabes?

—Lo presiento —a regañadientes, admitió—. Tuve a éste para suplir tu ausencia. Me haces falta.

Esa confesión lo conmovió.

—Y tú a mí.

Se sentaron en los escalones de la entrada. Caterina contempló el horizonte con profunda tristeza; después se descubrió el seno y amamantó al muchachito. *Hace lo mismo año tras año*, pensó Leonardo. *Cada vez más agotada, cada vez más vieja.*

—Obviamente, mi treta falló: nadie te suple. A ninguno de mis hijos quiero, ni querré, como a ti —tras breve reflexión, añadió—. La pobreza, el trabajo excesivo, la debilidad del cuerpo disminuyen el amor maternal. Ahora comprendo el castigo con que Dios maldijo a Eva: "Multiplicaré tus embarazos y parirás con dolor". La expiación va de acuerdo con el crimen.

Un silencio ingrato se expandió entre ambos. Como Leonardo no hacía nada por romperlo, ella tomó la delantera:

—Lo nombramos Francesco, en honor a tu tío, porque jamás nos ha negado su ayuda.

—Se parece a Accattabriga —emociones distintas lo estrujaron: odió a su madre por intentar sustituirlo; también le agradeció que no lo lograra—. ¿Las niñas?

—Juegan en el establo.

—Hay demasiado silencio.

—Ahora vivimos solos. Mi marido echó a Jacopo. Peleaban constantemente y al fin decidieron separarse. Desde entonces, la siembra se deteriora. Por mucho que trate, Accattabriga no puede atender el forno y la labranza. Las niñas lo ayudan; yo trabajo de sol a sol, pero no basta —suspiró aceptando su derrota—. Vendimos Caffaggio. ¿Recuerdas? El terreno junto a la iglesia de San Pantaleone. Los Ridolfi lo compraron por una bicoca, apenas suficiente para pagar a mi cuñado su parte de las tierras.

—Muchos comparten casa y faenas —opinó Leonardo.

—Para nosotros esa convivencia fue intolerable. ¡Diez niños y cuatro adultos en una habitación! Terminaríamos matándonos.

—Me asombra que no lo hayan hecho.

Festejaron la broma con una sonrisa amarga. Caterina puso al niño en un lienzo entre dos árboles, a manera de cuna. Lo meció suavemente mientras hablaba:

—¿Cuándo establecerás tu propia bottega?

—Si siguiera el aprendizaje acostumbrado, en nueve años ascendería a maestro.

—¡No puedes desperdiciar tanto tiempo!

—Acabaré antes.

—¿Y te otorgarán el título?

—Desde luego. La calidad de mi obra, no mi edad, lo garantiza .

Aquella certeza, que en cualquiera resultaría insufrible, en Leonardo era una simple predicción. Conocía sus propios alcances y, al compararse con los demás aprendices, se juzgaba infinitamente superior en ingenio y disminuido en honra. De buena gana cambiaría algunos dones por apellido y nacimiento legítimos.

—Podrías escribirme —dijo Caterina, tras leve hesitación.

—Y tú, ¿responderías?

—No tengo tinta, ni papel. Tu tío me los regalaría, pero… el huerto, las gallinas, la vaca; limpio, coso, friego, barro, cocino; también enseño a mis hijas a tejer y a bordar. No hay tiempo para más —titubeante añadió—: tus cartas aliviarían mi soledad —tras una pausa, señaló el cuadernillo de Leonardo, junto a la faltriquera—. Muéstramelo —pensativa, examinó varias páginas. De repente, exclamó—. Los objetos disminuyen con la distancia. Acá hay un error.

Leonardo le arrebató el cuaderno y, al observar lo mismo que su madre, asintió.

—Ya lo había notado: error de perspectiva. Il Verrocchio nos ordenó que copiáramos uno de sus cuadros como ejercicio. Los demás se ejercitan en retablos y usan plumas con punta metálica. Yo lo hice en papel, por tal motivo está aquí, en mi cuaderno —levantó los ojos para mirar a Caterina—. Excepto yo, ningún alumno había descubierto tal yerro y no me atreví a corregirlo.

La aldeana captó cuán difícil era obedecer a un maestro menos hábil que el alumno.

—Mientras no acates instrucciones equivocadas…

—En mi concepto, Andrea es mejor escultor que dibujante —lo disculpó.

Nunca se enteraría de su última proeza. Lo había escogido como modelo de un David. *Me desnudó ante todos, sin importarle mi timidez. Oficiales y aprendices señalaban mis miembros, opinando sobre proporciones y ademanes. Por fin decidieron que colocaría la diestra en mi cintura y con la izquierda sostendría una espada. Iba a argüir que David usaba una honda, pero nadie presta atención a quien provenía de Vinci.* Día tras día posó desnudo. Cuando il Verrocchio terminó la estatua, Leonardo había descartado su modestia y le agradaba que un público cada vez más numeroso lo elogiara. *Pero todavía faltaba lo mejor, pues Stefano comparó aquel bronce con mi cuerpo y exhaló: "¡Bello, bellísimo! La estatua viviente supera a la inmóvil".* Al sentir la mirada de Caterina sobre su rostro, Leonardo reanudó la conversación:

—No le reprocho a Andrea su técnica de enseñanza. El alumno aprende estudiando a los grandes maestros.

—Si merecen ese título: grandes —repuso ella. Su rostro reflejaba un terrible cansancio. Sólo su voluntad la mantenía en pie—. La maestra que nunca se equivoca, la maestra en quien puedes confiar plenamente es la naturaleza. Ella me enseña lo que sé y te trasmití.

Esperaba una palabra de reconocimiento. Los riesgos que corriera para enseñarlo a dibujar, ¿no contaban?

—Me complace que Andrea sea un artista convencional. Así, nadie afirmará que sin sus lecciones yo jamás hubiera destacado. Ocurrirá al revés, los novatos copiarán mis ideas. Desde luego, le agradezco al magister su ayuda, pero ni siquiera lo mencionaré en mis escritos.

Ni a mí me mencionarás, pensó Caterina.

—El verdadero artista avanza a la vanguardia. Admiro al Giotto porque nunca imitó a su predecesor, Cimabue —entonces sacó a relucir su mayor orgullo—. Forzado por mi nacimiento, soy autodidacta. No debo nada a nadie.

—Me alegro —ironizó Caterina, mas él ya estaba absorto en el paisaje donde transcurriera su niñez.

—¡Amo estos campos! Los pintaré como fondo de mis composiciones.

—¿Y si tus composiciones están dentro de una casa?

—Inventaré algunos trucos. Una ventana abierta, por ejemplo, la Anunciación en un jardín…

A Caterina le fascinó esa propuesta; tanto, que olvidó la ingratitud filial. Su sentido práctico de inmediato se impuso.

—Se venderá a muy buen precio.

—Las innovaciones intimidan —opinó, mientras su entusiasmo decaía.

—Quien valore tu talento, comprará tu obra. No te rebajes por unos cuantos florines.

—¿Me incitas a despreciar el dinero?

Lo sorprendía esa actitud en una campesina medio muerta de hambre.

—Sólo destacarás siendo fiel a ti mismo. Cualquiera lo entiende.

—En mi gremio, la rebeldía se considera grave defecto. Si no acatas las normas, te cierran las puertas en las narices y, aun si asciendes a maestro, jamás obtienes una comisión. Para imponer tu criterio necesitas caminar con pies de plomo.

Y tú odias esa prudencia, dedujo Caterina.

—No me doblegaré, pero tampoco quiero granjearme enemigos. Ya bastante tengo con que se burlen de mi acento, modales y gustos. Me consideran rústico, un diamante en bruto.

Caterina descartó ese tema y lo suplió por otro.

—¿Has visto a Piero?

No importaba cuánto despreciara a su antiguo amante, en muchas ocasiones recordaba las noches compartidas. Entonces tenía tiempo de contar estrellas.

—Su notaría está muy cerca de nuestra bottega. A veces me topo con él, cruzamos un par de palabras… —a propósito, desvió la conversación—. Los alarifes hacen su agosto pues, si un florentino levanta una mansión, las autoridades lo eximen de pagar impuestos durante cuarenta años. Por este motivo, las construcciones abundan. A cada paso te topas con asnos que jalan carretas con escombros o traen arena —el tema lo llevó a un punto relevante—. Me interesa cómo los albañiles alzan los muros. He tomado apuntes sobre el proceso: excavación de cimientos, relleno de cal y grava, remates, cornisas. Algunos paseantes echan monedas en las columnas para atraer a Fortuna. Si la conquistan, aquella morada durará siglos. Nada la destruirá: ni terremotos, ni incendios —ante tamaña superstición, sonrió—. El polvo invade los pulmones, pero respiras optimismo. Vanidad y ostentación crean una atmósfera que embriaga. Es difícil definirla; en Firenze, la sientes bajo la piel.

—Tu padre, ¿compró el edificio de la notaría? Era su sueño dorado.

—Alquila una antigua tienda de lienzos, en el Bargello. Las murallas romanas sirven de base a la construcción. Siempre me detengo a contemplar esas viejas piedras e imagino su historia —sin darse cuenta amplió las confidencias—. Me gusta ir a La Via dei Librai. Huele a tinta y papel, materiales indispensables en una notaría; sobre todo si el dueño es Piero da Vinci. Asienta detalles que sus cofrades ni siquiera advierten. Me heredó esa característica: el afán de anotar cada acto, como báculo para la memoria.

A Caterina le molestó tal afirmación. Consideraba una deslealtad que Leonardo admitiera ese legado.

—Piero tiene una letra elegante; en cambio la tuya… —miró fijamente el cuadernillo. Después lo volteó, ladeando la cabeza—. ¿Qué dice?

—"Leonardo da Vinci, discípulo de la experiencia" —y repitió esa obsesión humillante—. Sono un omo sanza lettere!* Según mis colegas, soy un hombre sin cultura.

—¿Otra vez con lo mismo? No recibiste una educación formal, pero asististe a la escuela. En vez de avergonzarte, agradécelo. Si vivieras con tu padre, bajo su tutela, hoy estudiarías para notario. Te criaste en Vinci…

—Con las limitaciones que eso supone.

—¡Con la libertad que eso supone!

Semejante exaltación lo obligó a reflexionar.

—Si quisiera, mi letra sería tan fina como la de cualquier erudito. Yo prefiero escribir de derecha a izquierda porque muy pocos lograrían descifrar este mensaje.

—Me parece peligroso. Si tus papeles caen en manos de la Inquisición, lo considerarán algo siniestro, de origen satánico.

—El Santo Oficio no entra en la bottega del Verrocchio. Mi maestro recibe comisiones de la Iglesia y la nobleza.

---

* Soy un hombre sin educación académica.

De pronto las campanas, el reloj sonoro de Dios, empezaron a tañer. Las tres niñas Buti salieron del establo. Al descubrir a su hermanastro, dos saludaron; Piera lo revisó con obvio desdén.

—Mamma, tenemos hambre. ¿Calentamos el puchero?

—¡Dios Santo! Tocan a Sexta. ¿Comes con nosotros?

El muchacho supuso que la invitación era una simple cortesía. En esa choza no había suficiente para los moradores, mucho menos para extraños.

—Me espera Francesco.

—Vuelve mañana.

—A mi padre le disgustará hallarte aquí —intervino Piera.

Leonardo ni siquiera se despidió. Mientras caminaba, reflexionó: ¿su esencia, el meollo mismo de su ser, lo debía a la suerte? Si hubiera sido un hijo legítimo, nunca hubieran tocado un pincel. *Y yo nací para pintar.* Contempló el paisaje que tanto había añorado. Quizá su proyecto, meter esas colinas y esos árboles en sus cuadros, se debiera a la influencia materna y a su amor desbocado por la Toscana. Acaso, sólo acaso, tuvo dos maestras. La naturaleza y... ¿Caterina?

Cada mañana Leonardo salía de Vinci con un morral repleto bajo el brazo. Si descansaba, se perdía entre verdes que lo conducían, tono a tono, hasta el azul del horizonte. ¿Enamorado de Stefano? También del campo. *El pintor debe recorrer colinas y valles, exponiendo la cara al sol. Entonces, su ojo capta la esplendidez de los sembradíos, un reflejo cristalino sobre el agua, cañadas, bosques umbrosos, picos escarpados... Ni siquiera durante su diálogo con la naturaleza se limitará a copiar lo que observa.* Acarició el musgo que cubría un tronco; luego, la hierba. *Estudiaré botánica. Quiero nombrar cada planta al primer vistazo.*

En Campo Zeppi, su madre anhelaba su presencia. *Hoy vendrá,* suspiraba. *Prepararé el potaje que tanto le gusta.*

El artista abrió el cuadernillo e inició los trazos. *Pocos asociarán mi obra con Vinci o sus alrededores. Gracias a mi interpretación, la pintura escapará hacia el misterio: un paraje sombrío, apenas iluminado por la luna... Algo inexistente, excepto en sueños.*

Las niñas Buti terminaron de comer y permanecieron sentadas ante la mesa, todavía hambrientas. Ninguna apartaba los ojos del pan y el queso. Al cabo de varios minutos, Caterina explotó:

—No puedo servirles potaje por segunda vez. Guardaremos una porción para Leonardo.

De pronto, Leonardo tuvo una idea. *Pintaré como si fuera un pájaro deslizándome sobre el aire.* Aquello lo condujo al secreto que guardaba en un rincón de su mente: la máquina voladora. *Eccolo! Mi aparato se elevará por encima de las nubes para que sus alas no se mojen y el peso del agua lo eche por tierra. Deberé cubrirme; allá arriba hará frío.*

Al cabo de media hora, Caterina perdió la paciencia.

—Salgan. Hay mucho qué hacer. Lisabetta, recoge los huevos. María, trae agua. No llenes la cubeta o se derramará. Yo esperaré a su hermano.

—Medio hermano.

—Piera, una conducta virtuosa exige humildad —acopió paciencia—. Ama a tu próximo.

—Sí, mamma —dijo, con un tonillo burlón. Se desquitó pensando que Leonardo no asistiría.

En vez del paisaje, dibujó un ala sin plumas. *Si se traba el engranaje, me estrellaría. A menos que algo frene la caída. Parar la caída. Paracaídas. Una enorme capa, hinchada de viento. Usaré telas resistentes.* La brisa jugaba con el cuadernillo mientras Leonardo estudiaba el problema. Encontraría la solución. *Si los pájaros vuelan, ¿por qué no yo?*

Piera acertó. Esa noche, las tres niñas devoraron la porción que Caterina había reservado para el intruso.

Al terminar el verano y sus estudios sobre la naturaleza, Leonardo empacó. Como era costumbre, partió sin despedirse.

Nunca se enteró de que en el alumbramiento Caterina estuvo a punto de morir. Ante ese peligro la aldeana cambió de actitud. Rezaba con un fervor desconocido hasta entonces y su piedad llamó la atención del párroco.

—Usted, don Bartolomeo, convencerá a mi esposo. Quiero un matrimonio casto. Otro parto me mataría y dejaría a cinco huérfanos. ¡Accattabriga debe dormir en el establo!

Nadie sabe si el hombrón hubiera acatado semejantes exhortos. La suerte evitó tal conflicto. Aquel año muchos videntes erraban por la Toscana. Como propagaban doctrinas heréticas, andaban a salto de mata. Antonio Buti les dio asilo en sus tierras y, más específicamente, en su establo. La primera noche escuchó las predicciones de una profetisa; la segunda, compartieron una manta, bajo cielos estrellados.

Al partir ese grupo, el antiguo soldado sufrió una transformación. Se confesó por Pascua y, dócil cual cordero, aceptó su penitencia: respetaría la decisión de Caterina. Estaba viejo. Su edad propiciaba tamaña mansedumbre y el ayuntamiento con la pitonisa, que lo hiciera conocer el paraíso, lo inducía a menospreciar la relación conyugal, bendecida por la Iglesia.

Leonardo regresó veinte meses después, al abrazo de Francesco, la minestra de Domenica, las cabalgatas a velocidad suicida, mientras el viento flagelaba su cara. Sus expediciones adormecían los recuerdos de Florencia y Stefano. Por las noches observaba el firmamento; durante el día, cuando la luz atravesaba las telarañas, el aprendiz diseccionaba lagartijas. Su catálogo de plantas y árboles aumentaba. Aun en ese momento, era el más vasto de la comarca.

El regreso también implicaba una obligación, la visita a Caterina. El muchacho cumplió esa molestia bastante tarde, daba a entender que no estaba ansioso por saludar a su madre. Tras un primer intercambio de noticias, la aldeana hizo la pregunta que la aguijoneaba por dentro:

—¿Has visto a tu padre?

—Pocas veces, pero a ti lo que te importa es saber si su esposa espera un hijo. No, sigue estéril.

—Aceptemos a la voluntad divina —musitó Caterina con crueldad.

—Ojalá me recomendara en un convento. Los frailes dan buenas comisiones —al cabo de una pausa, desembuchó lo que se le atoraba en la garganta—. El muy miserable trató de robarme… ¡En realidad me robó! Uno de sus clientes le entregó un escudo para que yo lo decorara. Me hizo el encargo con estas palabras: "La paga es de dos florines. Sal del paso, pero no trabajes más de la cuenta". Desde un principio me interesó aquel reto: convertiría un objeto barato, feo, en arte. Pulí la madera y la protegí con un emplasto; al mismo tiempo estudiaba insectos y otros bichos: la manera en que las lagartijas mueven sus colas, cómo vuelan los murciélagos, las escamas y los colmillos de las serpientes. Tras disecar algunos ejemplares, formé un híbrido espantoso. Sobre el escudo, pinté al monstruo saliendo de una cueva. Escupía llamas y el fuego resaltaba contra la negrura del fondo. Apenas terminé, lo coloqué en un rincón de la bottega, cerré las cortinas y le pedí a Piero que inspeccionara mi trabajo. Stefano dice que nuestro famoso notario vio el dragón, entre penumbras, y se aterrorizó de tal manera que puso pies en polvorosa.

—Tu amigo exagera —opinó Caterina.

—De cualquier modo, mi padre hizo un negocio redondo. Compró un escudo nuevo, que entregó a su inquilino, y vendió el que yo había restaurado en cien florines.

—Un precio demasiado alto —replicó, incrédula.

—La cosa no termina ahí. El escudo ha ido pasando de mano en mano. Ahora lo tiene el duque de Milán, quien lo adquirió por trescientos florines.

Tal cantidad enmudeció a la campesina:

—¡Te hubieras hecho rico!

—No importa. Me divertí mucho. Lo único que me molesta es la actitud de Piero. Se aprovecha de mi buena fe.

Ambos adivinaban el motivo: el notario descargaba en Leonardo la frustración de no tener un hijo legítimo.

—Además, ganaré dinero por otro lado. Me encargaron llenar el segundo plano de un cuadro con lienzos o columnas. Preferí pintar un paisaje. Creí que mi maestro se disgustaría; fue al revés, ¡me felicitó! Considera esa obra algo insólito: la primera en su género.

—¡Lo sabía! Si eres fiel a ti mismo, todo saldrá bien —los dos saborearon aquel momento. Aprovechando esa intimidad, Caterina inquirió—. ¿Te quedas a comer? Accattabriga regresará tarde.

—Necesito terminar un mapa de Monsummamo. Reduciré las ocho leguas de distancia cortando por el noroeste, a través del Lamprecchio y el Larciano. Aun si camino aprisa, llegaré mañana.

—Por favor…

—Bene. Va bene.*

Caterina llamó a los niños y, tras dar gracias por los alimentos que recibirían, se sentaron a la mesa. La más pequeña dormía en la cuna que alguna vez perteneció a Leonardo. Con la situación bajo control, la campesina sirvió un caldo donde flotaban grandes rebanadas de pan. Durante un buen rato nadie habló. Después, la aldeana se volvió hacia su predilecto:

—¿Has aprendido nuevas maneras para hacer colores?

Era el único con quien podía tocar tales temas y lo interrogaba cual sediento que encuentra un pozo.

—Seguimos las instrucciones de Cennino Cennini. Extraes aceite del ciprés y lo diluyes. Así obtienes tonos ambarinos, transparentes. Para evitar su evaporación, cubres este pigmento; de lo contrario, se evapora.

—Y tú, ¿no has inventado tu propio método?

* Bien. Está bien.

—Experimento con sales. Reúno excrementos humanos; luego los seco, a fuego lento, hasta calcificarlos. Una vez destilados, se vuelven cáusticos.

—¿No has escrito poemas?

—Algunos... —a *Stefano*. Los recitaba acompañado de su lira. Y bebían vino en tanto los demás conversaban, desnudos, recostados sobre sus mantos. El aroma del cuerpo viril atraía como un afrodisíaco. Algunas cabelleras rozaban los hombros del amante durante el coito... *Porque ahora nos amamos a la luz de los hachones, frente a los demás. Entre nosotros no hay secretos: pertenecemos al mismo gremio y anhelamos los mismos triunfos*—. También escribí una fábula.

—¿Qué es eso? —indagó Piera, olvidando que no debía intervenir en la conversación de sus mayores.

—Una historia donde los animales hablan. En la mía, pretendí ser original: los objetos platican, sufren y gozan.

—¡Por favor, quiero oírla! —rogó la niña, con una sonrisa encantadora. Por excepción, al invitado le pareció simpática.

—Una roca de regular tamaño había nacido en un monte —era un deleite escuchar aquella voz modulada y profunda. Las tres niñas bebían cada palabra—. La lluvia bañaba esta piedra al empezar la primavera; en el verano, las flores la cubrían formando una capa multicolor. No tenía por qué quejarse; pero no estaba contenta. Una vereda pasaba cerca de esa colina y la roca, tras observar por largo rato los guijarros del camino, se preguntó: "¿Qué hago en medio de unos arbustos? Debo vivir con las de mi clase". Así, rodó cuesta abajo y se acomodó entre sus hermanas, las piedras. Al cabo de un tiempo, carretas, caballos y decenas de paseantes, la redujeron a una zozobra perpetua. Todos parecían pisarla o golpearla. Alguna vez, manchada por inmundicias y barro, solía mirar hacia la altura, al sitio que dejó. Ahí reinaba la calma. Los pájaros cantaban y las mariposas se detenían a tomar el sol. La pobre roca decidió volver a aquel paraíso. Mas, para un peñasco, es imposible ascender. Por tanto, debió conformarse con esa vida de sinsabores y tristeza. Esto sucede a quien permuta su paz por el ajetreo del mundo.

Los niños aplaudieron y el cuentista, convertido en héroe, se puso de pie. Mientras su madre limpiaba las escudillas, Leonardo aprovechó para regalarle una monedita a Piera.

La familia salió a despedirlo, agitando las manos mientras el joven subía la cuesta. Luego, los chicuelos entraron en la cabaña; sólo Caterina permaneció ahí, apreciando el atardecer.

En la cima, el pintor exhaló un suspiro. Su alma se llenaba de sosiego. Cogió su cuaderno, hizo algunos bosquejos y, al reverso de la hoja garabateó: "Me detuve en casa de Antonio Buti; estoy contento". El mapa de Monsummamo podía esperar.

El verano de 1471 fue especialmente caluroso. Leonardo volvió a Vinci, buscando la frescura de los espacios abiertos. Al abrazarlo, Francesco descubrió que su sobrino lo aventajaba en estatura y fuerza. El aprendiz había quedado atrás; ahora estrechaba a un oficial. También advirtió que aquellos cambios físicos comprendían un temperamento cada vez más retraído. En Florencia, su sobrino iba a fiestas y banquetes, donde cosechaba elogios por su conversación amena. Sin embargo, asistía a regañadientes. Evadía a las personas y le costaba un esfuerzo tremendo salir de su ostracismo. Esta misantropía era su defensa pues, según él, el mundo entero estaba dispuesto a humillarlo, refregándole su bastardía. Una razón de peso exacerbaba aquella actitud: *Querido tío, fuera del círculo artístico, nadie aprobaría mi relación con Stefano.*

Caterina no fue a visitar a su hijo. Guardaba cama, tenía hemorragias y empezaba a detestar su propia naturaleza. El cuerpo, ¡cuánta razón tenía don Bartolomeo!, era fuente de vergüenzas.

Muchas noches Leonardo abandonaba la casa para dormir a cielo abierto y un sinfín de amaneceres se bañó en el río, creyéndose a resguardo. Ignoraba que las campesinas lo espiaban desde el robledal, admirando ese cuerpo grácil, donde resaltaban los músculos. Se hubieran entregado al menor requerimiento. Pero aquel joven altivo desalentaba sus coqueterías. Por otra parte, aunque lo hubieran atraído, él no imitaría a Piero, que desvirgaba aldeanas para ensartarles un hijo y luego abandonarlas.

Desde Campo Zeppi, Caterina tendía sus redes. Aunque no viera al hijo, al menos debía saber cómo estaba.

—Lisabetta, encárgate de vender una canasta de huevos a Domenica. Y pregunta por Leonardo.

La agitación del pintor le impedía concentrarse en un proyecto. Su amor, proscrito por la Iglesia y las leyes civiles, era refugio contra la soledad. Por tal motivo, jamás podría descartarlo… pero el miedo a que alguien lo delatara amargaba esa relación. *Mi bastardía y el delirio oscuro, frágil, dolorosamente temporal que mantengo con Stefano, ensucian mi nombre…*

En Vinci añoraba a Stefano: en Florencia vivía torturado por el recelo. La bottega propiciaba los amores de juventud, que crecían auspiciados por el arte y la belleza. Al final de ocho o diez años, cuando se terminaba el aprendizaje, se marchitaban sin resentimientos.

Il Verrocchio jamás hubiera permitido escenas violentas. Consideraba los celos de tan mal gusto que habría lanzado a los culpables a la calle. "Si no son los suficientemente cultos para paladear este néctar, digno de los dioses, absténgase; por otra parte, si aspiran a la fidelidad, elijan a una fémina y propóngale matrimonio." *A pesar de tales opiniones, aspiro a un amor eterno.* Saberlo imposible, aumentaba su pesadumbre.

Para tranquilizar su espíritu regresó al pueblo. En su recámara escribía, dibujaba, leía, sin paz y sin un solo recuerdo. Cierta experiencia le causó tan profundo impacto que narró cada detalle:

Ávido por admirar la abundancia de las formas naturales, caminé hasta unas rocas. En ese sitio descansé por un momento.

Me volví y me topé con una cueva. Emociones contradictorias se posesionaron de mi espíritu: miedo y deseo. Miedo a un peligro, que la caverna me engullera; deseo por comprobar si encerraba secretos maravillosos. Absorto, dejé que el tiempo transcurriera. Al fin, en medio de un temblor incontrolable, huí de aquel paraje.

Esto se relacionaba con la mujer en general y con su madre en particular. La gruta, orificio alargado como una hendidura, era una enorme vulva que se abría para tragarlo. Lo femenino lo asqueaba. *¿Por eso me refugio en ti, Stefano?* Aquella frase repulsiva: userai carnalmente con madre et sorelle, que jamás había borrado del cuadernillo, lo conduciría al infierno. Un sollozo lo estremeció: *No puedo amar más que en la abominación.* Sodomía e incesto eran las dos manifestaciones de su erotismo. La belleza lo seducía por igual: oscuramente ansiaba a Caterina, intensamente se entregaba al amante. Su madre lo concibió pecando y las consecuencias de esa transgresión eran terribles. *Mi energía vital desembocará en la esterilidad.* ¡Cuánto lo deseaba! *Que muera conmigo esta anomalía monstruosa. ¡Que nadie agonice con sus aberraciones como yo lo hago!*

Ante el abismo que se extendía sin límites, relató sus temores a la única persona en quien confiaba: Stefano. El mismo mensajero que llevó la esquela trajo la respuesta:

Quemé tu carta, Nardo. Haz lo mismo con ésta o nos conducirá a la hoguera.

Tienes razón; la caverna es un símbolo. Viste, con los ojos bien abiertos, los genitales femeninos, ragazzo. Si penetras en esa cueva, profunda y húmeda, te devorará. Una vez castrado, escupirá tus restos.

¿No recuerdas las lecciones eróticas de los antiguos griegos? Las estudiamos juntos y juntos las practicamos hasta que desfallecíamos. El amor florece de igual a igual. Por eso las féminas jamás alcanzan nuestra altura. ¿Tienen derecho a voto?

¿Defienden nuestras villas? ¿Crean obras magníficas? Date cuenta, nos usan para reproducirse. Entre sus piernas, nos reducen a unas gotas de semen. Un garañón puede cumplir tan fastidiosa tarea.

Nosotros trascendemos el imperativo sexual. Nuestro cuerpo supera la brutalidad de la procreación y proyecta belleza. Si fueras tullido o idiota, nunca te hubiera amado. Cuando cantas, escucho a un ángel, caro mio; en tus pinturas detecto la inmortalidad del arte. Nadie te ama como yo. Eres instrumento perfecto del placer, mi laúd, la tela donde me expreso. Me hechizan tus ideas absurdas, locas: cautivantes. Semejan una red que asfixia paso a paso.

¿Pude, acaso, permanecer indiferente? Dormías conmigo y necesitabas a un guía. Tuve en mis manos la capacidad de destruirte. Escogí poseerte... con tal lentitud, de tan sabia manera, que te volví mi cómplice. No me lo has reprochado porque, creo yo, no deseaste, ni deseas, algo distinto.

Ah, sí, Nardo mío, otra vez tienes razón. El amor dura poco: nuestra juventud. Por eso, apártate de las mujeres y regresa a Florencia.

Mis brazos te esperan.

Tras memorizarla, quemó la carta. Después, en una hoja del cuadernillo garabateó:

Jamás sentirá lo que yo. Él nunca tuvo a una madre hermosa.

Leonardo dedicó ese verano a estudiar la sexualidad humana con la desesperación de quien se hunde en el fango. Su pasión por Stefano declinaba ante la divergencia de sentimientos. Después de todo, estaban hechos de barro, como los demás. Por lo tanto, aquel amor fue sólo una ilusión igual a tantas otras.

Vigilaba los establos porque favorecían las relaciones fuera del matrimonio. Se ocultaba bajo la paja e, indiferente a lo ridículo de tal situación, espiaba a la pareja: gemidos, frases entrecortadas, la mueca durante el orgasmo.

Su desprecio aumentaba con cada experiencia. Le repugnaban los abrazos cara a cara, los humores corporales de las féminas, los lloros, *¡cásate conmigo!*, las exigencias que destruyen el amor, *¡cásate conmigo!*, y dan paso al resentimiento. El diálogo encerraba una trampa: *Espero un hijo, Piero.* Dudas a la lealtad: *¿Un hijo mío, Caterina?* Obligaciones que aplastan: *¡Reconócelo ante Dios y ante la ley!* Bastardías.

Rara vez pintó a una mujer desnuda, prefería ocultar los senos bajo un corpiño y concentrarse en el rostro. Algunas campesinas, vestidas con harapos, sin una alhaja, sobrepasaban la hermosura de las damas. *Tu hermosura, Caterina, las sobrepasa.* También delineó sus manos. *Tus manos de largos dedos, madre, como cirios.*

Stefano se deleitaba en dibujar genitales grotescos y él lo imitaba, aunque sin experimentar el menor alivio. *El coito y los órganos sexuales son tan repulsivos que, sin la lujuria de los participantes, la raza humana desaparecería. Juzgo al deseo femenino tan burdo como el viril. Las hembras exigen que el tamaño del pene sea enorme y el macho codicia lo mismo. Así, pocas veces poseen aquello que reclaman.*

Sus investigaciones lo llevaron a cuestionar al tío. Escogió el final de la cena, ese momento íntimo, a solas, mientras su anfitrión escanciaba un licor maduro y aromático.

—¿Por qué no te casas, Francesco?

Su pariente hubiera salido del paso con cualquier réplica. Sin embargo, la verdad era tan bella que la confesó:

—Porque me enamoré de Caterina.

Leonardo se atragantó. Hubo que palmearle la espalda; limpiar las gotas de vino…

—¿Ella lo sabe?

—Ni siquiera lo sospecha.

Guardaron silencio. El muchacho se preguntaba cómo una labriega podía inspirar tantas pasiones: Piero, Accattabriga y… ¿Su tío? La hermosura, al parecer, era un veneno irresistible.

—Te lleva diez años.

—¿Acaso importa? Era la mujer de mi hermano y él, por decirlo de alguna manera, aún no la había descartado. Después… Caterina vivía para ti. Yo me conformaba con verla, creyendo que esa situación se prolongaría indefinidamente. ¡Perdí un tiempo precioso! Cuando abrí los ojos…

—Accattabriga se interpuso.

Francesco lo miró largo rato.

—Yo te habría reconocido como hijo, fanciullo —le abrió los brazos.

Sólo Piero era culpable de su desdichada bastardía. El segundón, ese Da Vinci que nadie tomaba en cuenta, le hubiera dado apellido y herencia. A Leonardo se le humedecieron los ojos.

—Quizá debería casarme, sobrino. A mi edad, un soltero levanta suspicacias.

Leonardo no hizo ninguna observación.

—El cura me lo advierte cada domingo: la sodomía aumenta porque los toscanos se casan después de los treinta. En las ciudades abundan los célibes con difícil o ningún acceso a las mujeres —ante el mutismo del joven, añadió—. Vamos, Leonardo, contigo puedo hablar de estas cosas, ¿no?

—Desde luego. En Germania sodomita equivale a florentino. Los tudescos nos consideran depravados por excelencia. Sería absurdo pretender que conservo mi inocencia habitando en esa villa.

—Ahí abundan los vicios —fue su único comentario. No pidió que definiera "inocencia" porque supuso que la había perdido en un burdel—. Según mi criterio, Leonardo, el matrimonio cancela tentaciones y evita caídas. Los jóvenes deben casarse cuanto antes. En los libros de mi abuelo leí los censos. En 1348, la peste mató a ochenta mil personas; las plagas de

1364, a doce mil. San Bernardino proclamaba que la población jamás se recuperaría... por culpa de prácticas sexuales estériles.

—La sodomía.

—Exacto.

Se sentaron en las cabeceras de la mesa, como si los avergonzara su cercanía.

—Entonces, predica con el ejemplo: ¡cásate, procrea!

—Mientras Caterina viva, aguardaré.

—¿Estás loco? ¡Ya ni siquiera es fértil!

—Leonardo, el matrimonio abarca algo más que echar hijos al mundo.

—Cuidado con los inquisidores, blasfemo.

—Eso mismo te aconsejo, sobrino. ¡Cuidado! Mantente alerta.

—No temas. Los Medici protegen a Andrea. Botticelli, su ayudante principal, pinta a las santas y a las diosas griegas con idéntico rostro. Dos prostitutas nos sirven de modelos para la madonna.

—En las grandes villas se respiran nuevos aires, muchacho; buenos o malos, el futuro lo dirá. Il Verrocchio contrata meretrices porque la Santa Sede otorga permisos para abrir lenocinios. En tales sitios germinan enfermedades asquerosas, pero ese comercio no va contra natura.

—¡Ingenuos! Creen que los hombres encausarán su lascivia por vías menos reprensibles. Pasan por alto que la sodomía es una inclinación innata. Y tú, ¿cómo sabes lo que ocurre en Florencia?

—Los curas me acosan con informes funestos —bromeó Francesco—. Soy el objetivo de una campaña que destaca los méritos de la familia, pues nada me impide fundar un hogar donde no falte el pan, ni el buen ejemplo. ¿Conoces los métodos para aumentar la población? Los claustros comisionan cuadros de la Natividad. Las beatas fundaron un hospicio para niños. Varias alcaldías dotan a las doncellas pobres. Hace una generación, aprobaron la ley contra los ornamentos excesivos, alegando que los célibes tendrían menos miedo de casarse si costara menos mantener a una esposa. Aunque los argumentos son irrebatibles, me resisto. ¡Jamás me inducirán al casorio!

—Con Caterina o con nadie.

—Correcto. ¿Y tú?

—Esperaré, Francesco. Mi alma gemela existe; sólo debo encontrarla.

Con esa conversación finalizó la visita de Leonardo. Al día siguiente volvió a la villa para terminar sus estudios.

La primavera en que cumplió veintiún años, Leonardo hizo su entrada triunfal en Vinci. Su tío, como en la época de Ser Antonio, convidó a los vecinos y Domenica preparó platillos tradicionales para recibir al fanciullo. Para ella, el flamante maestro pintor siempre sería un chicuelo.

La ausencia de Piero facilitaba las cosas; por ejemplo, las invitaciones incluían a los Buti. Piera se había casado y cuidaba al marido enfermo, pero los demás se presentaron luciendo sus mejores galas.

Por su parte, el segundón redoblaba su apoyo. Si la cosecha era mala, les regalaba semillas para la próxima siembra. Una vez alimentó a la familia durante semanas porque los gorgojos acabaron con el trigo. Además, adoraba al pequeño Francesco, quien llevaba su nombre.

Accattabriga propiciaba esa cordialidad. Atestiguó un acuerdo entre Francesco da Vinci y varios labradores. Que alguien le pidiera ayuda y que su palabra fuera digna de fe aumentó la seguridad del Revoltoso.

Todo esto hubiera resultado irrealizable, de no ser por la tranquilidad que reinaba entre los esposos Buti. Tras escenas borrascosas, celos, insultos y golpes, el antiguo soldado apreciaba la sumisión de su mujer. La aldeana al fin aceptaba su destino. Quizá se contempló en un espejo y, ante las arrugas y el cansancio de su rostro, agradeció que el marido no la repudiara.

Nadie preguntó por el notario. Los campesinos lo consideraban un engreído y únicamente lo recordaban cuando, entre maldiciones, debían pagarle el alquiler. Al sonar Sexta, el cura bendijo los alimentos y se sirvió el almuerzo. Accattabriga engulló lo que le pusieron enfrente: soportaría al hijastro a cambio de hartarse. Por su parte, la contadina rebosaba orgullo. Tenía ante sí al maestro Leonardo da Vinci, su hijo; *mi obra.*

Tras los brindis, el festejado relató sus experiencias, mientras los comensales escuchaban boquiabiertos.

—Participé en una comisión importante: El bautismo de Cristo. Por mi dominio de la técnica, Andrea me permitió colorear antes de la edad reglamentaria y, en esa composición para la iglesia de San Salvi, las lecciones darían frutos —un perro, descendiente lejano del que tuviera Leonardo en su niñez, entró para olfatear al desconocido. El artista lo acarició sin que esa intromisión lo distrajera—. Dediqué muchas horas a estudiar el movimiento de las telas. Envolvía las estatuas de barro, que yo mismo modelaba, con un lienzo empapado en yeso. Después, copiaba cada pliegue empleando un pincel delgadísimo y el resultado… —con ademán teatral abrió un cartapacio y sacó varios dibujos—. ¡El resultado es éste!

Le encantaba pavonearse, aun ante gente de poca monta.

—Los trajes deben revelar el cuerpo que cubren; de lo contrario, parecen paños inertes. Estudié sedas, brocados, tul, lana burda y fina, brillo, opacidad, tintes, hilos, pespuntes, costuras, pliegues, la insinuación sobre los senos, el óvalo alrededor del cuello…

—¿Y los cabellos? —inquirió Caterina.

—Aprendí a dibujarlos uno a uno, en ondas cortas o rizos. Los pinté rojos, cobrizos, pardos, casi negros, o claros, casi rubios. Aunque mi maestro me felicitara, yo proseguía con la tarea hasta que un día… ¡superé la suavidad de los rostros del Verrocchio! Vean, estas madonas poseen una belleza más pura.

Hubo exclamaciones. Accattabriga exageró los ¡ah! y los ¡oh! hasta que Caterina frenó esa burla mirándolo fijamente.

Los dibujos pasaban de mano en mano. Aprovechando aquel descuido, Leonardo le dio un muslo de pollo al perro. *Parecerá que yo me lo comí...* Y no le harían preguntas molestas sobre si era vegetariano como su madre.

—Continúa, sobrino —suplicó Francesco cuya admiración apenas le cabía en el pecho.

—Observe este esbozo. Sandro Botticelli pintó el ángel de la derecha. Tanto el suyo como el mío poseen una hermosura terrena. Por eso añadimos aureolas: para recalcar la condición sobrenatural de quienes las portan. Jesús y San Juan Bautista, casi desnudos, presentan el mismo problema: son demasiado humanos. Nuestro maestro lo resolvió agregando las manos de Dios Padre. Salen del cielo y el Señor las posa, directamente, sobre el Espíritu Santo y su Hijo —hizo una pausa dramática—. A la pintura le faltaba algo. ¡El fondo! Imposible dibujar cortinas o columnas en un desierto, al lado del Jordán. Por lo tanto, dibujé un paisaje.

—¡Bravo! —aplaudió Caterina, resumiendo los sentimientos de casi toda la asamblea. La excepción fue, desde luego, Accattabriga.

Leonardo alzó su copa y los invitados elogiaron esa obra magnífica. Hasta el Revoltoso brindó con dos vasos de excelente vino. Para finalizar, el artista asentó:

—También domino la carpintería. Esta vez, ocupaciones previas me impidieron hacer el marco. Un carpintero me reemplazó y el resultado fue decepcionante. Casi echó a perder El bautismo.

Aquello ya era demasiado. El párroco se propuso amansar la arrogancia del citadino. Interrumpiéndolo preguntó:

—Dijiste que pintaste como fondo... ¿un qué?

—Paisaje. La palabra viene de paese, país. Se trata de copiar un paraje cualquiera. Yo prefiero los toscanos.

Don Bartolomeo no quedó muy convencido con aquellas innovaciones:

—Según mi criterio, la desnudez en la representación de nuestro Salvador raya en sacrilegio.

—Andrea practica las enseñanzas de los griegos. Hay un retorno a la antigüedad clásica.

—¡Qué locura! —se escandalizó el sacerdote—. O, más bien, ¡qué pecado!

—Amamos la belleza plástica, las formas tangibles.

—¡Necesitamos a otro San Bernardino de Siena para meter en cintura a estos insensatos! —bufó. Los asistentes se miraron: ignoraban a qué se refería el cura—. ¡Escuchen! Si el arte avanza con plena libertad, grandes males nos aguardan.

Para que la cordialidad no se perdiera, el anfitrión medió entre los contendientes:

—Y al Verrocchio, ¿le gustó tu ángel?

—Yo no estaba presente; tengo la mala costumbre de encontrarme en otro sitio cuando ocurre algo interesante en la bottega. Stefano… un oficial me contó que Andrea observó el cuadro durante media hora. De frente, desde los costados, a contra luz; al cabo, lleno de envidia, arrojó su pincel al suelo mientras juraba: "¡No volveré a pintar!"

—Una decisión atinada —opinó Caterina y su marido le jaló el brazo para aplacarla.

—Otro condiscípulo asegura que Andrea únicamente me cubrió de elogios. No mencionó el pincel, ni la promesa.

—Al Verrocchio sólo se le recordará porque fue tu maestro —sentenció la aldeana. Al escuchar semejantes pronósticos, sus hijas decidieron que hablaba demasiado.

—Mamma…

—¿Y qué harás ahora, sobrino? —inquirió Francesco.

—Aunque ya me inscribieron en el libro rojo de la Compagnia di San Luca y ostento el grado de maestro, permaneceré en la bottega. Me propongo terminar varios rostros sonrientes, un Cristo joven y, por contraste, torsos de ancianos.

—¿Te dedicarás a la escultura? —inquirió Caterina.

—Practicaré ambas disciplinas —su hijo replicó justo a tiempo—. La pintura ofrece un campo enorme para experimentos. Durante nuestro aprendizaje, nos enseñan a elegir distintas maderas. Preferimos el álamo llamado gattice: cuesta poco y dura mucho. Primero mezclamos el yeso que formará la base donde aplicaremos el color; cuando obtenemos una apariencia lustrosa, tersa, de fácil absorción… —los invitados, a quienes les importaba un comino tales tecnicismos, cambiaban de posición, incómodos. Por el contrario, Caterina absorbía cada palabra—. Yo voy a romper esas reglas. Usaré trementina blanca, destilándola dos veces; luego pondré tres capas de aqua vitae, en la cual habré disuelto arsénico o algún otro corrosivo —alguien tosió, otro disimuló un bostezo. Sin embargo, los postres tentaban a los más golosos y, si había que oír al pintor… pues a oírlo—. Sellaré cada poro del retablo con linaza; después lo secaré frotándolo a pulso. Sobre esta preparación aplicaré barniz blanco y, al final, orina.

—Basta, todavía estamos comiendo —refunfuñó el cura, para regocijo del Revoltoso.

—¿No queréis enteraros del siguiente paso? ¿No deseáis saber que hacemos agujeros diminutos en las líneas y los cubrimos con carbón? Este procedimiento se conoce como spolveratura.

—Te pasas de listo —refunfuñó el párroco, al captar la burla.

—Y, desde luego, modificaré el tratamiento del óleo. Me entusiasma su textura. Permite profundizar los tonos, que adquieren una complejidad óptica hasta hoy ignorada. La llamaré sfumato, pues esfuma la luz.

El sacerdote se levantó de la mesa. Varios se removieron en sus sillas, nerviosos. Quizá don Bartolomeo tenía vínculos con el Santo Oficio. Francesco, disimuladamente, le sirvió vino; Accattabriga, sin ningún disimulo, colocó la botella más próxima entre sus muslos. Así podría echarse uno que otro trago mientras la perorata continuaba. En ese momento, el pintor añadió:

—Expongo tales procedimientos porque muchos suponen que el artista crea sus obras en un rapto de entusiasmo.

Puede ser. Sin embargo, cada cuadro representa una ardua labor artesanal que requiere tiempo e infinita paciencia.

—¡Como la mía! —gruñó el religioso, catando aquel líquido púrpura, cuyo perfume le cosquilleaba la nariz.

De pronto, un vecino tomó la palabra:

—Admítelo, Leonardo. Alargas tus explicaciones porque te encanta lucir tu sabiduría.

—Le tomó siete años de su vida adquirirla —interpuso Caterina—. Quien ansíe lucirse, que aprenda un oficio.

—Nos vamos. Mañana trabajo en el forno —anunció Accattabriga, harto de aquellos arrebatos. Los demás también se despidieron y en unos minutos la reunión concluyó.

—Tu madre tiene una manera muy efectiva de acabar con un festejo —se mofó Francesco—. Y te defiende como leona... —su brazo, sobre el hombro del sobrino, aumentó su camaradería—. ¿Qué harás este verano?

—Pintaré un cuadro para el oratorio de Santa Maria della Neve. Empiezo el cinco de agosto, día en que apareció esa virgen. Con el dinero que me dio el Verrocchio, compré lapislázuli para el manto. Su altísimo costo, cuatro florines por onza, garantizaba la calidad del color, igual que la malaquita y el berilio.

—Al menos estarás cerca —suspiró el tío—. Montevettolini queda a legua y media de Vinci. Te visitaremos con frecuencia.

Lisabetta cuidaba a sus hermanos, casa, huerto, gallinero y demás, en tanto Caterina mezclaba sustancias siguiendo, al pie de la letra, las instrucciones de Leonardo. Para no cometer un error, repetía: *Del barro y la tierra salen los ocres; de las plantas, el negro vegetal; si a estos tonos les agrego plomo blanco, dan el verdaccio que matiza la piel.*

Sentía fascinación ante esas mezclas propias de nigromantes. Aquellos aceites coloridos, de olor extraño y textura semejante a la seda, explicaban por qué su hijo pertenecía al gremio de los médicos pues esos mismos polvos, revueltos con hierbas, especias y ungüentos, se transformaban en cura milagrosa.

Leonardo se mostraba agradecido.

—Me ahorra un tiempo precioso, madre, sobre todo después de recibir esta carta. Andrea me pide que agregue un pez y un perro al cuadro de Tobías y el ángel. ¡Me escoge a mí, en lugar de a Botticelli, Credi o Il Perugino! No lo culpo. Sandro pinta los árboles usando un sólo tono, sin tomar en cuenta la distancia, ni la especie a la que pertenecen —se carcajeó de tan buena gana que Caterina lo imitó—. Regresaré a Florencia antes de lo previsto.

La aldeana hizo un gesto de tristeza que impacientó al artista. Mientras ella fuera dócil, la situación marcharía sobre ruedas. Mas, apenas expresara sus sentimientos… Como si Leonardo hubiera aguardado ese momento para estallar, dijo:

—Este viaje no es un descanso que alargue o acorte a placer: ejecuto un encargo.

—Entonces, no hay nada que discutir —repuso, ofendida. *Si lo ayudo, debe tratarme con respeto y, si mi actitud lo molesta (y cualquier cosa lo molesta), no toleraré que me hiera por su malhumor.* Imitándolo, giró sobre sus talones y, erguida, sin apresurar el paso, se alejó. El pintor nunca vio las lágrimas que resbalaban por su cara. Cuando retornó a Florencia, todavía no se dirigían la palabra.

—Me escribió Leonardo —dijo Francesco, agitando la carta.

La aldeana colocó los huevos sobre la mesa, igual que veinticinco años atrás. De inmediato su atención se centró en el pliego. *Mi hijo escribió cada palabra. No como solía, de derecha a izquierda, sino con trazos largos y finos.*

—Léela, por favor.

Si cerraba los ojos y hacía un esfuerzo, al escuchar la voz del segundón acaso creería que Leonardo hablaba.

Caro Francesco:

Los Medici ponen en práctica una máxima: pan y circo. Il Magnífico organiza la celebración fastuosa del carnaval para divertir al pueblo mientras coarta privilegios, reparte puestos entre amistades e influye en las votaciones. Además, no hace ningún sacrificio: le gustan los espectáculos. Éste incluye desfiles a la luz de las antorchas, justas, carretas engalanadas por los gremios, cantos que describen oficios comunes (sastrería, molienda, tintura, fabricación de cerveza, quesos, pasteles), y los temas actuales: mitología, amores célebres o los triunfos de la antigua Roma, que tanto se parecen (o acababan pareciéndose, si se lo propone el autor para obtener una gratificación) a los de nuestro gobernante. Para que no haya errores, ni ahorro de elogios, algunos los compone el mismo Lorenzo, en sus raptos de poeta. Mi gremio produce banderolas, pendones, disfraces, máscaras, armaduras, escudos y otras minucias que dejan jugosas ganancias.

Prefiero no mezclarme con la plebe, pero me considero un excelente jinete. Conozco de caballos y ese escenario gigantesco y vivo, donde los actores son tanto el público como los participantes de la justa, me atrae. Participé en varios eventos. Gané dos.

Ideé un artefacto inspirado en los de Brunelleschi, a quien admiro. Varios bueyes, totalmente blancos, jalan un carro en llamas, mientras una paloma de cartón y yeso (¡mi invento!) "vuela" a lo largo de un alambre entre el Duomo y el Baptisterio. Fue muy aplaudida.

Me interesaron muchísimo los enormes discos de madera para el cambio de escenarios y las poleas que izan a los ángeles. Yo lo haría mejor.

Algunas escenas presentaban temas eclesiásticos y, como estoy pintando una Anunciación, bosquejé algunos detalles. Los emplearé cuando convenga.

—Es todo —suspiró Francesco—. Parece contento, ¿verdad?

—Falta aquella hoja —dijo Caterina.

—Leonardo se despide. Nada interesante.

Dobló los papeles con sumo cuidado, como si temiera cometer una indiscreción.

—¿Me menciona?

—No.

La campesina se puso de pie. De repente, le pesaron su vejez y las decepciones.

—Gracias por leerme la carta —titubeante, se dirigió hacia la puerta.

A solas, Francesco revisó la última hoja. Lo sorprendió que el tono cambiara y se convirtiera en una confidencia:

Stefano me ofreció una copa de vino, que rehusé. Entonces anunció: "Organizaré mi propio taller. Tú deberías hacer lo mismo, Nardo: no debes vivir a la sombra del Verrocchio". La noticia me causó júbilo: "Te apoyaré en todo, Stefano. Juntos…" Soltó una carcajada. "¡Despierta, fanciullo! Voy a casarme". Mi angustia fue tanta que cesé de respirar. Palidecí y un sudor helado cubrió mi frente. Mirando el techo, absorto en sus planes, ni siquiera captó cuánto sufría. "Ya es hora de que mantenga a mi madre viuda y funde mi propio hogar. Soy un hombre honorable y actuaré como tal".

Cada verano, uno o dos oficiales ascienden a maestros. Al despedirse de nosotros dejan atrás juventud, amores locos, recuerdos. Y nunca hubo escenas de llanto. "Tengo la edad de Cristo, ragazzo. Si no cumplo con mis obligaciones, me meteré en problemas y, lo admito sin reparos, temo a los Oficiales de la Noche. Haz lo mismo: di adiós a las juergas. Nos esperan el trabajo, una esposa; acaso, varios hijos. Así es la vida, muchacho, y yo no puedo modificarla a tu gusto". Me dio una palmadita en el hombro. "Nos veremos en bautizos, bodas, entierros. Las celebraciones del gremio se prestan a la convivencia".

Amé una ilusión; pero, ¡con tal intensidad!

PS. Hoy entiendo, a la perfección, lo que sintió mi madre cuando Piero la rechazó para casarse con Albiera.

Cuán solo debe sentirse para hacerme estas confidencias, pensó Francesco. ¡Le descubría su verdadera naturaleza! El bochorno le quemó la cara. *Tengo dos opciones: devuelvo este relato infernal o finjo que jamás lo recibí.* Sin dudarlo más, quemó las hojas. Mientras el humo se elevaba en columnillas, recordó que su padre guardaba los archivos de su abuelo, el notario. *Algún día Piero se los llevará a Florencia, pero por ahora permanecen aquí, en un armario. Ahí encontraré la información que necesito.*

Le tomó de Completas a Maitines encontrar aquellos datos:

> Defínase como sodomitas a aquéllos que tienen un coito estéril con personas del sexo opuesto o relaciones carnales con personas del mismo sexo.

El polvo se desprendía del papel, metiéndose bajo sus uñas. *Me lavaré con yodo o me saldrán hongos.*

> Desde 1284 las penas incluyen el exilio. En 1325 redactaron nuevos estatutos y se agregó la castración contra aquél que violara a un muchacho. El elemento pasivo sólo recibe una multa de cien liras si cuenta entre catorce y dieciocho años; de cincuenta liras, si tiene menos.

Por el momento, Leonardo está a salvo. Puede alegar que, cuando inició su relación con ese maldito pervertido, era un jovenzuelo… ¿A salvo? Si sigue por ese camino… Mi abuelo debió presenciar castigos terribles. No todos los notarios disfrutan una vida sin sobresaltos, como mi hermano, muchos fungen de testigos en los tribunales y presencian ejecuciones. Francesco se estremeció. Sus ojos leyeron el siguiente párrafo:

> En 1432 se crea el Oficio de la Noche, para frenar la sodomía, la prostitución y los raptos de monjas.

Al segundón se le colorearon las mejillas. ¿Por qué imperaban las costumbres paganas en Florencia? ¿Acaso no eran católicos practicantes? Furioso todavía se dio cuenta de que la letra del manuscrito cambiaba. *¡Es la de mi padre!* Abrazando la tradición familiar, completaba la obra de su antecesor. ¿Se interesaba en el vicio nefando por simple curiosidad? *Esa inquietud me parece sospechosa.* El patriarca sólo había engendrado a dos hijos y una hija. *Piero no puede procrear a un vástago legítimo y yo continúo soltero. Mi virilidad resulta dudosa.* Entonces, ¿habían heredado las taras de sus ancestros?

Con el espíritu hecho añicos, redondeó su pensamiento. ¡Cuánto detestaba la corrupción de Leonardo! Jamás le perdonaría que, a propósito o por error, lo hubiera involucrado en esa atrocidad. Deseó no haber leído esa carta, pero nunca delataría a alguien de su propia sangre. *Que Dios me perdone*, gimió, y abriendo los brazos en cruz empezó a rezar.

Desde ese instante, vivió con miedo. No sabía a qué. Malas noticias, desgracias… *¿Debo hablar con Leonardo? ¿Servirá de algo?* Ni siquiera oiría sus consejos. Sus juicios, los de un campesino, carecen de sofisticación. Se frotó las sienes, desesperado. Se arriesgaba a perderlo. Ya jamás acudiría a él. *Me dirá: ¡no, no vengas! Jamás podremos vernos a los ojos porque ambos conocemos este horror.* Tembloroso, elevó las manos al cielo: ¡Señor, ampáranos!

Esa noche la pasó en vela y, desde la mañana siguiente, cada vez que llegaba un mensajero Francesco se posesionaba de las cartas. Antes de leérselas a Caterina, expurgaba ciertas palabras porque comprendía que cualquier indiscreción, por pequeña que fuera, la pondría sobre la pista. Y era preciso enterrar ese secreto.

La frialdad de su hijo provocaba sentimientos opuestos a Caterina: ira, incertidumbre y, sobre todo, el anhelo de una reconciliación duradera. Cuando su despecho ganaba la partida, hubiera correspondido en la misma forma: mostrándose indiferente hasta la grosería. No era posible. Ansiaba saber de él; la prole que tenía cerca no sustituía al ausente.

Caterina visitaba a Francesco con frecuencia, por aparentes razones valederas. *La mayoría de las veces regreso a la cabaña con víveres y regalitos para los niños. Así mantengo a Accattabriga tranquilo.* Gracias a la generosidad de Francesco, la pobreza nunca ganó la partida. Sin embargo, casi nunca saciaba su sed de noticias. Apenas saludó, aún con el aliento entrecortado por la caminata, indagó:

—¿Leonardo escribió? ¿Me manda un mensaje?

Francesco desvió la mirada: su vacilación correspondía a una respuesta negativa.

—Ni siquiera le importa que esté sana o enferma, si como a diario, ¡si todavía existo!

—¿Recuerdas lo que pasó hace dos años? —indagó, para frenar tales quejas—. Il Verrocchio obtuvo un contrato fabuloso. ¡Colocar la lanterna sobre la cúpula de Brunelleschi! Andrea nombró a un ayudante.

—A mi hijo —interpuso Caterina—, el único de sus discípulos que puede llevar a cabo semejante tarea.

—El maestro confía tanto en Leonardo que lo envió a Venecia y a Treviso a comprar cobre de la más alta calidad. Gastó una fortuna, pero no hubo reproches: la iglesia florentina es rica.

Para avalar sus comentarios, desdobló varias hojas y leyó:

La "pelota" mide ocho pies de diámetro y excede las dos toneladas: un metal defectuoso se hubiera resquebrajado en la fragua. Como permanecerá a cielo abierto, hice que fuera impermeable a la lluvia.

—¿Te imaginas? Una esfera gigantesca igual a un sol en el horizonte —suspiró Caterina. Sus ojos se perdieron en el espacio, absortos en aquella maravilla—. ¿Por qué mencionas algo que ocurrió hace dos años?

—Porque hace unas semanas celebraron un Te Deum para festejar aquel acontecimiento, ocurrido el treinta de mayo de 1471. ¡Grabemos esta fecha en nuestras mentes! Escucha lo que sigue:

Ese día la elevaron a trescientos cincuenta pies sobre el suelo. Los obreros sudaban y gemían bajo el esfuerzo, mas ninguno se rindió. Un titubeo hubiera entrañado la muerte de varios compañeros.

Tardaron tres días en instalar la esfera y los canónigos regalaron dos liras a cada trabajador para que, con pan y vino, recuperara las fuerzas. Al fin, la cruz coronó el orbe de metal, símbolo de esta Tierra, donde reina Dios.

—¡Parece que lo estás viendo! —exclamó Caterina.

—En ocasiones, Leonardo me confunde con su precisión. Llena sus cartas de cifras y fechas. Aun así, prefiero más datos que menos —se aproximó a la ventana y continuó:

Tras subir cuatrocientos sesenta y tres escalones de piedra, que llevan a la entrada del transepto sur y desembocan en el borde inferior de la cúpula, me sentí pájaro. Desde allá arriba, en medio del cielo, se contempla la ciudad. Las calles convergen en la plaza cual ejes de una rueda. A esa distancia los excrementos no se distinguen; tampoco los vicios.

La euforia de haber contribuido a tamaño logro, más que la altura, me marea. Estudiaré a Brunelleschi, de cabo a rabo, hasta comprender sus cálculos. ¡Dios santo! Este hombre venció la gravedad y lanzó su obra a competir contra las nubes.

Pinté un animalaccio. Tiene ojos de felino y fauces de mastín. Me divierten estas combinaciones monstruosas. Algún día las aplicaré a los rostros humanos.

Ante el desencanto de la aldeana, Francesco metió las hojas en un cajón.

—¿Nada más? —indagó, conteniendo la respiración.

—Tu hijo se despide empleando las fórmulas usuales.

Sin una palabra para mí, pensó ella, al tiempo que sofocaba un terrible desaliento.

En la siguiente carta, Leonardo anunciaba la muerte de su madrastra. Aquella noticia merecía comentarse frente a frente; por lo tanto, Francesco fue a la cabaña de los Buti. Encontró a Caterina en el patio.

—Mi hermano planea casarse por tercera vez —anunció, a manera de saludo.

—Es persistente —comentó la aldeana, irguiéndose. Se frotó el cuello, los hombros. Acababa de amasar, merecía un descanso.

El segundón alzó la pala de madera. Con sumo cuidado la inclinó dentro del horno. Las hogazas resbalaron hasta quedar en fila, cada una en su sitio. Se sentaron sobre un tronco, aguardando el momento en que olerían el aroma milenario y tibio que daba paz al espíritu: habría pan sobre la mesa.

—Piero seguirá buscando un heredero.

—Y una nueva dote —insinuó, rencorosa. No era necesario expresarlo, ambicionaban lo mismo: si el famoso notario no tenía descendencia, Leonardo heredaría una fortuna.

—A Ser Antonio le hubiera gustado que todo quedara en manos de su nieto —reflexionó Caterina—. Con dinero, Leonardo haría un buen matrimonio.

Francesco intuía que, aun si el muchacho se convirtiera en Creso, jamás se casaría. *Ese tal Stefano terminó una relación abominable justo a tiempo. Como paterfamilias, nadie le echará en cara sus pecados de juventud. Leonardo, en cambio, camina por la cuerda floja.* Para salir del paso, asintió, pero Caterina no quedó tranquila con tan blanda aquiescencia. *Algo anda mal y yo voy a averiguar qué es.*

Por la noche, Francesco volvió a sacar los libracos del armario. Su sobrino le causaba graves preocupaciones. *En cualquier momento caerá al abismo.* Aguzando las pupilas, leyó la lista de castigos: a los extranjeros que violaban a un imberbe, la hoguera. Sanción de quinientos florines a los intermediarios y celestinos. El sitio de reunión deberá convertirse en cenizas.

Multas menores a quienes componían poemas o canciones popularizando el crimen nefando.

Revisó otros datos: en 1322-24 prohibían a los mesoneros servir dulces, pues este sabor incitaba al vicio. De 1348 a 1452 las cortes dictaron cuarenta y cuatro sentencias; entre ellas, dos castraciones. Apretó sus manos. *¡Paz, Domine, paz!* Continuó leyendo: a una mujer que había vendido a su hija para que la sodomizaran, le cortaron la cabeza. *Penitencias ejemplares.* Se horrorizó, y cerró el libro de golpe. Rechazo inútil. Mañana o pasado mañana volvería a leer veredictos, crímenes, nombres de personas cuyos huesos se deshacían bajo tierra. *Leonardo está en peligro. Si no rectifica su camino, tarde o temprano cometerá una equivocación. Errar es humano…*

Esa relativa serenidad duró hasta 1475. Ese año, Piero da Vinci se presentó en Vinci. Apenas descendió del caballo lo rodearon los chiquillos y el notario, por lo general impaciente y malhumorado, les arrojó unas monedas. La algarabía de los niños atrajo a Francesco.

—¡Hermano! —esa visita le desagradaba. Piero criticaba cada uno de sus actos. La administración de sus propiedades le parecía inadecuada—. ¡Mi esposa me dio un hijo! —anunció el recién llegado. Aunque las canas manchaban sus sienes, nadie lo había visto tan joven ni tan optimista. A Francesco se le atragantó una felicitación—. ¿De qué te azoras? Apenas cumplo cincuenta; nuestro padre ni siquiera se había casado a esa edad.

—Tardaste un poco en reproducirte —bromeó el segundón.

—Pero lo logré. Piano, piano, vado lontano. Organiza un banquete. Invita a los vecinos. ¡Que se enteren de la nueva! —de repente, su euforia se transformó en resentimiento—. Me consideraban impotente. Se mofaban de mi esterilidad. ¡Y yo no podía pregonar que antes de contraer nupcias por tercera vez, procreé un bastardo! Leonardo no es el único: sus medios hermanos garantizan mi virilidad —al fin lo gritaba a pleno pulmón—. Campesinos de mierda, tráguense sus murmuraciones. ¡Tengo un hijo legítimo! Y vendrán otros —vaticinó—.

Éste se llama Antonio, igual que su abuelo. Heredará mis posesiones y, por si a alguien se le ocurriera cuestionar tal decisión, así lo estipulo en mi testamento, firmado por testigos.

Los Oficiales de la Noche eran investigadores expertos. Nada escapaba a su mirada; mucho menos la vida de Leonardo en esos últimos meses. Averiguaron que frecuentaba a Marsilio Ficino, famoso por sus reuniones elitistas. Su círculo abarcaba pintores, filósofos y poetas quienes, recostados sobre divanes, hablaban de mil temas —desde Platón hasta magia negra—, en tanto los criados, semidesnudos, servían el mejor vino.

—Hoy diseñé un talismán para atraer a Eros —anunció el anfitrión. Los huéspedes lo rodearon, pendientes de sus palabras—. Coloqué a Venus, vestida de blanco y oro, en el centro de la composición. Repetiré tales colores en su cutis marfileño y en sus larguísimos cabellos dorados. Se cubre el pubis con flores. No por modestia: para fingirse inalcanzable; pues el pudor, ¿están de acuerdo?, es una barrera excitante.

—¡Un tema estupendo! —declaró Sandro Botticelli—. Quizá lo desarrolle algún día. Mientras tanto, mañana te presentaré a la modelo perfecta para aumentar tu inspiración: Simonetta Cattanei, la esposa de Matteo di Vespucci.

—Y amante de Giuliano de Medici. Amore! Amore! —suspiró Marsilio—. La adúltera enseña al marido la técnica erótica de su adorador. ¡Delicioso contubernio! ¡Envidiable engaño!

—Y tú, ¿crees en el amor? —preguntó Bernardo di Simone Canigiani, un hermoso adolescente disfrazado de Baco, a su vecino más cercano.

—No. Hace poco me llevé una decepción y no voy a repetir tal experiencia —respondió Leonardo, pulsando su lira *da braccio*.

—¿No vas a repetirla? Ya veremos —dijo el jovenzuelo.

Cogió una uva, la partió a la mitad y, tras descartar las semillas, la puso entre los dientes del pintor. Luego le dio vino, de boca a boca. Ya no se disfrazaba, era Baco, joven, seductor, alegre, increíblemente perverso.

No capta que sus argucias son demasiado obvias, reflexionó el pintor. *Cree haber inventado la sensualidad para cautivarme.* Tanta vanidad lo conmovió.

Para Laudes, la mayoría de los huéspedes dormía sobre cojines y rosas marchitas. Algunos cuerpos se enlazaban. Sólo Canigiani escuchaba a Leonardo cantar, en voz muy baja:

—Bernardo di sim, di di di simon, ber bern berna —cada sílaba correspondía a una nota.

—Juegas con mi nombre, Nardo. Tiene la misma terminación que el tuyo.

Recordó que Stefano lo apodaba así, en momentos de pasión o de ternura extremas.

—Chi tempo ha e tempo aspetta perde l'amico* —meditó Leonardo, recostándose sobre un diván.

—A mí no me perderás. ¡Nunca! —juró Bernardo.

—Promesas vanas. Al final, nuestra única amante es la soledad, fanciullo —y de repente se dio cuenta: *Me dirijo a este garzone, casi niño, ¡como mi tío, como Francesco me llama!* Se estremeció. *Es mi turno. Estoy en la cumbre de la seducción, de la vida*—. Dame tu mano —el muchacho obedeció al tiempo que una sonrisa falaz se dibujaba en sus labios—. ¿Eres virgen?

Bernardo asintió retando e invitando a la vez.

—Entonces, cobijémonos bajo aquellos árboles para que te abra, suavemente, al arte. Te prometo una percepción total hacia las formas y las líneas de los objetos. Te enseñaré a reconocer las texturas; a aspirar cada aroma. Captarás el mundo por medio de los sentidos, yo haré que tus ojos vean, aun cerrados, y tus dedos acaricien, aun sin tocarme.

Fue al primero que atrajo. Por ello, jamás olvidó su nombre. Desde ese momento, Leonardo impartiría las lecciones aprendidas en el taller del Verrocchio.

* Quien tiene tiempo y espera demasiado, pierde al amigo.

CAPÍTULO II

Después

En abril de 1476, los Oficiales de la Noche iniciaron una campaña para atacar al vicio nefando, cuya cabeza se multiplicaba como hidra. Desde el púlpito los curas exhortaban a la confesión:

—Hombres de bien, metan a sus hijos al redil. ¡Arrástrenlos, si es preciso! Revisen sus habitaciones ya que, cuando esos insensatos esconden regalos bajo la cama, están por caer en la tentación o, ¡Dios no lo quiera!, ya cayeron. Demasiado dinero en la faltriquera revela la venta de favores; una excesiva elegancia, atracción al vicio.

Los médicos concordaban: entre los catorce y los veinte años, muchos perdían la razón acuciados por su lujuria. Si el casorio no los redimía, después resultaba imposible. En cuanto a las doncellas, las madres también debían cumplir tareas enojosas.

—Obliguen a sus hijas a bañarse después del menstruo: los malos olores repelen a quienes pretenden contraer nupcias. Incítenlas a comportarse con dulzura. No exijan el débito conyugal al marido inapetente; pero tampoco lo rechacen, incitándolo a abandonar el tálamo para buscar satisfacción en otra parte. Presten atención: la sodomía del esposo no autoriza el adulterio, mas si los consejos no surten efecto, agarren, como San Bernardino, un fuete y ataquen al diablo que habita en las esposas infieles. Ningún demonio resiste tales golpes.

Para erradicar "el abominable pecado de la maldita sodomía", la Iglesia instaló los tamburi o bocas de la verdad, en San Piero Scheraggio, Orsanmichele y la catedral.

—Esta innovación ha dado magníficos resultados —comentaba un ciudadano, célebre por su rectitud—. Cualquiera puede depositar una denuncia en esos tambores con un agujero circular en el tope.

—Muchos lo hacen y obtienen pingües ganancias. Una tercera parte de la sanción premia al delator; el gobierno y el tribunal se quedan con las otras dos.

—¡Negocio redondo!

—Yo aplaudo tales medidas —interpuso un tendero—. Florencia prospera gracias a la inversión de esas multas en el comercio.

—¡Y a la elevación de impuestos! ¡Los Medici nos chupan la sangre! —chilló uno de los oyentes. Hubo murmullos de asentimiento.

—Las penas proporcionan beneficios adicionales —reanudó el mercader—. Pagan la sala de los magistrados, sueldos de oficiales, notario, tesorero…

—A mí me han contado que cada uno recibe la bonita suma de cinco florines al mes.

—Por si lo ignoras, el excedente se destina a la fiesta de San Juan Bautista, al hospicio de los Innocenti, conventos y hospitales. La ciudad también dona harina, carne y vino a las monjas pobres —no mencionaba lo obvio: al convertir el dinero sucio en limosnas, Lorenzo blanqueaba sus ingresos. Tras la pausa…

—Los jueces se han vuelto demasiado clementes. A quienes pecan por primera vez, únicamente les niegan el acceso al oficio público.

—Los castigos rayan en lo ridículo. Mil liras, el sueldo anual de un maestro constructor, sustituyen la mutilación o la hoguera.

—¡Qué tiempos, Señor, qué tiempos cuando San Bernardino aprobaba que los veroneses descuartizaran a un sodomita y colgaran sus miembros en los cuatro puntos de la ciudad! ¡Esos ejemplos sí incitan a un comportamiento recto!

—No se exalte, su excelencia. Según dicen, con tácticas menos severas las denuncias se han cuadriplicado. Lo cual desemboca en dos beneficios. Primero: al evitar el derramamiento de sangre, se suprimen los remordimientos de conciencia del delator y, segundo, resuelve sus problemas económicos. ¿Qué más podemos pedir?

Hubo una reacción contraria a lo previsto. Doscientos sodomitas, con máscaras para proteger su identidad, organizaron un desfile hasta La buca di Montemorello. Desafiando a las autoridades, probaban que nada los haría traicionar sus inclinaciones. La procesión terminó en la taberna de Tonio Guardi, un gordo estupendo. No sabía leer; por lo tanto, memorizó versos de Dante para recitarlos ante sus amigos.

—¡Pasa, pasa adelante! No tengas reparos. En "Il Inferno", el divino poeta honra a "la turba grana", los hombres que preferimos este tipo de amor.

Con el establecimiento a reventar y un ragazzo al lado, estaba en el paraíso.

—¡Mientes con toda tu lengua! Según Alighieri, caminaremos sobre un desierto ardiente y sin límites; pero romper las normas endulza el ánimo.

—Entonces, entren.

Los celebrantes, a quienes podía acusárseles de cualquier cosa excepto de timidez, ocuparon sillas y bancas. Entre un trago y el siguiente, se maquillaban como polichinelas para evitar el engorro de los antifaces.

—Lee *El Decamerón* —pidieron algunos.

—¡Sí! ¡Sí! El cuento sobre Pietro di Vinciolo.

—Ah, picarones, ¿queréis oír los eufemismos que Boccacio emplea para ciertas partes del cuerpo? Me los sé de memoria: guadagno para las nalgas; buco o buca para el ano.

—Pues si un literato utiliza términos tan selectos, ¡nosotros también! —y empezaron a inventar chanzas, festejándolas con risas y brindis.

—Beben demasiado aprisa —advirtió el tabernero—. Bailemos un poco o roncarán cual marmotas. ¡Fórmense en fila! —lo obedecieron al punto—. Avancen con ritmo. Uno, due, tre... Alzen una pierna —y él, poniendo el ejemplo, levantaba un muslo que parecía jamón—. Quattro, cinque, sei... ¡Muevan il guadagno!

Con Tonio a la cabeza, salieron a la calle. Ante aquel escándalo, algunas ventanas se abrieron de par en par. Los vecinos no creían lo que veían.

—Iremos al tambor más cercano —propuso el gordo.

Al llegar jadeaba, sosteniendo su panza con ambas manos. Un fanciullo lo ayudaba a mantenerse en pie.

—Ahora, mientras esta preciosidad me limpia el sudor, ¡practiquen, compañeros!

Sin mayores ruegos y por turnos, cada uno introducía el pene en el agujero del tamburo, (il buco, il buco!, se mofaban) y...

—¡Eyaculen!

—Oficiales de la noche, examinen el semen —retaban a gritos—. Descubran al dueño.

A pesar de tamaña indecencia, nada cambió. Quizá, aseguraban las malas lenguas, porque los Medici estaban involucrados en el asunto o porque miembros de las mejores familias participaron en aquella orgía. Para cerrar el episodio, un filósofo, amante de los juegos de palabras, concluyó:

—Bien decía San Bernardino que era imposible erradicar este pecado si los médicos, il medici, ¡Medici, nuestros gobernantes!, no aplican una cura radical.

No obstante el celo de los oficiales, que vaciaban los tambores de Florencia, Prato, Pistoia, Pisa, Empoli y Arezzo una vez al mes, para encausar las denuncias en los tribunales correspondientes, el vicio nefando seguía extendiéndose. Algunos magistrados se consolaban con mentirillas piadosas:

—A pesar de que no controlamos esta ignominia, nuestras disposiciones atemorizan a los reincidentes. Ya es una ventaja.

Si el pecado se lleva a cabo en la clandestinidad, los crímenes disminuirán.

Al menos, eso esperaban. Nunca imaginaron el cúmulo de acusaciones falsas que recibirían. Los nobles las usaban para difamar a sus enemigos; los indigentes como medio eficaz de ganarse el pan. Hubo airadas protestas, humillantes disculpas…

Los oficiales aguzaron el olfato y cometieron menos errores. Ignoraban ciertos cargos, sobre todo cuando iban dirigidos contra personas intachables. Como segunda precaución, los notarios no inscribían el nombre del implicado en los libros. De este modo, aunque la difamación provocaba un susto tremendo, que pronto se trocaba en cólera, la honra quedaba a salvo.

En este ambiente, donde recelos y temores eran la usanza diaria, los Oficiales de la Noche recibieron una notificación:

Conozco bien a Jacopo Saltarelli, hermano de Giovanni Saltarelli. Ambos comparten la casa donde habitan y un taller de orfebrería en Vaccereccia, frente al tamburo. Jacopo viste de negro, tiene unos diecisiete años, y se somete a los antojos de quien pague. Ha acumulado una fortuna, pues presta sus servicios a docenas de solicitantes y de esto tengo detallados informes. En la presente ocasión, sólo nombraré a los últimos cuatro que sodomizaron al dicho Jacopo: Bartolomeo di Pasquino, orfebre, vecino de Vaccereccia; Lionardo di Ser Piero da Vinci, quien vive con Andrea del Verrocchio; Baccino, sastre especializado en hacer jubones, quien vive cerca de Orsanmichele, en esa calle donde hay dos grandes tiendas de lana, próximas a la loggia de los Cioerchi; Lionardo Tornabuoni, alias Il Teri, quien también viste de negro.

Así lo juro poniendo como testigo a Dios y mi alma en prenda.

En el margen, contiguo a la lista, se leía: "Apresar a los acusados mientras las pesquisas continúan". La orden se cumplió ese mismo día.

Gracias a un colega, Ser Piero descubrió esa vergüenza: el bastardo en la cárcel, su apellido rodando por el lodo… ¡En el peor momento, ahora que su esposa le había dado un hijo! Si aquello salía a la luz pública, el vulgo asociaría a Leonardo con el heredero legítimo, confiriéndole las mismas lacras. De alguna manera había que frenar tal escándalo. A puerta cerrada, se entrevistó con su cofrade:

—Te lo ruego, amico mio, cuéntame qué ha pasado.

Relato y pormenores duraron dos horas o algo más. Al terminar, Piero se dirigió a Vinci hecho un basilisco.

Sin un pendiente en el mundo, Francesco platicaba con Domenica y Caterina mientras tomaban vino con especias. La vieja criada, medio sorda, vivía su última primavera rodeada de comodidades, gracias a su patrón. Los tres se volvieron al oír unos gritos destemplados. Se miraron y, por un instante, les pareció que la ciudad invadía al campo desequilibrando la armonía natural.

El notario irrumpió en la cocina. Tenía la capa húmeda y el barro cubría sus botas y cabellos. Él, tan pulcro, era la viva imagen de un loco. Apenas vio a Caterina, espetó:

—¿Qué haces aquí?

—Vine a pedir…

—Pídeselo a tu marido —tragó saliva para no ahogarse. Al punto rectificó—. Me conviene que estés aquí, así me ahorro la molestia de llamarte. Tu hijo… —se atragantaba y tosió antes de proseguir—, ¡tu hijo me deshonra! —su índice apuntó a Domenica—. ¡Fuera!

A Francesco no se le ocurrió impedir que la sirvienta obedeciera. Con sus achaques a cuestas, la anciana se dirigió hacia el establo en tanto los demás permanecían inmóviles. Al fin…

—¿Qué hizo Leonardo?

—Prostituyó a un muchacho de diecisiete años.

La aldeana palideció; luego, un rubor intenso cubrió sus mejillas. Francesco esperaba que su cuñada defendiera, como una leona, al cachorro. Pero sólo inquirió:

—¿Hay pruebas?

—Está preso. La primera audiencia será el 9 de abril.

Caterina recogió su manto, se cubrió la cabeza y anunció:

—Estoy lista.

Al notario le tomó un minuto entero comprender a qué se refería:

—¿Piensas que viajé todas estas leguas, bajo la lluvia, para llevarte a Florencia?

—Quiero ver a mi hijo.

—¡Me importa un bledo! —aulló Piero, en un paroxismo de furia—. Vine a hablar con Francesco para indagar si tu hijo…

—Tu hijo también.

—¡Mi bastardo! —le encantó que le diera esa oportunidad, pues al despreciar a su primogénito, ¡lo ponía en su sitio!—. Fuiste mi amasia, capisci? Sin derecho a nada. Ahora, prosigamos. Seguramente, Leonardo mostraba una conducta sospechosa desde niño. ¿Cómo se portaba? —al no recibir respuesta, su rabia reventó—. Cuando el caso se abra, y se abrirá, no les quepa la menor duda, los oficiales interrogarán a los vecinos. Con perseverancia infinita exhumarán cada detalle de esta infamia. Basta otra acusación para iniciar el proceso que culmina en la hoguera.

A Caterina se le doblaron las rodillas. Tambaleante, apoyó las manos sobre la mesa mientras Francesco afirmaba:

—Hoy, rara vez aplican ese castigo.

—Cierto. Los libertinos ganan terreno. Pero existe una corriente adversa, que cobra adeptos tanto en el clero como entre la plebe. Quizá explote sin previo aviso y entonces… ¡encenderán las piras! —guardó silencio para recapitular. Al cabo de unos segundos—. Y tú, ¿de dónde sacas tal información?

—He estado revisando los archivos de nuestro abuelo.

—¿Metiste las narices en esos legajos? ¡Estás loco! Tendrás que firmarme una deposición donde testifiques que yo jamás te di permiso…

—Si guardas el secreto, nadie lo sabrá, Piero.

—Esquivas tu responsabilidad, ¿verdad? Pues, sábelo, te has puesto en mis manos. Una carta a los Oficiales de la Noche y...

—¿Y? —lo retó Francesco—. ¿Delatarías a tu propio hermano?

—Por el momento, descartemos esa posibilidad. Vine a...

—¿A qué? —interpuso Caterina. Ambos se midieron, sin parpadear. *Confiésalo, Piero, viniste a destrozarme la vida.*

—¡A referirles lo ocurrido! —en tono pedante, empezó—. La denuncia contra tu hijo corona una serie de sospechas. Gracias a la notaría, frecuento a muchos ciudadanos influyentes. Ellos me proporcionaron datos interesantes. Ginevra, la Bencina, es hermosa, joven y rica. Obviamente le hastía la vida matrimonial pues inició una relación ¿platónica? con Bernardo Bembo, el embajador veneciano. No le importó que este calavera tuviera esposa e hijo, además de algunas concubinas con sus respectivas proles.

—Y todo eso, ¿cómo se relaciona...?

—Se relaciona de la siguiente manera: la Serenissima requirió los servicios del embajador y Bembo empacó bártulos. Para que la separación fuera menos dolorosa, otorgó una comisión a quien es, en su opinión, el mejor artista florentino.

—¡Leonardo! —exhaló la aldeana. Le fue imposible reprimirse y jugó su carta triunfal—: ¡Mi hijo!

—En efecto, pintó el retrato de la Bencina y recibió una fortuna. El cuadro no está mal —Piero, indiferente al arte, repitió los comentarios del Verrocchio—: posee una dimensión extraña. Parece que uno espía por una ventana e invade un espacio... —buscó la palabra precisa—, no sé... mágico, supongo. En fin, ¿importan tales sandeces?

—Sandeces para ti —refutó Caterina—. Sólo para ti.

—Leonardo no podía dejar las cosas en paz. Nos refriega su intelecto a la menor oportunidad. Como fondo pintó un enebro, palabra que nos lleva a enebra, Ginevra, nombre de la susodicha. Con esto bastaba, pero no, ¡qué bah! mi bastardo no se conforma con tan poco. Al dorso de la tela dibujó el famoso enebro, rodeado por una guirlanda de palma y laurel y el lema "Virtutem forma decorat" —para deslumbrar a su antigua amasia, tradujo—: La forma adorna la virtud. Bembo quedó fascinado, pues deben saber que su emblema comprende, precisamente, la palma y el laurel. Así, en forma simbólica, a Ginevra la rodean los brazos del amante, mientras el latín proclama su modestia. ¡Y vaya modestia! La de una adúltera.

Caterina y Francesco invirtieron unos segundos en apreciar el ingenio del pintor. Al cabo…

—Hermano, todavía no entiendo…

—Yo tampoco entendía hasta que un colega me lo explicó. Bembo admira la técnica de Leonardo, ni duda cabe. No obstante, eligió a tu hijo porque… —se volvió hacia la aldeana, para escupirle en pleno rostro—: ¡porque a tu hijo le gustan los mancebos! De este modo, la hermosa Ginevra estaba segura. Las sesiones en que posara no acarrearían una intimidad dudosa entre artista y modelo, lo cual daba sosiego al cliente. Con una mujer a quien le importan un bledo las habladurías, era imprescindible la precaución. A Bembo le agrada poner cuernos, no lucirlos sobre la frente.

Un silencio asfixiante se esparció por la habitación. Caterina ansiaba hundirse en la inconsciencia. Quizá, entonces, esa pesadilla desapareciera.

—Y tu hijo… —prosiguió Piero, implacable.

Antes de que pronunciara otra acusación, la contadina se volvió, iracunda:

—¡Nadie te da gusto! Si Leonardo se muestra respetuoso con una dama, lo tachas de bardassa —ella también usaría palabras soeces: no la asustaban—. Dime, ¿debe procrear bastardos, igual que tú, Piero, ¡igual que tú!, para demostrar su hombría? No te basta con un egoísta en la familia, necesitas que haya dos.

El notario la contempló, como quien oye llover y no se moja. Sin alterar la secuencia de su perorata, reanudó:

—A la sospecha de que no le atraen las mujeres, se unieron otros detalles: amoríos en la bottega, bacanales, además de los usos y costumbres de nuestro querido Leonardo: jubones color rosa, perlas, perfume, autorretratos. ¡Ah, en una Natividad se pintó de pastor para ofrecerle un regalillo al Niño Jesús! Esa humildad, en mi concepto falsa, no oculta su narcisismo.

—¿Corre grave peligro? —arriesgó Francesco. La respuesta le causaba pavor.

—La edad está en su contra. A los veintitrés ya no es el seducido, sino el seductor, quien asume su virilidad para profanar.

Francesco y Caterina se ruborizaron.

—Cuando el sodomita actúa en el papel dominante, los castigos aumentan. Los jueces muestran clemencia con los jovenzuelos, pues muchos se venden por hambre o la misma familia los entrega al violador, rico y poderoso, para conseguir prebendas. Gracias a estos atenuantes, sólo permanecen en la picota unas horas o pagan multas mínimas.

—Una cuarta parte de lo que pagaría un adulto —aclaró Francesco, demostrando su conocimiento en la materia.

—Si reinciden, les colocan una mitra con la letra B de buggerone y los obligan a montar un asno.

Caterina se tapó los oídos. A gritos, pidió:

—¡Basta! ¡Basta!

—Durante el recorrido, la gente les lanza frutas y verduras podridas. También los flagelan frente al Marzocco —Piero se detuvo. Con infinita superioridad, explicó—: Marzocco es el león, símbolo de la ciudad.

—Leonardo no soportará tantos ultrajes —musitó ella, temblando de la cabeza a los pies.

—Entonces, debe cuidarse. ¡Actúa como un mantenido! Todavía vive en la bottega, junto a su maestro. No tiene ninguna prisa por independizarse; tampoco ahorra, ni busca esposa. Malo, malo. Con tales antecedentes… ¡carne para la hoguera!

—Antes necesita repetir la misma ofensa —lo reconvino el segundón, apiadándose de su cuñada. El llanto la estremecía y, aunque se cubría los labios con la saya, apenas lograba reprimir sus sollozos—. Los jueces exigen la confesión de uno de los participantes, dos testigos oculares o cuatro personas que confirmen el caso. ¿Cuántos han declarado en su contra?

—Uno.

La campesina alzó el rostro. Un rayo de esperanza se plasmaba en sus facciones.

—Santissima Madonna —susurró—, que no haya más.

—¡Dios te oiga! Imagínate qué pasará con mi reputación, mis ingresos, mi familia, si soy el padre de un reo. Mi apellido en boca de la plebe, la plaza llena, el verdugo…

—¡Por favor! ¡Piensa en alguien más que en ti mismo! —de pronto calló. *Con esta actitud, sólo aumentaré su odio.* Entonces, su amor por el hijo habló—: Ayúdalo a escapar.

Piero se mantuvo inmóvil durante varios segundos. Al fin, musitó, lívido, en el colmo del asombro:

—¿Pretendes que me convierta en cómplice de un sodomita?

Francesco la abrazó, mientras explicaba:

—Cara, carissima, la huída entraña la admisión de culpa. Condenarán a Leonardo in absentia. La Iglesia tiene tentáculos en cada villa. Los vecinos sospechan de aquéllos que llegan a un pueblo, sin oficio ni beneficio. Leonardo vivirá a salto de mata, jamás ejercería su arte… —se interrumpió para aconsejar lo único factible—. Confía en la misericordia divina. ¡Aún no hay suficientes pruebas!

—¿Saldrá libre?

—Todavía no cantemos victoria, Caterina —la previno con enorme tristeza.

—Si pronuncias una palabra más, te largas —dijo Piero arrancándola de brazos del segundón. La aldeana bajó la cabeza varias veces. Ya nadie la observaba; sin embargo, continuó asintiendo.

Los dos hombres ocuparon sus respectivos lugares ante la mesa. Para no volverse loca, la aldeana pensó: *Tomo una jarra; sirvo vino, despacio; no derramo una gota. Rebano pan, traigo queso, el de cabra, recién hecho.* Atontada, ejecutó cada acto. Al terminar, se acuclilló en un rincón.

—Hermano, algunas veces los oficiales reducen la pena o distorsionan las anotaciones. Existe el soborno —el notario hizo un gesto de fastidio, mas Francesco no se inmutó—. Es inútil negarlo; consulté los apuntes de nuestro abuelo.

—Me los llevaré a Florencia.

—Como quieras —y afirmó, tenaz—: tampoco sancionan a los reincidentes pobres. ¿De qué serviría? Los mendigos...

—*Persone miserabile* —introdujo Piero, usando el término jurídico.

—... no pueden pagar multas y las cárceles están repletas. Además, las clases bajas apoyan al gobierno y forman el grueso del ejército.

—Exacto; necesitan carne de cañón: por eso hay que tener ciertas consideraciones.

—Bien, si concordamos, ofrece una cantidad generosa y...

—¿Desvarías? El dinero nunca sobra y no invertiré una fortuna en...

—Tu bastardo —acabaló Caterina. Su voz, emergiendo entre sombras, tuvo mayor impacto—. ¿Ni siquiera para salvar tu noble apellido de un lodazal?

—Existe un procedimiento impecable —asentó Piero, sin dignarse a responderle—: la autodenuncia. Cuando un buggerone sospecha que lo buscan, o alguno de sus amigos ha sido apresado, se presenta ante los oficiales y confiesa algunos pecadillos. Recibe una multa, el tribunal se embolsa los dineros y, ¡a otra cosa! Leonardo perdió esta gran oportunidad —los Da Vinci se miraron. Ambos fruncían el ceño buscando una solución—. Escucha, tengo una idea. Trae los libros del abuelo.

Desempolvaron los viejos volúmenes con un respeto cercano a la reverencia. Contenían la historia florentina, desde un ángulo espantoso: la podredumbre humana. A Piero le tomó unos minutos encontrar la información.

—En 1440 se autodenunciaron un muchacho corrupto (paziente), un depravado (pollutus), un agente activo (ages) y una pareja que sólo llegó al abrazo (abbracciare), no al coito (buggerare). Cinco ancianos prometieron reformar su conducta: sus manos jamás acariciarían a sus cómplices, las amenazas cesarían, al igual que propuestas, soborno, regalos y besos. Cristofano di Giovanni pidió a grandes voces: "Si peco de nuevo, quémenme, ¡no me tengan piedad! Hoy, me absuelven. Sigan el ejemplo de Cristo, Nuestro Señor, que aconsejó perdonar setenta veces siete. Soy culpable, mea culpa, mea culpa (aquí, el acusado se dio de golpes contra el pecho) pero, tocado por la gracia divina, rectificaré. No más jovenzuelos (aquí, el acusado se santiguó). No más fiestas (aquí, el acusado suspiró). No más banquetes (aquí, el acusado derramó una lágrima muy gorda), ni pantuflas de seda para mi fanciullo (aquí, el acusado sollozó con tal fuerza que los presentes se conmovieron)". Tras limpiarse los mocos, Cristofano de Giovanni pagó diez florines y los oficiales se dispusieron a escuchar el siguiente caso.

—¡Estupendo! Leonardo acudirá al tribunal, confesará…

—Leonardo no acepta la acusación, hermanito. Se declarará inocente.

—Es inocente —musitó Caterina y tuvo suerte: ninguno le prestó atención.

—¿No admite su… su inclinación a…?

—Según él, ni siquiera conoce a Jacopo Saltarelli. —tras un sorbo de vino, el notario añadió—: Si aceptara el cargo, implicaría a su maestro. La bottega del Verrocchio estaría en boca de todos. Una cosa es que se conjeture, a sotto voce,* lo que ocurre entre artistas, y otra muy distinta que se compruebe.

El segundón continuó desmenuzando el pan hasta convertirlo en migajas.

---

* En voz baja.

—Los oficiales premian a quien delate a su amante. Acaso Jacopo necesitaba dinero.

—¿Y juró en falso? No me agradaría hallarme en su pellejo —Piero pasó algunas páginas. Después señaló un texto—. Mira, este muchacho mintió al denunciar a su patrón. Como castigo, lo flagelaron dentro y fuera de la ciudad. Acabó con la carne hecha jirones, tosiendo sangre. Nadie le prestó ayuda y murió como un perro.

Francesco se rascó la nuca, desesperado:

—Dicen que cuando un pariente o amigo de los jueces tiene influencias, sueltan al acusado sin mayores trámites.

—Los jueces defienden el honor divino, no los lazos familiares.

—¡Vivimos en un mundo corrupto! —vociferó Francesco—. Abro una puerta de escape y tú la cierras. ¿Te complace que tu hijo…? ¡Sí, tu hijo! Aunque bastardo, es tu hijo y debes ayudarlo —apenas terminó, se le bajaron los humos. Esgrimía un argumento tambaleante y carecía de medios. *Piero es el único que puede salvar a Leonardo.* Contrito, observó a su hermano.

Ser Piero apartó la silla. Sopesaba sus opciones: *¿meto las manos en un estercolero o permanezco al margen?*

—Actuaremos según el resultado de la primera audiencia —dijo y anticipando una réplica, la cortó por lo sano—. ¿Está lista mi habitación? Quiero descansar.

Apenas salió, Francesco le tendió una mano a Caterina. La aldeana se puso de pie a duras penas: había envejecido mil años.

—¿Por qué me detesta? —musitó, alzando la cara hacia él, su único refugio.

—Porque ninguna de sus esposas se compara contigo. Eres muy hermosa.

—Ya no.

—La belleza está en los ojos de quien observa.

La acompañó hasta la cabaña y al despedirse le entregó un florín.

—Compra lo que necesites.

Poverella!, musitó para sí. El hachón iluminaba sus pasos. Grillos y cigarras cantaban a coro y la noche, aromática, quieta, se extendía a su vera. *Un beso. Si pudiera, depositaría un beso en esa boca temblorosa. ¡Dios! ¿Nunca dejaría de amarla? Nunca.*

Piero da Vinci durmió a pierna suelta. Al amanecer revisó el granero, las tierras, la cava, las cuentas que le presentó Francesco, los contratos de arrendamiento: ni un detalle lo satisfizo. Tras haber escupido su veneno y causado una conmoción, regresó a Florencia dispuesto a todo.

Algo jamás visto. Apenas rayó la mañana, liberaron a los presos. Al lado de los nombres estaba escrito "absoluti cum conditione ut retamburentur". Regían las condiciones usuales: los acusados estarían a disposición del tribunal hasta que se dispusiera otra cosa; si huían se les aplicaría la pena máxima.

El 9 de abril, los inculpados comparecieron a una audiencia. Los jueces oyeron sus testimonios. Nada más.

—Debes presentarte el 7 de junio —gruñó un clérigo. Puso los papeles delante de los acusados y, tras la firma, anunció—. Siguiente caso.

El aplazamiento podía ser para bien o para mal. ¿Se presumía su inocencia o buscaban pruebas para perderlos? ¡Que cada quien lo interpretara a su manera!

El miedo recobró sus fueros. Leonardo apenas comía. La angustia agrandaba sus pupilas que se movían inquietas, tratando de descubrir al enemigo. Si alguien le tocaba un hombro, maldecía, se sobresaltaba al escuchar su nombre.

Caterina le escribió un recado: "Por amor a Dios, ¡dime qué sucede!". Insensible a todo, excepto a su problema, Leonardo dobló el papel y lo guardó tan bien que nunca volvió a verlo.

—Andrea —le confesó a su maestro—, no puedo encargarme del taller ni hablar con tus clientes.

—Nombraré a un sustituto —presintiendo que un ademán compasivo desataría el llanto de ambos, il Verrocchio prosiguió con sus ocupaciones, aunque hubiera deseado consolar al alumno predilecto.

El inculpado se encerró en su mutismo. Dibujaba hora tras hora: hombres en posiciones eróticas, niños desnudos, querubines, enormes genitales femeninos y dos falos con ojos y boca que platicaban uno frente al otro.

"Hijo", escribió la aldeana, "dime qué pasa". Tampoco recibió contestación. En ese momento era él quien necesitaba consuelo, no al revés.

Al fin, Leonardo concretó su tenebrosa angustia en una figura, il angelo incarnato. Aquel híbrido proyectaba erotismo: los labios revelaban una perversión sutil y los ojos, exangües tras una bacanal, suplicaban que el amante le proporcionara consuelo.

A medida que pintaba, el artista imaginaba escenas a la luz de la luna. *Peinaría sus cabellos lenta, suavemente,* caviló, mientras corregía algunos trazos. Redondeó un seno, más de mujer que de espíritu celestial, cuyo pezón requería una boca que lo chupara. El falo sorprendía por su tamaño. Aquella erección provocaba al ángel una sonrisa corrupta e insinuante. *Ese gesto indica que el placer se prolongará por tiempo ilimitado,* decidió Leonardo. *Mi criatura se doblegará a los instintos más bajos mientras su índice apunta hacia lo alto.* Contempló el bosquejo, absorto. Algún día lo terminaría. *¿Usaré polvo de oro? No sé si aplique un tono dorado. Los rizos de mi modelo brillan como el cobre. Iguales a los míos. Ah, la pasión causa infinitos sufrimientos. Sin embargo, no puedo renunciar a ella. Amore, amor, ¿vale la pena conquistar el paraíso, tan lejano y ajeno, si en nosotros está la gloria?*

Y las cartas de Caterina seguían llegando.

La segunda audiencia, a dos meses de distancia, permitió a Piero da Vinci revisar posibilidades. ¿Qué alternativas tenía Leonardo? Quizá al soplón lo escandalizaban las escenas que espiaba desde su ventana o, si él mismo era sodomita, acaso pretendía excluir a un rival. *¡Florencia, te carcome la corrupción! ¡Acabarás igual que Sodoma y Gomorra!* Se concentró de nuevo. *A cualquier artista le interesa eliminar a la competencia. En este caso delataron a dos orfebres, Salterelli y Pasquino, y a Leonardo, un pintor. Si los condenan, mataría a tres pájaros de un golpe. ¡Excelente plan!*

Piero maldijo que las denuncias fueran anónimas. *¡Los oficiales deben rechazarlas! Así evitarán múltiples injusticias. El último acusado, Il Teri, vive en el Palazzo Tornabuoni, contiguo al Ponte Santa Trinita.* De pronto se estremeció. Había llegado al meollo del asunto. El sudor perlaba su frente; a pesar de que no movía un músculo, la tensión lo estrujaba. *Esa familia tiene conexiones con los príncipes florentinos desde hace treinta años.* Piero de Cosimo de Medici se había unido a Lucrezia Tornabuoni, muy amada por sus súbditos, inteligente, ingeniosa, autora de versos… Soltó una exclamación. ¡Había encontrado la respuesta! Los ojos se le iluminaban, sonreía. Sin poder contenerse, apartó la silla para caminar por el cuarto. ¡Esos lazos familiares representaban su liberación! Lorenzo, il Magnifico, no permitiría que refundieran a su pariente en la cárcel. Más aún si el cargo era por sodomía. *¡Suerte te dé Dios! ¡Estoy a salvo! ¡Mi apellido, mi honra, mi futuro! Continuaré siendo un notario respetado por el gremio, mis clientes seguirán confiando en mí.*

A grandes pasos cruzó la habitación para detenerse frente a un crucifijo y apoyó la frente contra la pared. Su frescura lo reanimó; conmovido, besó los pies de Jesús. Grazie, grazie! Quizá alguien del gobierno había influido para que sacaran a los presos de la cárcel. Sólo faltaba que alguien susurrara: "Anulen los cargos. Premura y discreción, estimados jueces, premura y discreción".

El 9 de junio de 1476, los acusados se presentaron ante los oficiales. Fueron atendidos por un clérigo que les mostró varias fojas. Al lado de cada nombre había una palabra: "Absuelto". Los cuatro se vieron, sin comprender. Estaban sorprendidos, alegres, temerosos de equivocarse interpretando positivamente lo que significaba, en realidad, una condena. Con enérgico ademán, el escribiente señaló la puerta:

—¿No lo entiendes? ¡Absueltos! Puedes irte.

La audiencia había terminado.

Piero envió a su primogénito a Vinci. No convenía que permaneciera en Florencia después de lo sucedido. Si bien, fuera de los gremios notarial y artístico pocos conocían el caso, debía reinar la cautela.

Francesco recibió a su sobrino muy a disgusto pero, al verlo tan desmejorado, lo abrazó con el mismo afecto que antes. Leonardo tenía fiebre. A ratos era presa de un abatimiento que desembocaba en sollozos. También mostraba signos de trastorno mental: insomnio, espasmos, movimientos violentos e involuntarios. Vomitaba bilis y de la diatriba pasaba al silencio. Su desprecio hacia la especie humana aumentó, el simple hecho de vivir entre los hombres le causaba repugnancia. El segundón no necesitaba dominar la ciencia médica para temer lo peor. ¿Locura? Sería terrible que se perdiera una inteligencia tan brillante. En su desesperación, llamó a Caterina.

—¿Cuánto hace que está así? —inquirió ella, mientras se quitaba la capucha.

Leonardo caminaba tres pasos y giraba, cinco pasos, vuelta. *Forma un rectángulo*, concluyó ella. *Su imaginación transforma esta sala en mazmorra. Sólo estuviste una noche preso, caro filio. Ah, qué largas pueden resultar las horas. ¡Cuánto sufrimos guiados por el miedo!* Lo observó, conmovida. *Ya no estás solo. Aun dentro de tu cárcel, estoy contigo.*

El artista se detuvo. Estudió a la recién llegada durante varios instantes. Alzando una mano, le tentó los pómulos, los cabellos.

—Bella! Bellissima! —después, reanudó su paseo y Caterina supo que la había mirado con otras pupilas: las del niño que mama mientras contempla el rostro de su madre.

—¿Por qué no me llamaste antes, Francesco?

—Creí que resolvería este problema sin tu ayuda. Preparas la boda de Lisabetta.

—Eso puede aguardar.

De pronto, Leonardo los reprendió, furioso, como si hubiera perdido el juicio.

—Poseo todas las anomalías. ¡Zurdo, bastardo, sodomita! ¿Qué más? ¿Qué más van a achacarme? ¡Hasta los magistrados pecan! Nofri d'Antonio Lenzoni, Oficial de la Noche, mantenía a cuatro muchachos. Durante el interrogatorio citó un refrán: "En la variación está el gusto". ¿Sabéis a cuánto ascendió la multa? ¡Ciento cincuenta florines! Seguro las pagó extorsionando a bastardos.

De un frutero cogió una ciruela y le dio un mordisco. Luego la arrojó, con tal fuerza que rebotó contra la pared.

—En Sant'Ilario, después de misa, el cura se acercó a un acólito. La alarma cundió porque este sacerdote fue acusado varias veces y siempre salía libre. Daba como penitencia… ¡Ah, no! A ustedes, almas puras, les horrorizan tales detalles —los acusó con el índice—. Pues bien, quieran o no, me escucharán. Este hombre de Dios, desgarró a sus víctimas durante la penetración. Las curaciones resultaron inútiles. Dos muchachos murieron carcomidos por la gangrena; un tercero, tras varios meses, todavía supura. La turba persiguió al párroco, representante divino, hasta sacarlo del pueblo. ¿Acaso sirvió? El obispo lo envió a otra parroquia donde corrompe a su grey. ¿Lo entienden? ¡Absuelto! Pueden marcharse —señaló la puerta y, ante la inmovilidad de Caterina y Francesco, los empujó para obligarlos a obedecer. A medio camino olvidó su propósito—. Una cosa es la sentencia y otra, muy diferente, cómo se lleva a cabo. Ciertas familias, para salvaguardar su buen nombre, donan una fortuna a la víctima, evitando acciones legales molestas —entonces fijó la atención en ellos—. ¿Por qué me juzgaron? Soy inocente de ese cargo.

—¿Y de otros? —lo encaró su tío.

—De otros responderé cuando se me acuse.

Francesco notó que su sobrino usaba "cuando", en lugar de "si se me acusa". Otra vez confesaba lo inconfesable.

—¿Sospechas? ¿Te inspiro desconfianza? Delátame, Francesco. No espero menos de ti.

—¡Malagradecido! —exclamó Caterina, aterrada por esa acusación.

—¿Pervierto a mis modelos? ¿Eso piensas, Sea Caterina?

—Lo que piense poco importa. Aunque fueras asesino te acompañaría al cadalso.

—¿Comparas la sodomía con un asesinato?

—Te acompañaría como María a Jesús —interpuso Francesco ante la ceguera del sobrino.

—Como lo que soy, tu madre.

—Te eximo de esa carga. De hoy en delante te daré el trato que se reserva a las damas, Sea Caterina —de pronto sollozó—: no estuviste cerca durante mi calvario.

—Tu padre me lo prohibió. Y Accattabriga… —se bajó el escote y ahí, sobre sus pechos flácidos, vieron los moretones—. Caminé cuatro leguas y no pude más. Por desgracia estoy vieja. Consumida. Apenas me encontró, usó el fuete. Ni siquiera pude protegerme con los brazos.

Leonardo bajó la vista. Los pies de la campesina, envueltos en tela, lo abochornaron; lo mismo la saya que mostraba las pantorrillas. Allá no era práctico usar faldas largas: demasiado lodo, demasiado polvo. Lo comprendía. Sin embargo, tanta rusticidad le causaba lástima… y rechazo. Desdeñaba el incomodísimo calzado llamado pie de oso o de pato, por eso compraba zapatos cordobeses, suaves como guantes. De pronto se sobresaltó. ¿Estaba loco? ¿Pensaba en zapatos mientras se discutía su inmoralidad?

—Una noche en la cárcel —musitó, desplomándose sobre la silla más próxima—. El confinamiento destruye. ¡Qué espantosa la angustia de la claustrofobia! Conté las campanadas, las gotas de agua que caían del techo. A cada instante abría los ojos. Me esforzaba por distinguir… ¡Ni un rayo de luz! Si permanecía en ese calabozo… ciego, ciego para siempre. Jamás vería los verdes del campo, ni del río… y yo vivo para pintar —su alma exhaló una queja profunda—. La libertad es un bien precioso.

No le sacaron otra palabra. Su tío y dos criados lo acostaron, mientras Caterina iba a la cocina a preparar una minestra, su plato favorito.

Lo alimentó a cucharadas y luego hizo lo que durante muchos años deseara, le acarició la frente. Te arrullaré con las canciones de mi madre. Al recordarla, las lágrimas rodaron por sus mejillas. A pesar del tiempo transcurrido, le hizo falta el refugio tibio de su regazo.

Una vez que Leonardo se durmió, la contadina regresó a la sala arrastrando los pies.

—¿Hablaste con él? ¿Le diste algún consejo? —inquirió Francesco.

Estaba pálida. Una risa, ¿o un sollozo?, respondió tal pregunta.

—Bromeas, sin duda. Leonardo se rebela ante cualquier imposición y ésta lo aplastaría. Mi voluntad de que viva…

—… contra la suya de claudicar. Tienes razón, Caterina —le llevó una silla—. Descansa.

La tristeza los abrazó. Los minutos pasaban sin que ninguno reaccionara.

—Algo habrá que hacer —dijo ella y se limpió el rostro—. Me voy.

Él no hizo el intento de acompañarla.

Estoy sola. Franqueó el umbral para adentrarse en la oscuridad. *¡Y tengo tan pocos recursos!* Su mente permaneció en blanco. Mas, antes de entrar a su casa, resolvió que con eso bastaría.

Durante semanas Leonardo se levantaba al alba. Ponía en orden su papel, plumas, tinta y, a partir de ese momento hasta el atardecer, dibujaba máquinas. Una tras otra, complicadas o sencillas, todas con el mismo propósito: la huída. A un lado del bosquejo escribía instrucciones: un artefacto servía "para escapar desde adentro"; el segundo quebraba los barrotes desde afuera. Ideó una llave que abriera diversas cerraduras, después rompió el molde. *Si cae en manos de personas sin escrúpulos, me meteré en un lío. ¡Y estoy harto de problemas!*

Encontraba cierta paz montando a caballo. Aquel esparcimiento era una cura efímera porque lo carcomía el rencor. Al despedirse o, con mayor precisión, al echarlo de Florencia, el notario le advirtió que no se le ocurriera llamarlo padre. "Acabo de tener un segundo hijo le-gí-ti-mo y, si tú te largas al fin del mundo, quizá mis clientes olviden la relación que existe entre nosotros." Intempestivamente, Piero le escupió el rostro. Leonardo comprendió el motivo de aquel agravio. *El 6 de abril de 1424, durante la Cuaresma, San Bernardino pidió a los fieles que, en cuanto oyeran la palabra sodomita, expectoraran para manifestar su desprecio. Imbuido por su fe, los exhortó: "Ensayemos. Escupamos con fuerza para que las flemas extingan el fuego de la lujuria". Según testigos, los esputos cubrieron el suelo de la Santa Croce.* Ante el humillante insulto de su padre, el artista se cubrió con una vergüenza que nada podría aliviar.

Mientras sus recuerdos lo torturaban, Caterina y Francesco se devanaban los sesos tratando de encontrar una salida a aquel laberinto.

—Leonardo conserva su inteligencia y su fuerza creadora, pero la desconfianza lo ata de manos —afirmó Francesco—. Se pone a la defensiva, tiene paroxismos de ansiedad, pasa las noches en vela o me despierta a gritos. Ayer repitió cinco veces lo mismo. No contento con turbar mi alma, escribió cada cita. ¿Te las leo? "Ser Simone de Staggia, conocido como Simone Grazzini, oficial de palacio, mantiene una relación activo-pasiva, de asquerosa reciprocidad, con su garzone, joven musculoso que participa en competencias, justas y cacerías. Algunas veces lo usa como mujer; otras, el mismo Grazzini es la fémina. Así lo confesó; sin embargo, gracias a su preeminencia, salió libre" —pasó la mano por sus cabellos, desesperado—. Repite, hasta el cansancio, que cometieron una injusticia con él. No agradece que, por influencias de la corte, haya salido libre. Si alguien de los altos círculos no hubiera intervenido, ahora estaría... Explícaselo.

—Me echaría de la habitación, Francesco —incapaz de proseguir, revisó la mesa donde Leonardo trabajaba—. ¡Mira este dibujo! ¡Qué extraño! Un hombre camina bajo el agua. Tiene una esfera de vidrio sobre la cabeza, con un tubo que llega a la superficie —se esforzó por darle sentido a ese artefacto—. Como respira aire puro, cruzará el río sin que nadie lo vea... y escapará —la admiración la invadió—. ¡A nadie se le hubiera ocurrido! ¡Maravilloso!

Se quedaron boquiabiertos. Si habían sido creados a imagen de Dios, su sobrino se acercaba, más que otros hombres, a la inteligencia suprema. Tras un largo silencio, la realidad se impuso:

—Los malos humores atacan su naturaleza, Caterina. Habrá que aplicarle sanguijuelas.

—Todavía no —dijo ella; su aversión hacia aquellas curaciones la estremeció—. Leonardo morirá si lo ponemos en manos de un barbero.

—Entonces, ¿qué hacemos?

Caterina se frotó las sienes. *Algo se me ocurrirá,* pensó. *¡Algo, algo!*

—Escríbele al Verrocchio. Cuéntale qué ocurre.

—¡Hoy mismo!

Interrumpiéndose, a tropezones, redactaron la carta donde enviarían su angustia, más mil ruegos, al maestro pintor.

Fioravanti di Domenico portaba la respuesta. Al apoyarse contra el portón, bajo el escudo de los Da Vinci, parecía un ángel vestido a la usanza florentina. Labios en puchero, largas pestañas, sonrisa presta a desaparecer ante la menor contradicción y, obviamente, cabellos rubios que caían, rizados, hasta los hombros. Con mano lánguida llamó a la puerta.

La nueva criada, tras secarse las manos, abrió la puerta. Con la suspicacia de los campesinos, examinó al citadino. ¡Usaba bombachos! Sedas, alhajas y brocado relampagueaban ante sus ojos, aturdiéndola. Además, el mozo atraía la atención hacia dos puntos de su cuerpo. Con un sombrero de plumas rojas cubría su cabeza y había prendido una perla sobre la coquilla.

Aquella ostentación la indignaba. En muchas ocasiones pasó hambre y, ahora, ¡un mequetrefe le refregaba su riqueza en la cara!

—¿Aquí vive el pintor Leonardo da Vinci? —ante el asentimiento de la cocinera, pidió—. Entrégale esta carta.

No caminaba tres pasos cuando unos golpes suaves la detuvieron. Por segunda vez abrió.

—Quisiera saludar al maestro.

La criada revisó al muchacho y comprobó que no estaba armado.

—Adelante. Cruza ese pasillo, hacia tu derecha.

Cuando fue a ofrecerles vino, el artista afinaba su lira. Fioravante lo miraba, o más bien, lo adoraba con la mirada. La escena era tan íntima que la sirvienta dejó la bandeja sobre la mesa y salió de puntillas.

—Amore —cantó Leonardo, y su voz, semejante al agua por sus tonos cristalinos o profundos, llenó la habitación—, sol la mi fa re-mirare. La sol mi fa sol-lecita. Sólo el amor me llama; me hace volver a mirar. Sólo el amor mueve mi corazón.

Al pulsar la última nota, pensó: *Contigo me reintegro al mundo.*

Permanecieron dos días completos en la habitación. Al tercero, partieron hacia Firenze. La criada, al barrer bajo el lecho, encontró un papel arrugado que entregó a su amo. Francesco intentó descifrarlo:

Fioravanti di domenicho j n Firenze e che aparve.
Amantissimo quanto mi e una vergini che io amico.

No entiendo a qué se refería. Agregó y restó letras, trató de nuevo: "Fioravanti di Domenico vive en Florencia. Parece que me ama. Es virgen y quizá le corresponda". "Parece que me ama", ¡cuánta esperanza cabía en una frase!

En una esquina de la hoja, Leonardo había dibujado dos falos. Aquello ya estaba mal, pero... el de la izquierda apuntaba a un círculo o un hoyo. Al captar aquella implicación, se atragantó. ¿Era posible que un enamorado pasara del verso a la expresión grosera de su pasión? En el espacio estrecho del alma de Leonardo coexistían la sensibilidad más pura, la admiración hacia lo bello, el ansia de resaltar... y la sexualidad obscena, completamente indigna.

Francesco no lo imaginó rebajándose al nivel de una bestia. ¡Leonardo estaba por encima de Accattabriga, del resto de la humanidad! Las palabras que escuchara en los sermones rebotaban en su cerebro. *El espíritu se degrada en la carne.* Sus dedos arrugaron el papel; volvieron a alisarlo. No podía escoger lo que le agradaba y desdeñar lo aborrecible. *Te admito, tal cual, o te rechazo.*

Andrea del Verrocchio recibió la noticia con agrado.

—Me mudo a unas calles de tu bottega —afirmó Leonardo—. Seguiremos viéndonos, vendré a comer, a tus reuniones.

—No necesitas invitación. Tu presencia engalana una fiesta; tu conversación, la eleva —al darle una palmada en el hombro intuyó cuánto añoraría a ese alumno extraordinario—. Eres irremplazable; sin embargo, apruebo tu decisión. Forma tu propia escuela e imparte tus brillantes conocimientos —lo calibró en silencio. Cortés, culto, elegante, extraordinariamente hermoso, con una gracia natural y un cabello... Lo tocó, prolongando el contacto varios segundos. Caía en rizos hasta la mitad del pecho y, por entre las guedejas, brillaban las cuentas cosidas al jubón—. Gastas demasiado dinero en caballos, sirvientes y ropa. Si necesitas un préstamo...

—Gracias, de algún modo me las arreglaré.

—El destino facilita nuestra amistad y tus finanzas. ¡Gané dos comisiones! —se estrecharon en un abrazo—. Un sepulcro en la catedral de Pistoia conmemorará al cardenal Niccolo Fortaguerri —le informó, parco. Diez años de convivencia y el dominio de un lenguaje común, ahorraban explicaciones.

—No está mal. Queda cerca.

—Veinte leguas al noroeste de Florencia. El consiglio pretendía darme trescientos florines por el trabajo; exigí trescientos cincuenta. Pidieron arbitraje y gané. Para que no hubiera dudas sobre la predilección con que se me distingue, el gobierno ordenó otro altar, también en Pistoia. Esta obra honrará al obispo Donato de Medici. ¿Se te ocurre algo?

—Andrea, apeguémonos a lo tradicional o rechazarán el proyecto. Sugiero la Madonna y el Niño Jesús, flanqueados por San Juan Bautista y San Donato, patrono del difunto.

—Acepto tu idea —exclamó il Verrocchio.

—Te advierto que yo no la llevaré a cabo, sólo dibujaré las figuras. ¡Tú también debes independizarte! No siempre contarás conmigo.

—Te lo repito: eres irremplazable.

En lugar de agradecer el cumplido, Leonardo afirmó con una seguridad cercana a la altanería:

—Es un mal alumno quien no supera al maestro.

Cuando se enteró de aquel proyecto, a Caterina le faltó tiempo para rogar:

—Francesco, envíame a Pistoia. ¡Inventa cualquier pretexto!

—Violante, mi hermana, se casó con un pistoiese, ¿recuerdas? Mis sobrinos aún trabajan en la fábrica de cerámica que su padre les heredó.

—Di que tu hermana está enferma y requiere una cuidadora —se entusiasmó.

—Tu marido se opondrá pero, con unas cuantas monedas, cerrará la boca.

Su amor por esa mujer seguía vivo, doliente, como una espina enterrada en un ojo, y la única forma de que no supurara era sirviéndola.

Le prestó una carreta, mulas y a un criado. Al cabo de dos días, la aldeana y su acompañante suspiraron, sumamente satisfechos, porque llegaron justo cuando Leonardo salía de un albergue. Para no agobiar a su hijo, Caterina contuvo sus demostraciones de afecto.

—¿A dónde vas?

—A San Gennaro.

La aldeana se acopló a su paso, dominando el cansancio por el largo viaje.

—He tenido suerte —dijo el artista—. Presenté un mapa ante las autoridades y, gracias a la precisión del dibujo, conseguí este encargo: un ángel de terracota. Más tarde, quizá la Signoria se interese en mi proyecto para canalizar el Arno, vía Pistoia y Serravalle. De cualquier forma, ya probé que mis ideas beneficiarían a la Toscana.

Al menos me considera capaz de entenderlo, pensó Caterina. El sol iluminaba el campo y se detenía en los anillos del artista. Sus destellos eran relámpagos que se apagaban bajo la fronda. Nada entorpecía la belleza de esos dedos tan largos y tan blancos. Iba a hacer una observación, pero Leonardo se adelantó:

—Utilizo agua de rosas; luego me froto con lavanda —como si enfrentara una seria contrariedad, añadió—. Mis manos se percudirán en cuanto empiece el ángel de terracota. La obra me atrae; su ejecución, no tanto. El escultor se baña en polvo.

¡Parece panadero! Por el contrario, el pintor humedece su pincel y se mueve, airoso, bien vestido, frente al caballete. Retoca el lienzo sin ruido, ni movimientos bruscos.

A la contadina le desagradaron aquellas finezas. Lo que antes juzgara signo de elegancia ahora le parecía prueba irrefutable de presunción.

—Mi ángel se adaptará al entorno: una iglesia estilo románico, construida por los napolitanos que huían de la erupción del Vesubio —esa imagen lo llevó a otras—. Me gustaría estudiar un cráter, la lava hirviente cayendo por una ladera… —y se extravió en divagaciones. Al fin volvió al presente—. Colocarán la estatua en un pedestal, contiguo a la puerta oeste. Se trata una comisión modesta, igual que la paga, pero me permite crear según me plazca. Los muros de la iglesia me protegerán contra la verdura inmensa del campo. A veces, el impacto de los colores me marea.

—Vine a ayudarte. Cada mediodía traeré algunas viandas, así no tendrás que regresar al pueblo.

Cumplió su palabra. Sin embargo, nunca entraba al templo. Desde el portón contemplaba la estatua: *el ángel anuncia la encarnación del Verbo.* De pronto y sin razón aparente, el artista se volvía. *¿Siente mis ojos sobre su espalda?*

—Tu obra es hermosísima, llena de movimiento y vida. Las manos…

El artista mostró las suyas.

—No tengo dinero para pagar un modelo, así que copio las mías —explicó, gozando ese juego de palabras.

—Los nudillos, los dedos… Imposible mayor perfección.

—Cierto —concedió, satisfecho.

—Esculpiste el pie derecho con exactitud. ¡Hasta la curva del dedo pequeño! ¡Y la sandalia! La suela parece gastada. La otra…

—Aún no termino —hasta la sombra de una objeción lo irritaba—. Falta pintarla. Usaré una gama policromática; para los cabellos rizados, oro.

Se hundió en un mundo abstracto, tan lejos del terrenal como los humanos del Cielo.

No lo distrajo, el almuerzo podía esperar. Mañana cumple veinticinco años. *Ante él se abren mil posibilidades, pero no elegirá una. Querrá abarcarlas todas.*

Leonardo escudriñó su rostro sobre la superficie del agua. Su índice trazó un círculo. Había alcanzado la cúspide de su belleza y de su fuerza. Era capaz de doblar una herradura con la diestra y de ganar las carreras ecuestres. *Los florentinos siempre se burlarán de mi acento y mis modales; sin embargo, soy más cortés que un noble. Tengo poco, aunque vivo a lo grande. Si me lo propusiera, me convertiría en el guía de mi generación. ¿Para qué?* Al meter la mano a la pileta rompió aquel espejo. No encontraba un eco en sí mismo. *La soledad me pesa.* De pronto, se puso de pie. *¡Al diablo con el ángel!* Ni siquiera sonrió ante esa exclamación contradictoria. *¡Que otro lo termine!*

Esa tarde abandonó el pueblo. Cuando su madre fue a buscarlo encontró el hostal vacío y adivinó lo ocurrido. *¡Otra vez! Ni siquiera un adiós. No voy a llorar,* se dijo. *Leonardo no merece mis lágrimas.*

Al enterarse, los patronos maldijeron al pintor. "¡Es un ladrón! ¡Nos robó el anticipo!" Furiosos ante aquel fraude, corrieron a la iglesia y abrieron las pesadas puertas. El ángel los recibió rodeado por una quietud solemne. Entonces, el pasmo ante una obra que competía con lo divino, los inmovilizó. Aquella estatua, aún inconclusa, era la más hermosa de cuanto habían visto y, bien se sabe, la belleza supera cualquier precio. Haciendo una excepción, no demandarían al maestro Da Vinci.

Leonardo regresó a Florencia. Romper ese esquema de huida, refugio en Vinci, vuelta a la ciudad y a lo cotidiano, resultaba cada vez más difícil. En aquel caos mantenía una certeza: *Me debo a mi arte, no a mis pasiones.* "Si aprecias la libertad, oculta que el amor es tu yugo", escribió en su cuaderno. Eso le quedaba claro. Su mente lo guiaría. *O fracasaré.*

La Signoria le pidió una pintura para el altar de San Bernardo. Cualquier otro hubiera apreciado la generosa paga de veinticinco florines, pero él ni siquiera se detuvo a evaluar aquel monto. Tampoco el prestigio que el contrato acarreaba. *¿Rechazo o acepto la oferta?*

La amargura lo deprimía, juzgaba la vida y su devenir totalmente absurdos. *Considero la fama superflua.* ¿Importaba, acaso, que las generaciones futuras lo admiraran si en ese presente irracional era desgraciado? *Nada me atrae excepto, por breve tiempo, un amor sin consecuencias.*

Ante la presión de la Signoria, hizo un dibujo. Punto final. Ni ruegos, ni amenazas lo obligaron a reaccionar. Y la obra quedó ahí, como ejemplo de lo que hubiera podido ser.

Le ofrecieron un segundo contrato en enero de 1478, con el mismo resultado. Leonardo no tenía un punto débil que sirviera para doblegarlo, pues consideraba el dinero un medio, no un fin. En consecuencia, la obra debía representar un reto interesante. Esa existencia sin ataduras, por encima de las necesidades diarias, azoraba y repelía a sus contemporáneos, en especial a aquéllos acostumbrados a mandar.

A finales de ese mes hubo inundaciones, magnífico pretexto para olvidar encargos fastidiosos. Por diversión, Da Vinci diseñó edificios en medio de grandes lagos. También perfeccionó su plan de domar el Arno con molinos que vencieran la corriente, dirigiéndola a los sembradíos. *Haré un canal navegable desde Pisa a Florencia.* Aquella obra era, sin duda, digna de su ingenio.

Con el propósito de que la Signoria captara la audacia de su proyecto, envió dibujos en tres dimensiones y, llevado por su inclinación a la mecánica, creó un artefacto subterráneo que bombeaba agua a la superficie y la introducía en las casas. Nunca dedujo que los regidores se vengarían de un artista que desobedecía sus órdenes, ¡pero que exigía que ellos atendieran sus peticiones! Ni siquiera se molestaron en contestarle. Simplemente, arrumbaron aquel sueño en un archivo.

Llovía a cántaros. Gracias a su constitución física, el maestro no padeció reumas ni catarros. En una habitación destartalada y sin que el frío lo perturbara, estudiaba a Carlo Marmocchi, astrónomo y geógrafo, a Domenico di Michelino, pintor, a Calvo Alberti, la aritmética de Benedetto, y al famoso Messer Giovanni Argiropolo, escolástico y filósofo.

Su fuerza, que lo ponía a salvo de achaques, le causaba preocupaciones. Un padecimiento tardaría en destruir su cuerpo y él ansiaba morir con dignidad. La solución de los antiguos romanos, que proponían el suicidio cuando alguno de los orificios corporales se atascaba, le parecía adecuada, excepto por una razón: la Iglesia nunca lo hubiera permitido.

Caterina preguntó por la salud de Leonardo y el notario replicó: "Alguna vez me topo con él en la calle. Pierde cuidado. Es un roble: tendrán que matarlo a palos".

A mí me mata tu silencio, hijo.

Un encargo, María con el niño sobre su regazo, lo sacó de su inercia. Visualizó hasta el último detalle: *La Virgen tendrá el rostro de Caterina.* Al centro pintó una flor, que Jesús contempla, símbolo de su agonía. *A mí también me aguardaba un calvario. Empieza con mi nacimiento, ilegítimo, y termina en una prisión.* El recuerdo de la noche que pasó encerrado lo estremecía. *Jamás lograré apartar aquellas horas de mi mente.* Hizo un esfuerzo por concentrarse. *La madonna sonríe. Su felicidad surge del hijo que, por el momento, protege. Lo cree a salvo. ¡Pobre ingenua, no sabe cuánto sufrirá! Tú también lo ignorabas, madre. Y también sonreíste.*

Apenas redondeaba el proyecto, su entusiasmo decaía. Limpiaba los pinceles como si nunca fuera a usarlos. Comía algunos bocados, los dejaba a medias y se iba. Vagaba sin rumbo hasta que, de repente, se paraba en seco. *¿Dónde estoy? ¡La bottega del Verrocchio!* Lo preocupaban esos minutos, en que perdía contacto con lo real. ¿Qué pasaría si la evasión era permanente? Una queja se le escapó del pecho. *Dove mi posero?** *¿Dónde permanezco?* En ninguna parte. Porque nada, nada en absoluto, llenaba sus expectativas.

Francesco lo invitó a pasar la Navidad en Vinci. Caterina, pensando que su hijo aceptaría, preparó cantidades alucinantes de comida. Aguardaron su llegada durante tres semanas, hasta que Leonardo les envió una carta: estaba demasiado ocupado.

Recibió a dos alumnos por recomendaciones del Verrocchio quien, en la cumbre de la fama, ya no se daba abasto. "Ve qué puedes hacer con ellos". Acatando tal sugerencia, hizo algo con Paolo, el más hermoso: lo introdujo en las artes amatorias.

A las dos semanas, los vecinos se reunieron en un conciliábulo.

—Esos gemidos me ponen los pelos de punta —gruñó el primero—. Y, como sólo hay un muro endeble de por medio, despiertan a mi familia.

—Menos mal que tus hijos no quieren averiguar qué los provoca —rebatió el segundo, furioso—. A los míos les prohibí acercarse al pintor. Pero, viviendo a unos pasos de distancia, resulta difícil vigilarlos de sol a sol.

—¿Delatamos? —indagó un tercero.

—Desde luego —replicaron al unísono y se dieron las manos en señal de pacto.

Nadie supo por qué los Oficiales de la Noche actuaron con tanta benevolencia. En lugar de aprehender a los culpables, el 4 de febrero de 1479 llamaron al padre de Paolo. El infeliz, con los ojos desorbitados y escalofríos que anunciaban fiebre, recibió oportunos consejos. En cuanto salió del tribunal, trotó hasta la bottega de Leonardo. Sin recuperar la respiración, musitó:

* ¿Dónde me poso?

—Mierda, devuélveme el contrato de aprendizaje.

Da Vinci, que le sacaba una cabeza, era capaz de derribarlo con un soplo. No obstante, buscó el documento y, lentamente, lo rompió en pedazos. Luego dejó caer esos papelillos sobre las narices del visitante, quien vengó la humillación en su hijo. Si alguien escuchó los alaridos, no intervino.

—Te piace la mala converzatione!* —jadeaba el viejo, entre bastonazo y bastonazo, mientras el muchacho se aferraba a cuanto mueble había para impedir que su progenitor lo sacara de la habitación.

—Tienes razón —opinó el maestro—. A Paolo le agrada mi nefasta compañía; pero si te disgusta, llévatelo.

El aprendiz rogó en vano. Leonardo tuvo que cargarlo sobre un hombro y, con bastante rudeza, echarlo de la bottega. Poco después Paolo emprendió el viaje a Bologna, donde expiaría su falta… Y nadie habló más del asunto.

Ser Piero citó a su primogénito en la notaría, ya tarde, cuando las penumbras mantenían a los curiosos en sus casas. Apenas lo vio, le dijo:

—Los Oficiales de la Noche tienen los ojos puestos sobre ti. Siguen tus pasos y, si nuestro duque lo permitiera, te atraparían. Saben cuántas veces has reincidido, en qué lugar, con quién. En la corte, temen los escándalos; no obstante, todo tiene un límite. Te lo advierto: caminas hacia un despeñadero así que… —lo observó con el mayor desdén. *¿De dónde saca Caterina que su hijo es superior a los míos? Actúa como un idiota*—, así caerás en un abismo.

Tras arduas negociaciones, los diplomáticos florentinos y los romanos concertaron una paz que todos auguraban duradera. Las

---

* Eufemismo de "Te agrada la sodomía".

celebraciones no se hicieron esperar. El vino provocó confidencias y, al final de varios banquetes, los embajadores sabían cómo servir a sus respectivos amos. Por una parte, Sixto IV acababa de construir una capilla que llevaba su nombre, la Sixtina; por otra, Florencia era la cuna de estupendos artistas. En consecuencia, sólo faltaba que Lorenzo los prestara al Papado para que naciera una obra esplendorosa, asombro de los siglos.

El Magnífico consideró esa solicitud un halago. Obviamente, sus cortesanos se encargaron de aumentar tal satisfacción.

—Señor, eres el autor de un renacimiento artístico nunca atestiguado en la historia. Gracias a ti se recobran obras antiquísimas y aprendemos a apreciar la belleza clásica.

La asamblea se inclinó rindiéndole homenaje. El gobernante resplandecía, no sólo por su inteligencia, también emanaba confianza en sí mismo. Después de todo, él había elegido aquellos jarrones, muebles, vitrales y tapices. Tanto lujo, desplegado con gusto exquisito, obligaba a agradecer a Dios que ese mecenas gobernara la Toscana.

—Como la vieja generación de escultores y pintores tiene trabajo en este momento, enviaré a los jóvenes: Sandro Botticelli, Domenico Ghirlandaio, Luca Signorelli y Pietro di Cristoforo Nannucci, il Perugino.

—¿Leonardo da Vinci? —sugirió un cortesano.

—Un omo sanza lettere? —repuso Lorenzo—. Me parece una mala elección. Detesta los convencionalismos y, en Roma, deberá seguir las instrucciones de nuestro Santo Padre.

—Las innovaciones de ese artista chocan contra los cánones eclesiásticos. Pronostico que, en un futuro cercano, retará a la Iglesia —añadió un obispo—. Hay algo más. Obtuvo una comisión para pintar un lienzo de dos varas y media de largo, donde emplearía el gran estilo, ahora muy popular. Consiste en rodear las figuras principales por docenas de otras, menos importantes…

—Esa transacción desembocó en un pleito bastante desagradable, Alteza —intervino una voz. Los ojos de quince personas convergieron en un hombre que, hasta ese momento, había pasado inadvertido. La textura de la lana azul y el oro de una cadena delataban prosperidad. Por tal motivo, Ser Piero da Vinci, consciente de su buen vestir, enderezó la espalda.

—¿Qué puedes decirme al respecto? —inquirió Lorenzo, volviéndose hacia el notario.

—Los frailes de San Donato Scopeto, a unas leguas de aquí, heredaron un terreno. Yo mismo legalicé el trámite. Fue bastante difícil, pues existía una cláusula: los monjes debían dotar a la hija del difunto. Así que idearon una propuesta. Ofrecieron a Leonardo una tercera parte del terreno si, primero, proveía a la doncella, ahorrándoles esa monserga; segundo, finalizaba en dos años a más tardar y, tercero, compraba sus propios materiales. El maestro aceptó para, ¡a los dos meses!, alterar una de las condiciones: sus patronos lo abastecerían porque él no tenía un céntimo.

—Como ya es costumbre, no ha terminado la obra —añadió el sacerdote, con rencor.

—Muchos afirman que Leonardo produjo una pintura estupenda, precisamente por inconclusa —aclaró el gobernante, siempre al tanto de todo—: permite que la imaginación supla los espacios vacíos.

Los cortesanos se tragaron sus objeciones ante idea tan radical. A Piero se le colorearon las mejillas.

—¿Lo hizo a propósito? —insistió el mecenas.

—Excúseme, Alteza, si no puedo aclarar esa duda. Rara vez frecuento a mi… al artista.

—En fin, tenga quien tenga razón, Leonardo no nos conviene —resumió Lorenzo.

El discípulo predilecto del Verrocchio despidió a sus amigos con una gran fiesta. De su generación, era el único que permanecería en Florencia. Otro hubiera solicitado una audiencia u ofrecido disculpas. En último caso, aprovechando la ausencia de sus colegas, habría obtenido sustanciosas comisiones. Leonardo se encogió de hombros. A los treinta años su irresponsabilidad lo precedía. También lo caracterizaba una rebeldía insufrible, y a los poderosos les agrada la sumisión.

Con la edad, Piero se volvía más quisquilloso. Retornaba a Vinci para revisar sus ingresos y, frente a las cuentas que le presentaba su hermano, soltaba improperios. Esa vez, sin embargo, venía a regodearse contando cómo Lorenzo descartó al bastardo.

—¡El único de su generación que rechazaron! —disfrutaba cada burla, aunque su hermano menor lo censurara con su silencio. Le hubiera encantado descubrir que Caterina lo escuchaba desde la cocina. Como de costumbre, se presentó en la casona para enterarse de qué sucedía y ahora que lo lograba, se arrepentía. Mientras se limpiaba la boca, Piero concluyó—. Fue un golpe brutal para el orgullo de ese imbécil.

Caterina había tenido suficiente. Haciendo a un lado su propósito de no entrometerse en la plática, irrumpió en la habitación.

—Voy a repetirte por qué detestas a mi hijo —declaró, al mismo tiempo que ponía una silla frente a su antiguo amante—. Porque ninguno de los tuyos, por muy legítimos que sean, se compara con Leonardo. Mi hijo, al que parí y crié sin tu ayuda —cada vez que empleaba un posesivo alzaba la voz—, legará su obra a la humanidad y se le recordará siempre.

La carcajada de Piero retumbó en la estancia. Luego bebió vino hasta vaciar la copa. Francesco ni siquiera hizo el intento de llenarla.

—¿Siempre? Si acaso termina un cuadro, o si los Oficiales de la Noche lo absuelven de nuevo o si la Santa Inquisición no lo tortura por sus herejías —modificó el tono irónico por uno ofensivo—: ¿qué tienes en el cerebro? ¡Date cuenta, Caterina! Il Magnifico dejará de protegerlo.

Ese vaticinio provocó un escalofrío a sus oyentes. Cuatro ojos se clavaron en el rostro colérico de Ser Piero.

—Nuestro gobernante se interpuso dos veces. Primero, para salvar a su pariente; segundo, prefiere la discreción al escándalo.

—E ignora hasta dónde llegará Leonardo —entreveró Francesco—. Le incomodaría condenar al mejor artista de la época.

—Lorenzo está harto —habiendo cubierto ese frente, atacó por el contrario—. Tu hijo —remachó ese "tu" que lo deslindaba del sodomita—, desprecia su buena suerte. Vive al borde de un abismo y algún día, pronto, espero, caerá.

—Por lo tanto —infirió el segundón—, cuando el príncipe lo apartó de los otros pintores, hizo una movida…

—Astuta —completó el notario—. De un golpe lo separa de su gremio y hace público que la corte le vuelve la espalda a un insensato, irresponsable, vanidoso, impúdico…

—¡Basta! —gritó Caterina.

—… incapaz de satisfacer a sus patronos.

—Me has convencido —la campesina se levantó con tal prisa que volcó la silla. Un segundo después, salía como exhalación.

Piero, dueño del campo, se permitió una sonrisa.

—Demasiadas emociones en una noche —bostezó—. Lleva un brasero a mi cuarto.

Francesco acató la orden sin que se trasluciera su enojo. Aunque era demasiado tarde, buscó su capa. En el patio dudó. *Caterina ya debe haber llegado a la cabaña y no es prudente despertar a Accattabriga.*

—Francesco…

Su nombre en un susurro, en los labios de quien amaba. La aldeana se desprendió del muro y se le acercó. Puso la mano sobre su hombro.

—Hace frío.

Con ese pretexto la acercó un poco más.

Por acuerdo silencioso regresaron a la sala. Las ascuas todavía ardían. Francesco introdujo leños en la chimenea y ambos esperaron a que ardieran.

—¿Dónde guardas el dinero?

Antes de que él respondiera, se dirigió al arcón. Sacó una bolsa, rompió el sello y cogió unas monedas.

—Son de Piero. Repararemos las tejas.

—Altera las cuentas y vuelve a sellar la bolsa —para convencerlo, añadió—. Es una cantidad modesta. Además, dudo que memorice las cifras —como Francesco asintiera, la campesina prosiguió con la seguridad de quien ha calculado cada paso—. Dale esto a Accattabriga como pago de mi trabajo. Inventa cualquier pretexto: la molienda o la ordeña. ¡Me necesitas durante una semana entera! Dile que la criada no puede reemplazar a Domenica.

—Y es verdad —interpuso él.

Al recordar a la vieja sirvienta, se les llenaron los ojos de lágrimas.

—Nos estamos quedando solos, Caterina.

—Todavía me tienes a mí —dijo ella—. Y yo no habría sobrevivido sin tu ayuda.

—Vamos, vamos, olvídalo. Una vez que convenza a tu esposo…

—No te costará trabajo. Planea comprar una ballesta y botas para nuestro hijo.

—¿Se enlistará en el ejército?

—La próxima primavera. Mi marido le trastornó el seso. Ha descrito tantas veces sus hazañas que el muchacho sueña con asaltos, botín, gloria y sangre. Se enlistará… Pocos regresan.

Se quedó muy quieta, desolada, y Francesco recurrió a toda su fuerza de voluntad para no abrazarla.

—Durante esa semana iremos a Florencia. Por favor —le rogó—, por favor, Francesco.

—Quieres ver a Leonardo.

—Quiero salvarlo. Primero de sí mismo; después de los otros.

—No te permitirá inmiscuirte en su vida.

—Lo haré de todos modos. Si no me acompañas, iré sola.

Era inútil que se opusiera. Además, por nada del mundo permitiría que esa mujer corriera peligro.

—Mi hermano parte mañana —le confesó, rindiéndose a su voluntad.

—Y nosotros pasado mañana.

Llegaron antes de que cerraran las puertas de la ciudad. Casi nadie transitaba por las calles, pues la oscuridad aumentaba los riesgos. ¿Habría un criminal oculto bajo aquel arco? ¿Ese encapuchado los atacaría? Francesco llevaba monedas de oro en un cinturón y semejante riqueza acrecentaba su desconfianza. Se sentía incapaz de defender a Caterina contra varios asaltantes. ¡Maldita la prisa con que viajaban! Uno o dos criados, bien armados, le habrían dado seguridad. Demasiado tarde.

Ninguno prestó atención a la belleza de la villa que se adormecía rodeada por silencios densos, similares a un camposanto. Atentos a las indicaciones de los guardias, no miraban edificios ni palacios. Por fin se detuvieron ante un portón. Francesco llamó. Aguardaron unos segundos. Llamó de nuevo. Al cabo de un rato…

—¿Quién vive?

—Caterina da Vinci —contestó, adelantándose a su cuñado. El nombre del pueblo avalaba el parentesco con Leonardo—. Vengo a ver a mi hijo.

Ante ese tono autoritario, el aprendiz les franqueó el paso.

—¿Dónde está? —lo cuestionó, escudriñando la habitación.

—En su lecho.

Ni siquiera eso la detuvo. Se dirigió en línea recta hacia la única puerta abierta.

El maestro escribía. A cualquiera hubiera deslumbrado la sobrecama bordada o la hermosura perezosa de aquel hombre. Caterina tenía otras preocupaciones. Había estudiado cada una de sus propuestas, semejante al juglar que ensaya su acto hasta dominarlo. Sin un titubeo, empezó a vaciar un ropero. Leonardo no supo si impedirlo o saludar a su tío.

—¿Te has vuelto loca? —exclamó, sorprendidísimo por esa intromisión.

—Mañana te vas.

El pintor soltó una carcajada.

—Reaccionas como Piero —opinó Francesco, al mismo tiempo que lo abrazaba—. Él también se ríe cuando algo lo desconcierta.

—¿Qué hacen aquí? —Leonardo apartó al segundón; mientras vigilaba a la aldeana por el rabillo del ojo—. No desenvuelvas ese bulto —como ella ya lo hacía, la previno—: Ten cuidado.

Algo brilló bajo las manos femeninas. Durante un minuto los tres contemplaron aquel objeto. Después, su autor explicó qué era.

—Una lira da braccio. Tiene la forma del cráneo de un caballo.

—¡Y está hecha de plata maciza! —se asombró Francesco.

—Yo la forjé. Canta con una nitidez y una sonoridad excelsas.

—¿Por qué escogiste el cráneo…?

—Es mi animal predilecto. Siempre tengo uno o dos en el establo.

—Y pasas horas dibujándolos, igual que de niño —de pronto se tambaleó. El viaje, su nerviosismo, la desesperación de quien se enfrenta a una tarea irrealizable, la aplastaron. Extenuada, se sentó en el lecho—. Mañana te vas.

—¿A dónde?

—Elige cualquier sitio, da igual, pero no permanezcas aquí.

—Desvarías —afirmó desdeñoso.

—Lorenzo te ha separado de tus compañeros. Eres un árbol solitario, víctima fácil del leñador. Si los Oficiales de la Noche te apresan, nadie te salvará.

—¿Qué pretendes? —terció Francesco—. ¿Suicidarte? Te pedimos que cambiaras tus costumbres… cierta discreción. ¿Por qué galanteas a la muerte, sobrino?

—La considero el puente hacia una vida mejor, Francesco —replicó encogiéndose de hombros—. Ésta me parece insoportable. Los mediocres plagian mis inventos; los idiotas mis ideas, pero las deforman a tal grado que soy el hazmerreír de cultos y plebe. ¡Todos me espían! Su cinismo sobrepasa cualquier límite. ¡Hasta sobornan a mis aprendices para inducirlos a la traición! Con el pretexto de comprar una pintura, muchos entran en esta bottega cuando me ausento.

Caterina y Francesco se miraron.

—Exageras, sobrino. Tienes amigos leales, il Verrocchio…

—¿Cuántas personas son algo mejor que canales por donde pasan los alimentos? —lo interrumpió, tan exaltado como su madre—. Producen excrementos y llenan letrinas. A eso se reduce su estancia en el mundo.

—Te irás —insistió ella.

—Ésta es mi ciudad y tú no me echarás.

—Escoge un lugar donde nadie te conozca, ni tenga prejuicios contra ti; quizá, en la Serenissima —aconsejó Francesco—. Sobre todo, evita los mismos yerros. Pon alma y corazón al servicio de tu arte: alcanzarás fama y riquezas.

—No las ambiciono.

Caterina comprendió que ningún argumento lo convencería. La soberbia dominaba a ese necio. *Retará a las autoridades, una y otra vez, hasta que el Santo Oficio lo aprese.* Sus manos temblaban.

—Te irás —sentenció, terca.

Leonardo se le aproximó. Por su fuerza y altura parecía una torre a punto de aplastar a esa frágil mujer.

—Nunca. ¿Lo oyes? ¡Nunca!

Igual de quedo, su madre repuso:

—Entonces, yo misma te delataré ante los Oficiales de la Noche.

La amenaza enmudeció a los dos hombres. Alucinada añadió:

—Escribiré una denuncia anónima.

—Perdiste el juicio —afirmó, mirándola con desprecio.

—Pongo de testigo a Dios que cumpliré esta amenaza.

Se irguió, temblorosa. Con pasos vacilantes caminó hacia la puerta.

Leonardo comprendió que su madre no mentía. *Hará cualquier cosa, hasta una barbaridad.* Al instante recapacitó. *Caigo en su juego. Jamás me delatará.* La vio de nuevo: ya estaba en el pasillo. ¿Se aventuraría a correr el riesgo?

—Sobrino, lo que tu madre propone es la mejor, no, la única solución. Ven, siéntate a mi lado. Analicemos el caso. Si te alejas de aquí, cancelarás tu pasado y las relaciones desagradables: padre, padrastro, rivales, difamadores; también las murmuraciones y la mala fama. Tu vida será una pizarra en blanco donde empezarás de nuevo.

—¿Y qué? —se impacientó el pintor—. ¿Me lanzo a la aventura a tontas y a locas?

—Piero te ayudaría. Con tal de librarse de ti, moverá sus influencias en la corte. Il Magnifico respirará de alivio si te sabe lejos.

A Leonardo se le colorearon las mejillas. *Nunca te perdonaré estos insultos.* Le escocía no poder rebatirlos y, más aún, que fueran verdad.

—¿Qué decides? ¿Hablo con mi hermano? —presionó Francesco.

—Habla.

Sin otro comentario, el artista se levantó. Había vino en una jarra, pero bebió agua, otra de sus rarezas. Luego, como si su pariente no existiera, le volvió la espalda. Para él, la entrevista había terminado.

Aquel asunto marchó sobre ruedas. Por mera casualidad, o al menos ésa era la versión oficial, Lorenzo de Medici planeaba enviar a su cuñado, Bernardo Rucellai y a Pier Francesco da San Miniato, a Milán, en calidad de embajadores culturales. ¿Por qué no iba Leonardo? ¿Acaso no era un músico dotado? En esa rama resultaba difícil provocar críticas adversas. Además, ya conocía la última extravagancia del maestro Da Vinci. *Inventó una lira con el cráneo de un equino. ¡Estupendo, que deslumbre a Ludovico Sforza! Y que se largue.*

Mientras sus ayudantes empacaban enseres, utensilios, modelos en yeso, pinturas, dibujos y portafolios, el artista enumeraba sus últimos trabajos: cabeza de Cristo a pluma, cuerpos en perspectiva, dos madonas, la figura de San Jerónimo, el retrato de Atalante Migliorotti, esbozos de un horno, máquinas para mover barcos o navegar sobre agua, flores, canastas y, por consecuencia, estudios de peinados femeninos, quattro disegni della tavola da santo angiolo,* un cuarzo pulido, varias ágatas. *Con esta lista cierro mi pasado.*

Uno de sus discípulos le escribió un recado: "Leonardo mio, perche tanto penato? ¿Por qué sufres?" El pintor no contestó. Sus penas requerían largas explicaciones y él no tenía tiempo ni ganas de resolver dudas. Por otra parte, Caterina persistía en su intento:

—Evita que tus enemigos te desacrediten ante el duque —Leonardo se encogía de hombros, como si espantara una mosca—. Sácales la delantera con una carta donde expongas tus méritos —*finge no oírme, a pesar de que me tiene al lado*—. Ofrece tus servicios; qué estás dispuesto a dar a cambio de asilo.

Lo acosaba, retirándose justo cuando él iba a explotar. Después volvía a la carga. Hora tras hora, hasta que el artista cedió. Había hecho un examen de conciencia: *si vivo en el exilio, me convertiré en ingeniero militar, pues cuesta más trabajo destacar como pintor.* Ante esa determinación, aceptó lo evidente: su madre estaba en lo cierto. Ya era tiempo de que encauzara su destino hacia rumbos distintos.

* Cuatro diseños de la mesa del Ángel Santo.

En medio de aquel torbellino, entre cajas, muebles embalados y ropa sobre los arcones, se sentía incapaz de ejercer la diplomacia. Así que acortó las salutaciones a Ludovico Sforza:

Mi muy ilustre Señor:
He revisado las invenciones de quienes se consideran hacedores de instrumentos de guerra y encuentro que sus artefactos no difieren, ni en diseño ni en operación, de otros de uso común. Por lo tanto, me atrevo a ofrecer mis servicios a su Excelencia.

Le confiaré mis secretos: he creado métodos para erigir puentes ligeros, fácilmente transportables, muy útiles para perseguir o evadir al enemigo. Otros más sólidos, resistentes al fuego o a los asaltos.

Sé cómo drenar trincheras, horadar túneles, cavar laberintos subterráneos o colocar escaleras y catapultas, cosas útiles durante un sitio; pero, suponiendo que nada diera resultado, tengo máquinas nunca antes vistas. Pongamos por caso que una fortaleza no pueda reducirse con bombardeos, ya sea por su posición o por su altura; pues bien, yo poseo métodos para destruirla aun si sus cimientos se erigen sobre roca sólida. Mas, si la batalla se libra en la mar, pondré a vuestra disposición naves de ataque y defensa, resistentes a la pólvora.

Diseñé varios cañones que arrojan piedras y humo. Estas explosiones causarán terror al enemigo, provocando confusión y pérdidas cuantiosas. Ningún obstáculo detiene a mis carros. Abren grandes brechas en los soldados enemigos, de tal manera que nuestra infantería avanzará sin ningún peligro.

No pudo evitar sonreír. *Cualquiera diría que me fascina la milicia. Al revés, odio la guerra, pazzia bestialissima. Esta locura brutal sólo me interesa en teoría, como una partida de ajedrez.* Empleaba su talento con un fin: derrotar al oponente. No le preocupaba el número de muertos, heridos, violaciones, destrozos, hambre, peste, enfermedades y demás colofones de un ataque. La destrucción quedaba supeditada a la estrategia, al triunfo del más hábil. Aún sonriendo, prosiguió:

En tiempos de paz puedo satisfacer al más exigente, pues soy un buen arquitecto. Diseño edificios públicos y privados. Llevo agua de un lugar a otro. Pinto mejor que muchos.

De pronto, se detuvo. Sin un titubeo, esbozó un corcel con las crines al aire y la pata derecha alzada. *También soy escultor.* Mojó la pluma y agregó:

Una vez en Milán, empezaré el caballo de bronce que inmortalizará la gloria y el perenne honor del príncipe, su padre, y de la casa Sforza.

Una estatua gigantesca que proyectara el poder de la dinastía, forjado en los campos de batalla. Al mismo tiempo, eternizaría su nombre. La humanidad recordaría a Ludovico el Moro gracias a tal obra, no viceversa.

Si a alguien le parece que mis promesas son imprácticas o irrealizables, estoy dispuesto a dar una demostración en su jardín o en cualquier sitio que plazca a su Excelencia, a quien sus manos beso.

Quedo como su humilde servidor.

Al sellar la carta, tuvo una intuición. Con ese papel inauguraba su futuro. Las circunstancias cederían ante su ingenio. Había una segunda ventaja: al describir sus conocimientos, creció su propia estima. *Aún no me vencen.* Se sintió soldado en la única batalla a su altura. Conquistaría Milán para realizar sus sueños.

Su confianza aumentó en igual medida que su rencor. Ahora le atraía la mudanza, pero jamás olvidaría las amenazas de Caterina. El simple hecho de que su madre lo doblegara lo irritaba. Y él, con su memoria prodigiosa, recordaría cada amenaza que ella hizo… mas no sus lágrimas, ni la intención de su propuesta.

Los preparativos concluyeron. Un amanecer, las mulas jalaron las carretas iniciando la partida. Criados, palafrenero, amigos del pintor y algunos colegas, seguían a las cabalgaduras. Entre chanzas, que intentaban esconder cierto pesar, la procesión desapareció calle abajo.

Francesco y Caterina permanecieron en el patio. Al fin Leonardo apareció en lo alto de la escalinata. Muchos lo hubieran confundido con un príncipe, tanto por su atuendo como por su extraordinaria belleza. Descendió lentamente. Quería despedirse de la única persona que, no obstante serias discrepancias, extrañaría en su destierro. Tío y sobrino se abrazaron.

—Buena suerte —la ternura ahogó a Francesco. *¡Qué tristeza! ¡Jamás volveré a verte!*—. Dios te guíe, *caro filio*.

Caterina esperaba un ademán, una señal para que se acercara. Como Leonardo se hizo el desentendido, caminó a su vera hasta alcanzar la última carreta. En cuanto salieran de la ciudad, las mulas acelerarían el trote. Adivinó que la dejarían atrás; sacó fuerzas de su flaqueza y corrió a la siguiente encrucijada. Jadeaba; su corazón latía a redoble, intentando escapársele del pecho. Sin embargo, estaba satisfecha. *¡Te salvé!* Ya no importaba que ese soberbio creyera que nadie debía inmiscuirse en su vida. Los Oficiales de la Noche no lo atraparían. *Arrepiéntete de tus pecados. Rogaré por ti, hincada, contemplando el cielo donde Dios habita. Y, si mis súplicas llegan a lo alto, quizá comprendas que a lo único que debes aspirar es al perdón divino.*

Aguardó, igual que tantas otras veces. El maestro fingió no prestar atención. Luego, los ojos de la aldeana lo forzaron a mirarla. La caravana pasaba ante ella; atrás, sólo quedaba Leonardo. Caterina alzó la diestra y, con voz tan clara como aquella mañana florentina, dijo:

—¡Escucha! Yo, tu madre, te bendigo.

Durante doce años, el tío y Leonardo intercambiaron misivas esporádicas. Francesco le enviaba noticias de sus conocidos, que cada vez eran menos. Las medias hermanas parían hijos con frecuencia y Francesco Buti, siguiendo el ejemplo de Accattabriga, se enroló en el ejército.

> Ansioso de gloria y florines, fue a la guerra como si se tratara de una fiesta. A diferencia tuya, permitió que tu madre lo acompañara durante un buen trecho. Yo iba a la zaga, más por ella que por él, hasta que el cansancio la venció. Entonces la sostuve mientras mi ahijado juraba regresar con un caudal para que Caterina viviera feliz. Promesas de novato. Tras los adioses continuó, solo, pero se volvió tres veces: Ciao, mamma! ¡Adiós, padrino!

Y ella lo bendijo nuevamente, rogando que aquella cruz aumentara la protección divina. Cuando el mozo se perdió en lontananza, la campesina volvió al lado de su marido. El hombrón había sucumbido a la enfermedad como un árbol que se derrumba bajo su propio peso. Aún imponía con su presencia, mas una infección lo roía por dentro y ni hierbas, ni emplastos, lo aliviaban.

Caterina lo cuidó piadosa, paciente. Despiojaba el camastro. Aceitaba la piel marchita. Le rascaba la espalda y, haciendo un sacrificio, le prestó un cepillo para dientes y el peine de marfil que alguna vez perteneciera a Sea Lucia. Esa devoción redimía las décadas en que fingió *un amor que no sentí* y un desprecio que casi nunca ocultaba. Acaso, si lo hubiera disimulado un poco… Era demasiado tarde: las elucubraciones tardías no mejoran males presentes.

Pasó el verano, llegó el otoño y, con las hojas muertas, una noticia. Una espingarda había atravesado a Francesco Buti, el hijo amado, *¡pero nunca tanto como Leonardo!* La herida supuró hasta convertirse en gangrena. ¿Y la tumba? En Pisa jamás podría visitarla. Sobre ese cuerpo, ni lápida, ni lirios; sólo recuerdos.

En consideración al enfermo, día a día, Caterina inventaba que el joven soldado ganaba batallas y ponía muy en alto el apellido Buti. Accattabriga bebía sus palabras. *No se da cuenta de que están cuajadas de lágrimas.* Como pedía detalles, la obligaba a inventar mentiras piadosas y se dormía evocando sus propias hazañas. Creyó, hasta lo último, que su muchacho regresaría a contarle mil aventuras, para luego depositar monedas relucientes a sus pies. Por eso, el tránsito fue dulce.

La viuda hubiera deseado sentir nostalgia o aflicción; únicamente la invadió una certeza: *Nada me ata a Vinci.* Había cumplido sus obligaciones, asistió a sus hijas en sus partos y tribulaciones, cuidó a sus nietos, ayudó a recolectar la cosecha y a sembrar el huerto. Sobre todo, transmitió los consejos de su madre y sus cuatro hijas conocían mejor que ella, las hierbas medicinales. Libre de todo reproche, se presentó en la vieja casona para pedir un favor a su cuñado.

—Escríbele a Leonardo. Yo… ya no sé si recuerdo el trazo de las letras. De cualquier modo, mi mano tiembla demasiado.

—¿Qué le digo?

—Anúnciale que iré a Milán.

—Caterina —suspiró Francesco—, me parece una empresa arriesgada. Quédate aquí, en el cuarto de mi madre o, si lo prefieres, vive con tus hijas.

—No es tu responsabilidad mantenerme. Mis hijas apenas tienen lo suficiente; en cambio, a Leonardo le sobra el dinero y debe cumplir su obligación para conmigo. Escríbele.

La contestación no provocó sorpresas. El artista, con la impaciencia que lo caracterizaba frente a la testarudez humana, hizo una sola pregunta: "¿Puedes decirme qué desea la Caterina hacer?" Ese "la" fue un golpe al estómago de su tío, quien se sonrojó con una mezcla de furia e indignación. ¡La trata como a una sirvienta! Sin aguardar a que su rabia disminuyera, tomó un pliego donde plasmó una copia fiel de sus sentimientos.

Leonardo:
Descarto las salutaciones de cortesía. Me comunicaré contigo en un lenguaje ordinario para que lleguemos a un acuerdo.

Por principio de cuentas, no mencionaré si debes acoger a tu madre; lo dejo a tu conciencia. Yo simplemente te propongo un negocio. Eres mi heredero. Primero, porque te amo como a un hijo; segundo, porque quiero que vivas sin preocupaciones. Siempre me he opuesto a ceder esta casa a los hijos de Piero. Su esposa acaba de obsequiarle el sexto y, como todavía es joven, no sé cuántos sobrinos más me endilgue. Ante semejante número, mi hermano se inquieta por la repartición de sus dineros. Ni la notaría ni sus ahorros alcanzan para tanto.

Si cumples con tu deber, fanciullo, mi testamento no variará. En caso contrario, atente a las consecuencias.

Excusa esta carta tan poco cuidada. Igual de espontánea sería mi plática si caminásemos juntos por el campo. Cuida tu salud, el más preciado tesoro, y conserva tu espíritu en manos de Dios.

Te encomiendo a todos los santos,

FRANCESCO

Tres semanas después, por correo especial, llegó la respuesta.

Caro Francesco:
Concuerdo contigo. Evitemos salutaciones y cortesías que sólo quitan tiempo. Este elemento es vida; ergo, no podemos derrocharlo en frases vanas.

El viaje que proyecta Caterina pone a prueba al más pintiparado. Una carreta cubre entre diez y treinta miglie* por día, haciendo paradas para comer y descansar las mulas. Ignoro si ella lo resista. Hay que cruzar por los Apeninos hacia Bologna; luego, las tierras bajas del Po. En las posadas reina la suciedad pero, eso sí, cobran el hospedaje a precio de oro. No las recomiendo para una mujer.

Cuando llegamos a Modena, un mercader nos invitó varias copas con tal de tener una audiencia cautiva. Al calor del vino contó varias anécdotas. Te envío una muestra: "Hace días, al

---

* Medida de longitud. Podría traducirse como milla, pero no equivale a la inglesa.

atravesar el puente levadizo besé a los guardias y a cuanto transeúnte caía en mis manos. Hice tal escándalo que alguien preguntó cuál era la razón de mi alegría. Aquí, las prostitutas cobran la mitad que en Florencia, repliqué". Un parroquiano, borracho como todos nosotros, puso en duda el precio. Irritado por esa objeción, se liaron a golpes. Dime, Francesco, ¿cómo reaccionará Caterina si ocurre algo similar? ¿Alguien la protegerá contra insultos y otras barbaridades?

Una vez que atraviese Emilia, Parma y Piacenza, vislumbrará Milán. Las agujas de sus torres resaltan en la planicie lombarda. Por eso los romanos llamaban a la ciudad Mediolanum, en medio del plano o llanura. La levantaron sobre una encrucijada por mera casualidad, pues el sitio no tiene valor estratégico, ni está próximo a un río.

Debido al apiñamiento de sus casas, en verano se le compara con un horno; en invierno los mendigos se hielan y, ya tiesos, los echan a la fosa común. Este clima, húmedo y nublado, resulta bastante desagradable. Existe un detalle redentor: la luz. Posee una calidad diferente a la nuestra. Se filtra en las habitaciones envolviendo cada cosa, de tal manera que los objetos adquieren texturas y tonos para nosotros desconocidos. Me he esmerado en atraparla. La estudio a diversas horas hasta que mis ojos, seducidos por su transparencia, guían mi mano. Doy algunas pinceladas y, maravillado, permanezco absorto ante mi propia obra. De joven, esto ocurría con frecuencia; hoy las ocasiones escasean y las aprecio más.

La población se acerca a las ochenta mil personas. Caterina extraviará alma y cuerpo en este mundo, cuya lengua ni siquiera entiende. Agrega el ambiente hostil, la escasa comunicación y los guardias al acecho de un trasgresor. Te lo apuesto: Caterina sentirá una opresión agobiadora. No obstante, si quiere venir, que venga.

Una dinastía, más militar que civil, gobierna. Inspira recelo pues le falta elegancia, esa sutileza tan evidente en Florencia. Es natural. Los Sforza no poseen raíces profundas. Tras los Visconti, el padre de Ludovico asumió el poder. En consecuencia, el apellido apenas llega hasta el abuelo, Muzzo Attendolo, un campesino que se enlistó como mercenario. Sus compañeros de armas lo apodaban Sforza porque se esforzaba en la batalla.

Su descendiente tiene carácter crudo, de recién llegado. Esto me beneficia pues el Moro trata de sustituir la nobleza ancestral con la ostentación. Milán importa objetos suntuarios a manos llenas. Me di cuenta de ese afán cuando presencié la cabalgata del duque durante su visita oficial a Il Magnifico. Ludovico brillaba de cabeza a pies, no siempre desplegando buen gusto. Con el transcurso del tiempo, algo aprende. Usa botas tudescas, cinturones catalanes y bragas inglesas. Como la moda establece distinciones entre las clases sociales, Ludovico regala telas finísimas a sus favoritos; yo mismo he recibido varias.

La corte milanesa tiene poetas, músicos, ingenieros y científicos, aunque requiere escultores y pintores. La considero, pues, una pálida sombra de Firenze. A mí me hace falta la belleza visual. Cuando esta sed se desboca, visito Pavía. La universidad alberga una de las mejores bibliotecas de nuestra península. Sus libros, verdaderos tesoros, me proporcionan material para mis proyectos. De ellos bebo y nunca me sacio. Desde luego, ninguna mujer tiene acceso a esa fuente inagotable de sabiduría, ni a los noventa catedráticos con quienes platico de leyes, matemáticas y medicina.

En fin, querido Francesco, me tomó una semana entera escribir esta carta pues, siguiendo mi mala costumbre, divago. El sendero proporciona mayores atractivos cuando el caminante avanza sin rumbo fijo, ¿no crees? Hay mucho que decir; lo haré en la siguiente. Mientras tanto, avísame si ella desiste o, en el peor de los casos, la fecha aproximada de su arribo.

LEONARDO

A finales de diciembre envió una segunda carta. Francesco pasó las salutaciones y llegó al meollo del asunto:

Te envío un mapa donde destaco las principales construcciones. Sería conveniente que ella lo estudiara; de todas maneras, aquí resulta fácil extraviarse. Le aconsejo ingrese por la Porta

Romana, adornada con relieves. Muestran a San Ambrosio, con un látigo en la diestra, echando a los herejes de Milán.

A continuación, pasará frente a Catedral, hasta llegar al Castello Sforzesco, que domina el flanco norte. Remodelado por Galeazzo Maria, hermano de Ludovico, tiene un jardín enorme. Abarca casi tres miglie de perímetro, y un foso impenetrable (o, al menos, eso suponen). Desde el exterior, parece una fortaleza con muros de ladrillo rojo; por dentro, el gigantesco patio se convierte en corte ducal. En el ala norte, il Cortile della Rocchetta alberga los apartamentos reales. Yo decoré la Sala delle Asse para que congeniara con la columnata que añadió Ludovico. Aún así, el castillo da la impresión de encierro; proyecta miedo, como si estuviéramos a la defensiva.

¿Mi primer encuentro con el Moro? A propósito, no te inquietes por este apodo. Ludovico jamás lo ha considerado un insulto. Se refiere a su tez morena, algo que lo distingue. Por tal razón mandó pintar sobre su escudo la cabeza de un morisco. Otro de sus emblemas es la morera, pues el duque promueve la fabricación de la seda. En fin, dejemos eso. Lo conocí cuando fui invitado a participar en un concurso. Toqué la lira con maestría, me juzgaron el mejor ejecutante y obtuve un premio… más los aplausos de mi nuevo señor. No sé si lo sepas: él y yo nacimos el mismo año, lo cual indica similitud de metas. Esa predicción ha resultado cierta hasta hoy.

Por otra parte, también nos separan infinidad de diferencias. Yo creo que moriré viejo; él sospecha que se le acaba el tiempo. Ergo, pretende adquirir un trozo de eternidad. Fustigado por tal ambición, emplea su energía en crear una corte fastuosa, donde reine el arte. Ni siquiera su avaricia lo detiene. Exige que todo se haga con rapidez y esto me irrita. Sin duda recuerdas uno de mis defectos: odio las prisas. Así que, desde mi primera comisión, la fortaleza de Casalmaggiore, surgieron fricciones entre ambos.

Mis conocimientos de ingeniería lo impresionan. No obstante, la construcción de mis máquinas de guerra ha quedado en sueño. Ludovico aspira a la grandeza, mas no confía totalmente en mi capacidad. Los esbozos de la fragua donde se forjarían mis cañones rodantes, lo intimidan. Titubea, pues teme malgastar el oro de sus arcas. A pesar de todo, me paga por la traza de edificios públicos y canales; también dibujo esculturas y pinturas. Espero que algo se lleve a cabo.

Ah, sigamos con Caterina. Rebato tus argumentos: ella nunca entenderá el milanés. ¡Imagínate, nuestra "g" se convierte en "z"! Giovanni es Zoane. Ni siquiera yo logro que me consideren uno de ellos. Soy y seré el florentino. Aquí he adquirido una identidad que nunca tuve en la Toscana.

Si trae dinero, debe ser con una letra de cambio al banco de los Medici. La institución está en un palazzo en la Via Bossi. Lo orna un arco corintio, además de motivos lombardos y toscanos.

Ahora, discutamos el punto álgido del problema. Francesco, mi pasado ha quedado atrás. ¿No era ésta una de las ventajas que ustedes buscaban cuando partí? He adquirido fama. La nobleza me respeta. Tengo amigos cuyos nombres suenan en el mundo. En fin, supero las lacras con que las denuncias me mancharon.

Aquí nadie conoce mi origen. Tal situación, óyelo bien, debe mantenerse inalterable. Ella tendrá que venir en calidad de sirvienta. Encerrada en la cocina, nadie se percatará de su existencia, mucho menos de la relación que nos une como un lazo asfixiante. Mis colaboradores, ambos florentinos y a quienes conozco desde hace años, me ayudarán a mantener este secreto.

Si no acepta mis condiciones, que no venga. Prefiero perder tu herencia a enfrentarme a la vergüenza de mi nacimiento.

Consérvate en la gracia divina.

LEONARDO

No sólo lo abochornaba su bastardía, concluyó Francesco, arrugando la carta, *también desprecia el origen humilde de su madre. ¡Ni siquiera la nombra! Ojalá Dios le dé generosidad suficiente para que no pierda la soberbia.* Como la vez anterior, el enojo contribuyó a la sequedad de su misiva.

Sobrino:

Me informan que una peregrinación partirá hacia Compostela el primer día del año. El número de romeros irá engrosando las filas a medida que crucen ciudades importantes. Caterina permanecerá en Milán; los demás se dirigirán a Tolosa. De ahí, atravesarán los Pirineos.

La presencia de frailes y hombres santos protege a los débiles. Por eso inscribí a Caterina en la lista de participantes. Yo pagaré sus gastos. ¿De dónde quieres que ella saque para una letra de cambio? Ha vivido en la pobreza, aunque tú pretendas ignorarlo.

¡Que la Virgen bendita impida que cometas un pecado contra el cuarto mandamiento!

Selló la carta sin añadir las despedidas habituales. *Después, cuando esa mujer tan amada, ¡a la que nunca más veré!, estuviera a salvo en Milán, habría tiempo para endulzar aquellas divergencias.*

Se quedó un momento pensativo y luego decidió: *le regalaré la ropa de su madre.* La conservaba en naftalina, porque le disgustaría que una menesterosa la usara. Sólo Caterina la portaría con ese aire altivo que ni la vejez ni la tristeza logran opacar.

Hubo tiempo de que el segundón cumpliera un último favor.

—Vende Campo Zeppi, Francesco, y divide la ganancia entre mis hijas.

—Lo haré. No te preocupes.

—Cásate con una viuda rica.

—No lo haré… y tampoco te preocupes. Sé cuidarme.

Pocas semanas después la despidió con un abrazo estrecho, tan lleno de amor, que Caterina entrevió su pasión, aun si él intentaba ocultarla. Ambos lloraron y, cuando los caballos avanzaron, Francesco se sintió niño de nuevo… Siempre a la sombra de su hermano mayor, a quienes padres y servidumbre mimaban. Ese abandono oprimió su corazón, estrujándolo. Por un momento creyó que la vida misma se le escaparía en sollozos. Permaneció ante su casa, agitando la diestra, a pesar de que la carreta había desaparecido. Entonces buscó consuelo en un pensamiento. *Si te hubiera propuesto matrimonio no habrías aceptado. Pretendes recuperar a tu hijo y nada, ni nadie, te apartará de ese propósito.*

Giró sobre sus talones, se metió al patio y, de repente, vislumbró a un viejo tomando el sol mientras leía un libro. *¡Mi padre!* Sea Lucia bordaba a unos cuantos pasos. *Desde el pasillo, Domenica me llama: la sopa se enfría.* Aquellos fantasmas no le causaban espanto. Al contrario, entibiaban su desamparo. *Viviré con mis muertos*, se dijo, *y cuando me entierren, mis cenizas se mezclarán con quienes, ya desde este momento, me acompañan.*

Los peregrinos arribaron el 23 de febrero, Anno Domine de 1493. Milán unía el carnaval a la fiesta de San Ambrosio, patrón de la villa, pero ni así alcanzaba el desfogue o los excesos venecianos.

Un fraile guiaba a Caterina y, a fuerza de codazos, le abrió paso entre la muchedumbre. Desfiles, músicos, mozos y zagalas que corrían sin control, los hicieron extraviar el rumbo. No obstante, al anochecer, la viajera tocaba la puerta del florentino Leonardo da Vinci. Durante varios minutos la invadió el temor. *¿Qué haré si mi hijo me rechaza?*

Un joven acudió al llamado. La campesina hizo un esfuerzo mental, pero no reconoció a ninguno de los antiguos alumnos de Leonardo. La tranquilizó que no fuera hermoso, ni demasiado joven.

—Mis respetuosos saludos, monna Caterina. Soy Francesco Galli, apodado il Napoletano porque allá nací —retrocedió un paso—. La aguardábamos desde hacía una semana.

Al comprobar que aquella mujer estaría resguardada, el religioso se despidió:

—Me reuniré con los peregrinos, señora. La dejo en buenas manos.

La aldeana contuvo un suspiro antes de entrar. *Dejo atrás una vida y empiezo otra.*

—Hay comida en la alacena —anunció su anfitrión—. Su cuarto está contiguo a los fogones —tras leve reverencia, se retiró.

La campesina se dirigió a su habitación. Junto a la palangana descubrió una toalla de lino. ¡Qué lujo! Aunque tenía hambre, se lavó y, tras quitarse la cofia, peinó sus cabellos canos. Después fue a la cocina. De un vistazo inspeccionó los víveres. Colgadas de gruesos clavos descubrió bolsitas llenas de especias, cuyo olor aromatizaba el ambiente. Cada taleguilla, identificada por un número, correspondía a una lista donde figuraban nombre y características. *Esto sólo lo pudo haber hecho mi hijo.* No contento con tal precisión, el maestro había añadido ilustraciones tan minuciosas que Caterina las juzgó superiores a la realidad misma. Pasó varios minutos estudiando los dibujos de hojas y granos. Algunas palabras estaban escritas en latín. Ese detalle, unido a la sabiduría que destilaba aquel catálogo, la impresionó. *¿Seguirá experimentando con diferentes sabores? Apuesto a que sus criados desconocen sus gustos.* En adelante, ella prepararía sus platos favoritos.

La alacena era el único espacio donde reinaba el orden; el resto mostraba la confusión propia de un hogar al garete. Mientras comía, la aldeana alineó cacerolas, acomodó leños, dobló lienzos y limpió la mesa. Su actividad no impedía que calibrara los víveres selectos, demasiado caros. Como si quisiera cerciorarse de que no soñaba, destapó una tinaja. El aroma del aceite, tan peculiar, le recordó su juventud, los olivares, las campesinas que propiciaban amores secretos.

Dos voces la distrajeron. Procedían de una sala distante. Reconoció una, ¡Leonardo! Entonces se acercó, cuidando de no revelar su presencia. Frente a la chimenea, el pintor charlaba con un hombre robusto, de cara redonda, cabello ralo y despeinado. *Es mayor que mi hijo,* calculó, mientras se inflaba de orgullo al comprobar que Leonardo superaba en prestancia física a cualquier varón. Conservaba su extraordinaria belleza; sin embargo, la expresión se había vuelto dura. *¿Cuántas experiencias amargas ha padecido?* Cierta gracia indefinible marcaba sus movimientos y su sonrisa retenía una dulce perversión, el atractivo que nadie podía resistir. *Cuarenta años,* se dijo Caterina, *tiene cuarenta y un años.* Esa cifra resumía toda una vida.

—Donnino —concluyó el pintor en ese momento—, aceptaré tu propuesta si puedo seguir cooperando con Antonio y Evangelista de Predis. Gracias a ellos obtuve mis primeros encargos.

—Esos mediocres te explotan —repuso su interlocutor, desdeñoso, que no era otro sino Donato Bramante.

—No lo creo. Su familia me ayudó cuando carecía de amigos. También me alojó junto con Zoroastro, mi querido Meltzi, Atalante Migliorotti y Salai. Si les causamos serios inconvenientes, nunca lo insinuaron. El agradecimiento debería ser una virtud teologal.

Caterina aprovechó la pausa para exhalar. Aquel "Donnino", apodo demasiado cariñoso entre colegas próximos a la vejez, la estremeció. Durante los largos años de separación, creyó que el vicio que ensuciaba a su hijo desaparecería. Poco a poco se sacudiría la perversión de Florencia y, mediante un esfuerzo de voluntad, vencería sus inclinaciones monstruosas. Ante esos dos que platicaban demasiado juntos, en tono confidencial, las dudas resurgieron.

—Si colaboras conmigo, me importará un bledo tu agradecimiento. Adaptaré tu diseño del templo, alrededor de un tabernáculo, para remodelar Santa Maria delle Grazie. ¿Te molesta, Leonardo?

—Al revés. Me halaga que un gran artista, como tú, aproveche mis innovaciones. Muchos titubearían —meditó unos segundos—. ¿Separarás el campanile del edificio?

—Adquirirá un espacio propio… Resaltarían sus líneas ascendentes… —consideró Bramante, rascándose el mentón—. Lo decidiremos más tarde. Por lo pronto, en cuanto termine, adornarás uno de los muros.

—Lo examiné ayer. Esa pared me reta a transformarla en una pintura estupenda, Donnino. Quizá intente una composición geométrica. *La última cena* dividida en triángulos, formando uno mayor. Cristo será el núcleo, no sólo de ese espacio, sino de la naturaleza humana personificada por los apóstoles.

—¡Magnífico!

—Afinaré los detalles, pero el germen del cuadro está ahí.

—Tengo hambre —exclamó Bramante—. La palabra cena me recordó que detestas la carne, ¡hasta el pescado! Las verduras preparadas por ti se digieren fácilmente y mi panza protesta por falta de comida. En cuanto llegue a casa, me zampo un cerdo.

—Me nutro con plantas y semillas por esta razón: todo lo que se mueve siente dolor y su propio fin le provoca angustia. ¡Rehúso volverme la tumba de otros animales! Aquél que no respeta la vida, tampoco la merece.

Caterina bebía cada frase. Siempre rechazó la carne por asco, sin captar la filosofía tras esa actitud. Ahora que la conocía se consideraba sabia, bondadosa…

—Los animales me inspiran compasión. Nunca los he catalogado como meras fuentes de alimento —prosiguió Leonardo—. Si yo hubiera creado este mundo, los habría colocado entre las más altas jerarquías, arriba de los bellacos. Estos hombres, de malos hábitos y poca inteligencia, desprecian un instrumento tan delicado como el cuerpo humano, con su espléndida variedad de mecanismos.

—¡Calma, calma! Te acaloras por un simple comentario.

—Para preservar tu salud, sigue estos consejos —replicó Leonardo, sin variar su tono didáctico—. Come alimentos ligeros, bien cocidos. Mastícalos hasta formar una pasta. Permite que el agua apague tu sed. Bebe vino durante el día; jamás por la noche. Al levantarte de la mesa, mantente erguido. No sucumbas al sueño con el estómago lleno, ni pospongas una visita a la letrina.

—A propósito de letrina, ¿puedo usarla, magister? —preguntó el otro, imitando a un chicuelo.

Al darse cuenta de su pedantería, Leonardo soltó una carcajada. Bramante lo secundó, apoyándose en el hombro de su amigo. Caterina, desde su escondite, juzgó ese ademán. *¿Con qué intención el tal Donnino se reclinaba sobre Leonardo?*

—Disculpa, Bramante, no quise endilgarte un sermón. ¿Qué hago para que perdones mi petulancia?

—Cuéntame alguna de tus ocurrencias.

—Va bene —y le mostró una sonrisa de dientes perfectos—. Un hombre intentaba convencer a su vecino de que había vivido en una reencarnación anterior. "Para probarlo, demostraré que te recuerdo muy bien. Tú eras el molinero del pueblo". A lo cual el otro replica: "Tienes razón. Yo también viví antes y también te recuerdo muy bien. Tú eras el burro que cargaba sobre sus lomos la harina que yo molía".

Donato rio:

—Es tarde. Te agradezco tu hospitalidad.

Se despidieron mientras Caterina los observaba. No se besaron en los labios, ni tardaron en el abrazo. Leonardo pasó el cerrojo y al volverse, percibió a su madre. Avanzaron uno hacia el otro y, cuando ella iba a extender los brazos para estrechar a su hijo, apareció un muchacho en el corredor. La sorpresa los detuvo, igual que si un juez los pescara en falta.

Durante varios instantes, cuatro pupilas recorrieron a Giovanni Giacomo di Pietro Caprotti. Sus rizos oscuros enmarcaban un rostro moreno, donde dos ojazos parecían burlarse del mundo. El cuerpo esbelto y desnudo tenía las proporciones de una estatua clásica.

—¡Salai! —esa exclamación contenía impaciencia, reproches y un amor a toda prueba.

El jovenzuelo tendió su mano, como Eva la manzana, y el maestro la tomó con el mismo deseo y el mismo tormento que Adán. Entraron en una habitación y cerraron de un portazo. Caterina permaneció inmóvil. Cuando al fin reaccionó, se echó sobre la madera que ocultaba la intimidad obscena de su hijo. Lloró con desesperación. *¿Cómo pude pensar que Leonardo amaría a un vejete gordo y medio calvo?* Por mucho que tuviera en común con ese Donnino, al gran artista sólo lo esclavizaba la belleza. *No hay salvación para ti,* sollozó y resbaló sobre las baldosas.

El frío la despertó. Al principio no supo dónde se hallaba. Segundos después, el amanecer alumbró la sala. Entonces se arrastró, casi sin fuerza, a su habitación.

Tras el encuentro inicial, en el cual Leonardo intentó abrazarla, su actitud cambió. Cada mañana se limitaba a saludarla cortésmente. *Mi lugar es la cocina, ¿verdad?,* se dijo ella. Como criada, tenía completa libertad para hacer y deshacer, así que se propuso poner orden en esa casa. Empezó por recorrerla. Cada habitación encerraba distintas sorpresas. Se había considerado afortunada cuando Francesco le regaló un colchón para que Accattabriga pasara sus últimos días, pero eso era poco en comparación con la cama que ahora le pertenecía y, muchísimo menos, con el lecho de Leonardo, cuyo dosel y cortinas de terciopelo la pasmaron.

Los otros muebles no desmerecían en refinamiento. Un copero guardaba la vajilla. ¡Y qué vajilla! ¡Hasta había dos jarras y una bandeja de plata! Un arcón estaba decorado con medallones. Caterina no se contuvo y abrió las puertecillas. Adentro, en el mayor desorden, encontró alhajas, espejos, peines, cepillos, cinturones, hebillas y broches. En los cofres se desbordaban trajes multicolores y ropa blanca. Todo aquello deslumbraba. Sin embargo, una novedad la atrajo todavía más: el escritorio. Nunca había visto uno. La cubierta mostraba incrustaciones de mármol, ágatas y lapislázuli. Apenas creía que fuera posible tanta elegancia. Leonardo debió pagar una fortuna… y no se lo reprochó. Ese sitio especial, dedicado a la escritura, debía ser bello. En la bodega encontró cereales, semillas, vino y aceite. ¡No tendría que acarrear agua del río! La cisterna estaba a unos pasos de la cocina.

Una vez que conoció la extensión de su tarea, puso manos a la obra. La primera semana limpió cacerolas y sartenes con ceniza y lavó las ánforas; la segunda, confeccionó pastas y tartas empleando los utensilios arrumbados en una caja; la tercera volteó colchones y cojines, cepilló cortinas y capas, engrasó el cuero, abrillantó los candelabros; la tercera, le asignó a cada objeto un sitio preciso. Por último, aprendió a coser botones, una invención excelente, mejor que los lazos. Aquella armonía agradó a Leonardo, quien de pronto encontraba lo que buscaba y tenía la comida servida a tiempo. Satisfecho, acudió a la habitación de su madre y, tomando las manos que habían trasformado su hogar, las llevó a sus labios.

—Grazie, donna.

Caterina aceptó ese agradecimiento, pues abría el camino para recuperarlo. A partir de aquella fecha, platicaban ocasionalmente sobre temas inocuos. Tras el desayuno, la aldeana entregaba las cuentas del mercado.

—Gastas poco.

—¿Falta algo en tu mesa?

—No, nunca comí mejor —invariablemente recomendaba—. Si necesitas algo para ti, cómpralo.

Caterina asentía, aunque jamás aprovechó tal ofrecimiento.

Los florentinos que acompañaban al maestro en el destierro la trataban con un respeto por encima de su condición humilde. Esa ambivalencia le impedía dilucidar cuánto conocían del pasado compartido por Leonardo y Caterina. Los demás, aprendices, clientes, mecenas y visitantes, ni siquiera se percataban de su existencia. A nadie asombraba que Da Vinci hubiera contratado a una cocinera.

Aunque me rodea una multitud, me siento sola. Ese aislamiento le permitía hacer comparaciones entre María Magdalena y ella. Si bien la santa había pecado con la carne, igual que ella, su amor por Jesús la redimía. Apenas resucita, Cristo se le aparece. Si Dios la absuelve, *¿no puedes tú, hijo, perdonarme el pecado que te trajo al mundo?*

Hincada ante la cruz, rezaba. *Las rodillas me punzan. Señor, sostenme.* En medio del dolor pedía incansable, con fe ciega, ya no su salvación, sino la de Leonardo.

Sobre la servilleta que Caterina bordara para él, el pintor depositó una llave. *¿Abrirá la única puerta cerrada?* Esa muestra de confianza le causó una alegría profunda. Después, temiendo equivocarse, se contuvo. Metió la llave en la cerradura, la hizo girar, ingresó a un universo que sobrepasaba cualquier expectativa. ¿Cómo describir su emoción ante aquella sala magnífica? La luz entraba a raudales, no había cortinas y grandes bocetos colgaban de las paredes. Sus sentidos despertaron para captar cada detalle, del techo al suelo, sobre estantes y libreros. Su mente se esforzaba por memorizar maravillas.

De pronto, los diferentes órganos y vísceras que flotaban en probetas llamaron su atención. ¡Un feto! Retrocedió horrorizada y casi puso la mano sobre unos braserillos. Al alzar la vista, distinguió volutas de incienso. Aromas orientales, colores, tintas, pliegos, telas, piedras y plantas la cercaban, estrechándola en un abrazo. *Este cuarto encierra el espíritu de Leonardo.* Era un refugio, el sitio donde Leonardo pasaba horas, sin testigos, haciendo experimentos.

Al darme esta llave, compartes tu alma conmigo. Sus ojos se humedecieron: debió cerrarlos para recuperarse. Luego acarició, levemente, cuadernos, mapas, planos, estatuas y máquinas. Le parecía caminar en medio del caos, burbujeante, vivo, que se concretaría en una nueva creación cuando recibiera el toque genial del artista.

Días enteros le costó habituarse a ese tesoro. Si quebraba algo, destruiría lo irremplazable. Al fin se aproximó a la mesa, corazón de aquella sala. Estudió los dibujos de aparatos extraños y comprendió que, a pesar de su perfección, requerían explicaciones. Por eso Leonardo escribía columna tras columna, aclarando los conceptos más difíciles para que nada quedara en la oscuridad.

Un lienzo detuvo su mirada. Alzó una punta... *¡Santa María! La Virgen, purísima, castísima,* era ella, Caterina da Vinci, de muy joven. *¿Por qué pintaste mi cara? Sabes que me perdí cuando forniqué con Piero. No merezco este honor, ni la Madre de Dios mi degradación.*

Leonardo había pintado a la madonna en una cueva húmeda. El único resplandor emanaba del rostro, pero era tal su intensidad que iluminaba el entorno. *¡Cuánto hubiera dado por ser tan bella como su hijo creía!* Sus ojos, sedientos, se recrearon en la obra. Un ángel —*¡Leonardo, eres tú, Leonardo!*—, señalaba a Cristo niño y a San Juan. Tardó minutos enteros en apartar la vista. Después la pasó en una hoja, bajo un pisapapel. "Contrato del 25 de abril de 1483, escrito por el notario Antonio de'Capitani. Se le otorga al magister Leonardus de Vinciis florentinus. La pintura adornará la capilla de la Inmaculada Concepción. Especificaciones: la madonna y el Niño Jesús estarán rodeados por un grupo de ángeles y dos profetas. Se empleará polvo de oro. Fecha límite para la entrega, 8 de diciembre. Pago total 800 liras". Había un espacio en blanco; luego: "Evangelista Predis decorará el marco; Ambrosio, su hermano, los dos paneles laterales; el maestro la pieza central".

—Hubo problemas —afirmó una voz a sus espaldas. Asustada, se volvió para enfrentarse a Francesco Meltzi—. Los frailes demandaron a la familia Predis. Pidieron una compensación porque no acataron sus indicaciones —actuaba con naturalidad, como si fuera lo más normal del mundo toparse con una intrusa.

—¿Qué haces aquí? —indagó ella.

—Me encargo de la limpieza. Tardo horas en sacudir cada cosa. Debo colocarla en el mismo sitio o el maestro desperdiciará un tiempo precioso buscándola —para ilustrar su tarea, abrillantó una cuchara; después la ubicó en la posición exacta—: Los Predis no se quedaron con los brazos cruzados, monna Caterina. Atacaron a su vez, poniendo en juego influencias y amistades. Su esfuerzo dio frutos. Tras enviar una súplica a Ludovico Sforza, los frailes debieron agregar cuatrocientas liras a la suma pactada, pues el primer abono apenas pagó el marco.

—Esos malditos regatearon hasta el último céntimo mientras aquí nos moríamos de hambre —afirmó otra voz. Segundos después, Giacomo hizo su aparición.

—¿Cuánto hace que escuchas tras la puerta? —indagó Meltzi, molesto.

—Desde que ella se metió a este cuarto sin permiso.

A la anciana se le colorearon las mejillas. Sin una réplica, enseñó su llave.

—Ahora habrá menos control sobre quién entra y quién sale de aquí —rezongó el muchacho.

—La señora tiene privilegios especiales. Vino desde Florencia para servir al maestro. Como sabes, es vegetariano y no todas las cocineras se adaptan a sus gustos.

—De hoy en adelante, yo me encargaré de limpiar esta habitación —agregó ella.

—Espero que cierres la puerta.

Caterina lo hubiera zarandeado. Por instinto rechazaba a ese jovenzuelo.

—¿Qué quieres? —indagó Meltzi.

—Quiero que te enteres de algo importante. Gracias a los malos negocios de Leonardo, me faltaban camisas, escarpines, una capa...

—¿Y?

—Y, gracias a mi insistencia, ni Leo, ni los Predis, bajaron el precio. Entonces Ludovico, a quien le fascinaba esa pintura, la compró para regalársela al emperador Maximiliano cuando se casó con Bianca.

Caterina fijó su vista en Giacomo. Juzgaba un insulto que ese rapaz mencionara al maestro sin el menor respeto. No obstante, guardó silencio. Por su parte, él se aproximó hasta marearla con su perfume:

—¿Quién es Bianca? —preguntó la aldeana.

—La sobrina del Moro. Ahora vive en la corte de Innsbruck.

Caterina no tenía idea de dónde se localizaba ese sitio y lo consideró tan lejano como la luna.

—¡Qué lástima! Nunca podré ver la obra original de… —se tragó la última palabra. *No debo llamarlo hijo.* Esa prohibición la hizo encogerse un poco.

—Te equivocas. Podrás verla, porque hay dos iguales.

—La cofradía no soportó la pérdida de la pintura —explicó Meltzi—. Los frailes, ya sin regateos, ordenaron una segunda versión de La Virgen de las rocas y, para evitar problemas, el maestro y los Predis se apegaron a las especificaciones: pintaron halos sobre las imágenes.

Con su desparpajo acostumbrado, el mozalbete la increpó:

—No conoces el original pero, ¿qué piensas de este primer esbozo?

Tardó unos minutos en contestar, mientras su interlocutor la observaba, esperando que cometiera un error. En ese momento Leonardo irrumpió en el cuarto, pero sólo Meltzi se dio cuenta de su presencia. Al fin, Caterina repuso:

—Las manos forman un círculo: la de la madre protege, la del ángel apunta al Redentor, la del niño bendice. Nunca había visto una composición semejante.

—Hasta hoy, nadie había descubierto que el punto central es, precisamente, ese círculo —interpuso el pintor. Contempló a su madre en silencio mientras musitaba—. La composición surge alrededor de un estudio de manos femeninas. Lo pinté hace años, teniendo como modelo ésta —el azoro de Caterina se desbordó en el momento en que su hijo le tomó la diestra. Da Vinci, absorto, evocaba otro tiempo cuando su madre no tenía la piel marchita, ni los engarrotados.

Francesco Meltzi comprendió que su presencia y la de Giacomo sobraban. Hizo una leve reverencia y, pescando del brazo al muchacho, lo obligó a salir.

Caterina, incapaz de controlar su admiración, prosiguió:

—Este brillo avala la santidad de los niños y María, a pesar de la oscuridad, no tiene miedo, sonríe —se sintió segura. El arte la unía a su hijo—. ¿Esta sonrisa es la que veías en mis labios? —preguntó quedo; tanto, que Leonardo adivinó ciertas palabras.

—Sí, es tu sonrisa. Tardé años en poder plasmarla en un lienzo —su admisión también la asombró. ¿Dónde quedaban la arrogancia y el orgullo de antaño? Acaso se habían perdido en Milán: el destierro. *Entonces, hijo, ¿te hago falta?* Para romper aquel silencio, Leonardo reanudó—. Así que, según tú, la Virgen no tiene miedo.

Caterina se aclaró la garganta:

—¿Quién lo tendría si a su alrededor crecen las flores de la Toscana? El acanto simboliza la resurrección y estos pétalos rojos y amarillos, entre las rocas, representan la sangre de los mártires. ¿Recuerdas? Me enseñaste el significado de cada planta.

—Todavía guardo mi catálogo. ¿Sabes por qué lo empecé? Te veía preparar brebajes para los enfermos. Aquellos olores, las curaciones, los emplastos, despertaban mi curiosidad. Casi sin darme cuenta me adentré en la herbolaria.

Leonardo hubiera descubierto todo lo que sabe sin mi ayuda. Su inteligencia sobrepasaba cualquier barrera. *No obstante, el agradecimiento demuestra la nobleza del espíritu.* Se le llenaron los ojos de lágrimas. *Lloro por cualquier cosa,* refunfuñó, impaciente. *No, no por cualquier cosa.*

Intuyó el motivo de aquella transformación: su hijo estaba a un paso de la vejez. Los arrebatos habían quedado atrás, la madurez matizaba sus juicios. *La imbecilidad todavía lo saca de quicio, pero critica con menos rigidez los errores humanos.* Por otra parte, la vida había sido generosa con él. *Tiene lujos, dinero, fama y es el artista más importante de la corte.*

Conocer al hijo a través de su obra, le dio nuevos ánimos. Acababa sus tareas y emocionada, radiante, corría al estudio y abría la puerta… Esa mañana Giacomo ya estaba ahí, con los codos apoyados sobre la mesa. Presumiendo de su intimidad con el maestro, dijo:

—Para entender lo que Leo escribe, haz esto —cogió un espejo y lo puso en la posición correcta. Al reflejarse, las palabras se volvieron legibles—. Cuando descubres el truco, es fácil.

Aparece en cualquier parte, como por encanto. La desconcertaba y al mismo tiempo adivinaba que, si lo ponía en su contra, su enemistad le costaría cara.

—¿El maestro te permite leer sus escritos?

—No —repuso con una sonrisa encantadora—. Una tarde comentó que su letra no había variado, por eso sería muy difícil saber a qué época pertenece cada nota. Mira, llena el cuaderno al azar. Se salta hojas, empieza de nuevo. En esta casa no soy el único caprichoso.

—Hay una razón para tomar tantas precauciones —protestó Caterina, pero calló que la Inquisición siempre estaba cerca. Después, escudriñó el espejo—: "En 1484 hubo una plaga en Milán. Mató a una tercera parte de la población".

—Presta, terminaremos más rápido —dijo Giacomo. Su voz reemplazó los torpes balbuceos femeninos—: "Los cadáveres y las fosas comunes despiden efluvios putrefactos. Ni siquiera el agua de rosas disimula esos olores". Y, ¡añade una receta para destilar pétalos! Leo se lava dos o más veces al día y me obliga a imitarlo. Es muy raro.

La campesina, contrariada, se mordió los labios. Estudió unos dibujos…

—¡Qué hermosa ciudad!

—Se construirá en el futuro. El hacinamiento y la basura ayudan a propagar la peste —afirmó, apropiándose de las teorías del artista—. En nuestra época la gente nunca se baña, los animales corretean por las calles, las criadas arrojan orines y caca por la ventana. Todo esto cambiará. Leo introdujo…

—"… un sistema de drenaje y canales para el lavado de la vía pública y la disposición de excrementos" —acabaló la aldeana. Luego se hizo a un lado—. Prefiero que leas tú.

—De acuerdo —pavoneándose, aclaró su garganta—: habrá plazas y logias. Trazaré las calles a escuadra, con un nivel superior para los peatones y uno más bajo para el transporte de bienes y materiales. Los edificios se construirán en espiral; una escalera circular facilitará el ascenso a los segundos y terceros pisos. Las chimeneas tendrán mayor altura, pues dispersarán el humo por encima de las casas. De esta forma se respirará aire más puro. Y… ¡mira! Una silla sobre una letrina. Se vacía con esta palanca y al terminar la enderezas. Ingenioso ¿eh?

Esa pedantería atragantó a Caterina. *Se atreve a calificar a mi hijo, como si lo aprobara.*

—Separará las áreas de trabajo y de las habitaciones —al señalarlas, Giacomo mostró sus anillos—. Leo también es orfebre. Él diseña nuestras joyas —sin transición, añadió—: acá están los talleres; mucho más lejos, las mansiones de los ricos, rodeadas por parques y jardines.

—¿Y aquí?

—Una especie de catacumba donde habitan los mendigos.

Caterina apenas creía lo que escuchaba.

—Rara vez verán el sol.

Esa enorme mazmorra le parecía indigna de un cristiano.

—Si todos vivieran en palacios, el duque habría descartado estos diseños y jamás hubiera abierto plazas o calles anchas cuando se extinguió la peste. Así es el mundo, Sea Caterina.

—¿Cuántos años tienes? —indagó ella, conteniendo el impulso de darle un sopapo.

—Demasiados —sin transición continuó—: el artista debe obtener el apoyo de los poderosos, pero Leo no es tan astuto, ni tan duro como cree —al captar el doble sentido de su frase, se carcajeó. Mas, ante el reproche silencioso de Caterina, dijo—: La peste nubló su espíritu. Estaba tan triste que se distraía escribiendo cartas a Kait-Bai.

—¿A quién?

—Un gobernador egipcio; de mentiras, desde luego. Lo inventó para tener un corresponsal. ¿Te las enseño?

Caterina asintió. La azoraba que su hijo ideara aquellos pasatiempos. *¿Entendí bien? ¡Le escribe a alguien que no existe!* Si seguía descubriendo tantas cosas extrañas, no respondía por su cordura. Mientras, Giacomo localizó un legajo.

—En esta carta, Leo cuenta por qué viajó al Asia Menor: "El sultán me ha confiado una misión secreta. Para cumplirla crucé Armenia hasta Claindra. Esta ciudad tiene a sus espaldas unas montañas muy altas; casi tocan el cielo. El sol las ilumina apenas despunta el día. Entonces, las rocas reflejan una luz pálida y fría, semejante a la luna llena. No disminuye, ni siquiera de noche, igual que si un cometa alumbrara esos campos". ¿Te gusta la descripción?

—Es asombrosa. Parece que estoy ahí.

Su espíritu, acostumbrado a la estrechez de un pueblucho, se expandía y tal esfuerzo la fatigaba.

—¡Yo también lo creí! ¡Y Leo jamás ha salido de esta península! Imagina viajes… —un grito lo interrumpió—. ¡Salai! Y el muchacho salió corriendo de la habitación.

Vaya, ahora resulta que su altanería es una pose. Giacomo obedece a Leonardo con la misma sumisión que los demás.

A solas, se sintió libre. Pudo sentarse y aflojar los lazos de sus babuchas. Debía descansar. Sin embargo, aquella sed de portentos seguía acuciándola. Cogió un cuaderno: "16 de marzo de 1485, eclipse total de sol". A continuación, un papel perforado en el centro y, adjunto: "Cómo observar un eclipse sin dañarse los ojos".

En la siguiente hoja: "Observé al águila batir sus alas". El dibujo mostraba las plumas con tal minucia que Caterina imaginó, fácilmente, la majestuosidad del movimiento, el combate contra cielo y nubes. *Leonardo me presta sus pupilas,* suspiró. *Hoy aprendo a ver.* Prosiguió: "Si un hombre tuviera alas lo bastante largas y bien pegadas a la espalda, se sobrepondría a la resistencia del aire, conquistaría su fuerza y, de un impulso, volaría".

Caterina habló en voz alta, como hacen los viejos para acompañarse:

—Un milano lo visitó en su cuna y le susurró algo al oído. Desde entonces quiere volar. Sueñas imposibles, *caro filio*; acepta el peso que nos ata a esta tierra.

Como no podía darle un par de alas, ni pedirle a Dios esa merced, regresó a su cuarto.

En la cocina se detuvo por un momento. Los carbones, todavía encendidos, fragmentaban la penumbra de la chimenea. Al contemplarlos, la consoló un pensamiento: *Si alguien fuera capaz de descubrir los secretos de las aves, no lo dudes, Leonardo, serías tú.*

El tiempo transcurría, inalterable, y los días se semejaban uno al otro. Caterina dedicaba las mañanas al mercado. Regateaba a señas, haciendo valer su dinero hasta conseguir una rebaja. Sus recorridos por las calles le mostraban escenas ajenas al campo. En Milán, las mujeres trabajaban en hornos y carnicerías, preparaban mostaza, vinagre, quesos, tartas, galletas, natas y mantequilla; *venden frutas y verduras*; también tejían cordones. *Apenas lo podía creer, ¡no dependen de su marido!*

Me gustaría caminar por otras calles, pero la atemorizaba extraviarse. Así que nunca conoció los talleres repletos de costureras y bordadoras, ni los hostales donde almas caritativas atendían a los enfermos.

Además, no tenía tiempo. Para corresponder a múltiples invitaciones, su hijo organizaba banquetes principescos. Una noche, el maestro y sus discípulos cenaban paladeando, junto con las viandas, el sabor de una buena charla. Cuando sólo quedaban una jarra y copas medio vacías sobre el mantel, la conversación languideció.

—Tengo sueño —anunció Giacomo—. Vámonos a acostar.

Leonardo, a quien iba dirigido ese mandato, fingió no haberlo escuchado.

—Resumamos nuestras conclusiones —propuso—. De otra manera, nuestra plática quedará en naderías.

Los comensales se aquietaron, pendientes de sus palabras. Sólo Giacomo frunció el ceño, cruzó los brazos y, por un momento, se mantuvo inmóvil. Después, echó la silla hacia atrás.

—¡Buenas noches! —de un manotazo tiró la jarra. El vino se esparció en hilillos rojos.

Nadie pareció darse cuenta del percance, excepto Caterina. Trajo cubeta y trapo, se hincó y, tragándose su enojo, limpió el suelo.

—Como decíamos, al gozo siempre sigue el dolor. La experiencia posee dos caras, una negativa y otra positiva. Si alguien proporciona placer, también causa tribulaciones —el maestro posó su mirada en Giacomo quien, dándose por aludido, abandonó la habitación hecho una furia—. Tal dualismo lo representaría… —se volvió y, sin necesidad de más, un alumno trajo papel, pluma, tinta y secantes. Los colocó ante Leonardo, mientras el resto esperaba. Sus hermosas manos alisaron el pliego. Al acabar, trazó una figura—. Así representaría esta idea: un hombre con dos torsos, cuatro brazos y cuatro piernas. Se unen en la cintura. Un rostro, el de un anciano depravado, gira hacia la derecha; el opuesto pertenece a un imberbe, quien todavía sonríe, consciente de su precaria pureza.

—Ponga, maestro, varias monedas en la diestra arrugada y temblona, pues cuestan caro los caprichos de los viejos; en la siniestra, un junco para que castigue y doblegue su lascivia —sugirió il Napoletano.

Aunque el oficial hablaba con deferencia, Caterina captó un dejo irónico en tal petición. Sin embargo, el pintor obedeció enlazando los cuatro brazos del monstruo, de manera que las manos proporcionaran placer o dolor, sin posibilidad de una separación abrupta.

—¿Te agrada? —indagó, escudriñando a Galli.

—Me agrada y aún diría que distingo sus rasgos y los de Giacomo en esas dos caras.

—Es probable —repuso Da Vinci, sin parpadear. Ladeó una copa, absorto en sus meditaciones—. La virtud implica virilidad, pues deriva del latín vir, varón o macho. Es la mejor parte de uno mismo —sus alumnos estaban acostumbrados a esas réplicas, al parecer fuera de contexto—. Un hombre siempre lucha por ascender; no obstante, fuerzas contrarias se oponen y lo hunden en una sexualidad infecta, que enloda su espíritu.

Tras una pausa incómoda se levantaron de la mesa y cada quien se dirigió a su habitación. Únicamente Leonardo lo ponía en su sitio. Como si aquel silencio la hiciera recuperar el movimiento, Caterina se le aproximó. Su oficio de madre, que había criado hijos durante una vida, se rebelaba.

—Educa a Giacomo —su tono áspero la sobresaltó. *Pero ya está dicho*—. Es tu deber como maestro. ¿Por qué le permites esos desplantes?

—Yo también me lo pregunto —y otra vez empezó a hablar consigo mismo—: Salai vino a quedarse conmigo el día de la Magdalena. Vivía en Oreno, cerca de Monza. Su abuelo le heredó algunas tierras, suficientes para pagar su aprendizaje.

—¡Qué coincidencia! Tu abuelo también era rico y te consentía.

—Por si algo faltara, su madre se llama Caterina. Salai, Salaino —el diminutivo descubría su ternura—, siempre fue un diablillo travieso. Causaba demasiados problemas y, por ese motivo, sus padres se deshicieron de él. En cualquier caso, tiene talento. Lo convertiré en un artista.

—Y mientras te sirve de recadero, modelo y...

No añadiría algo que interrumpiera aquella intimidad. Su hijo estaba melancólico y ese ánimo propiciaba las confidencias.

—Al día siguiente de su llegada le compré medias; también encargué un jubón al sastre. Aparté ese dinero y... ¡desapareció! Cuatro florines en total. Aunque jamás lo admitió, Salai los hurtó. Estoy seguro. Lo mismo ocurrió en la mansión de Messer Galeazzo da San Severino. Mi pequeño demonio vació una faltriquera. Dos fiorino d'oro,* más cinco soldi. Agostino da Pavia me regaló una piel para un par de zapatos, pues la vendió por veinte soldi y se compró dulces de anís. ¿Sigo?

—Es suficiente —replicó la aldeana.

—Lo catalogaría en cuatro palabras: ladro, bugiardo, ostinato, ghiotto.

Exacto, pensó ella, *ladrón avaricioso, obstinado y embustero.*

—No importa. Vivirá a mi lado mientras quiera.

—¿Qué te da a cambio?

—Su belleza, Sea Caterina.

Apenas pronuncio una frase que lo irrita, Leonardo levanta una barrera con el "sea" que tanto detesto.

—Jamás he visto un rostro tan perfecto como el de Salai. Lo retrato; a veces lo sueño. Todavía no logro atrapar su esencia, ni en sus rizos negros, que me deleitan, ni en su sonrisa, tan semejante a la de usted.

—Entiendo —refunfuñó, dando por terminada la plática. No tenía paciencia para ser tratada de "usted", como una visita inoportuna.

En la cocina, lavó los cacharros con el agua que había calentado de antemano, mientras sus pensamientos corrían dispersos:

---

* Florín de oro.

Mi hijo se siente culpable. ¡Y lo es! Pervirtió a un inocente. Una punzada la obligó a frotarse la sien. Los mareos se repetían y a veces duraban uno o dos minutos. *Debo descansar.*

De pronto, no soportó más: su mente se desquició. Levantó una mano apartando lo que creía tener enfrente. Los cuadernos se deshojaban. Miles de dibujos se introducían en su cerebro. *Ruedan con tal rapidez que apenas los distingo.* Leonardo susurraba explicaciones: "Cuatro alas girarán cortando el aire y, cuando alcancen su máxima velocidad, alzarán la máquina voladora en línea recta hacia el cielo". *Mi hijo carga un crimen sobre su conciencia.* Recordaba las advertencias de un monje trashumante: "Más vale cortarse una mano que robar". El predicador se arremangó y mostró su muñón a la audiencia. "Sacarse los ojos a ver indecencias", la muchedumbre fijó la mirada en el parche que ocultaba una cuenca vacía. "Mutilarse con tal de no corromper nuestra castidad", entonces, todos supieron que aquel hombre era un santo. *Mi hijo sufrió vejaciones en la bottega del Verrocchio. Corrompieron su cuerpo. Y su espíritu.* Con el puño cerrado golpeó su pecho: *Mea culpa, mea culpa.* Quería que su hijo aprendiera un oficio y lo dejó a la merced del pecado. Solo. ¿Acaso un pueblerino podía salvaguardar su pureza en un ambiente donde el mal era un bien?

Dos moscas revoloteaban sobre un platón. Se posaron en un higo y, al espantarlas, las letras diabólicas de Leonardo, legibles a través de un espejo, bailaron en remolinos. *Caro filio, jamás has tratado de regenerarte. Estás a merced de Satán.* Alzó la diestra para santiguarse… *Ardo en fiebre.* La cruz quedó inconclusa y ella sin resguardo.

¿Por qué tolera a Giacomo? Porque Leonardo se refleja en él. Su madre se llama como yo, Caterina. Apoyó su cuerpo en el fregadero. El dolor martillaba su cerebro; las frases rotas seguían martirizándola: "A Galeazzo, Benedetto, Ioditti, Gianmaria, Girardo, Gianprieto y Bartolomeo les enseño a trazar tu sonrisa". *¡Yo soy la culpable! Lo levanté si tropezaba, sequé sus*

lágrimas, le velé el sueño: lo eché a perder. "Hice un horno diminuto y la máquina de movimiento perpetuo". Ya ni siquiera se oponía a ese asalto de palabras y fórmulas. *¿Y si yo le hubiera heredado a Leonardo su naturaleza pervertida? Se parece a mí. Los mismos ojos, aseguraba Sea Lucia. Idéntico cabello y tez y boca.*

La encontraron desmayada. El maestro no tuvo que hacer alarde de fuerza: fácilmente levantó aquel cuerpo viejo y lo recostó en el lecho.

—Apliquen compresas frías. Comerá caldos sustanciosos y, desde luego, evitaremos las sangrías.

Francesco Meltzi se encargó de cuidarla. A ratos, el maestro lo relevaba. Sentado al lado de la enferma, le tomaba la mano.

—Madre, ¿me escuchas? Hace tiempo hice una pintura con la Virgen, sin ángeles, ni querubines. Un cliente se enamoró de la imagen y me pidió borrar la aureola para transformar a la Bienaventurada en mujer. Únicamente así podría besarla. Poco después, su conciencia ganó la partida y regaló el cuadro a unos frailes.

Leonardo quería decir gracias, *gracias porque me acompañas,* pero una mordaza lo impedía. Sus pensamientos se confundían. *Dibujaste el recorrido de las venas. Nunca vi tantos libros juntos. Ni siquiera en la biblioteca de Ser Antonio. Tu perro. Hace años murió. Describiste el diluvio.*

—En caso de una inundación universal pocos se salvarían —afirmó Leonardo. *¿Acaso me escuchas, hijo? ¿Pienso a voces?*—. Por más que los náufragos naden a contracorriente, el agua los engullirá. Tengo una pesadilla recurrente: que a mí me traga el olvido.

—¿Qué dices, monna Caterina?

Sus ojos reconocieron a... ¡Meltzi! ¿Leonardo nunca estuvo aquí?

Se levantó lentamente para no despertar a quien la velaba. Debía espiar por la cerradura. El cuarto del maestro estaba a oscuras; apenas se oía la respiración acompasada de dos cuerpos. Ahora la comprobaba: dormían abrazados.

Al regresar a su lecho, la enferma permaneció despierta. Durante horas se agitó, sintiendo su corazón latir, errático, bajo su mano. De pronto, ¡el sol brilla en lo alto! Su cuidador, ¿el carcelero?, había abandonado el puesto. *Estoy sola.* Consciente de su mal, se diagnosticó: *Mi mente me traiciona.* Eso le causaba infinita angustia. *¡Dios bendito, no permitas que muera atada a una cama con camisa de fuerza! La inteligencia nos distingue de las bestias, consérvamela. Ora pronobis. Cúrame. Ora pronobis. Sálvame.*

Leonardo agitaba un papel, furioso:

—Una capa, seis camisas, tres jubones más cuatro calzas, trece florines y ocho sueldos; un traje forrado, cuatro pares de zapatos, seis florines y cinco sueldos. ¡Un gorro y hebillas para cinturón! ¿Qué más quieres, Salai?

El muchacho rojo de indignación, chilló:

—No vuelvo a pedirte nada. Me vestiré como pordiosero para darte gusto —giró sobre sus talones y hubiera escapado si el maestro no lo detiene.

—No grites. Entiende, mantengo seis bocas. Capisci?

—¿Y qué importa? Reduce el número de tus ayudantes.

—Zoroastro, orfebre; Giulio, herrero…

—… Angelo, pintor; Francesco Galli, grabador, bla, bla, bla —lo interrumpió, burlón.

—Los necesito, Salai. Sin ellos, no cumpliría mis contratos. Además, nadie me paga a tiempo —alzando la mano, atajó la réplica de su amante—. No, no me quejaré ante la corte. Me molesta grandemente mendigar mi sustento.

—¿Y yo tengo que sufrir las consecuencias?

—Cínico —ni siquiera entonces alzó la voz—. Soy yo quien se muere de vergüenza cuando resuelvo tus problemas. Ayer le robaste una pluma a Marco, valía veintidós sueldos.

—La tomé prestada.

—¡Giacomo! —lo llamó por su nombre, signo de impaciencia—. Intenta ser razonable.

Salai le dio la espalda, cruzó los brazos sobre el pecho y se mantuvo inmóvil. Entonces, el maestro lo tomó por los hombros, susurrándole palabras al oído. Al cabo de un momento, su alumno correspondió al abrazo y ambos quedaron muy juntos.

—Leo, ¿también me regalarás un anillo?

—También —musitó, vencido.

Apoyó su cabeza en el pecho del pintor. Los dedos, creadores de portentos, acariciaron los rizos oscuros. En esa pasión nefasta existía la ternura. Tanta, que se desbordaba.

Volvieron a encontrarla en el suelo, rígida por el frío y acaso por el temor. Leonardo ordenó que alguien la vigilara constantemente y el encargo recayó sobre Salai.

—Al fin harás algo útil —se mofó Zoroastro.

Cada mañana entraba en la habitación de la enferma y le contaba todo lo que sabía o inventaba; no para distraerla, sino para escucharse.

—Desde que Leo estableció esta bottega algunas pinturas las hace él y las vende a precio de oro; en otras sólo "mete mano". Él dice, a menor calidad, menor precio. Yo digo, mientras ganes lo suficiente, ¿a quién le importa si copias o creas?

Caterina lo escuchaba a medias. Le desagradaba ese muchacho, vano y manirroto, pero era su única fuente de información. Sólo así conocería aquellos años en que su hijo vivió sin enviarle un saludo.

—Leo es muy estricto. Rara vez nos regaña, pero tampoco se muestra satisfecho. Yo jamás lo he oído felicitar a nadie, excepto a su asistente Giovanni Antonio Boltraffio. Lo llama su "único alivio". ¡Ni siquiera le molesta que sea bastardo!

*Quizá lo consiente, para resarcir al pobre Giovanni Anto-
nio de ciertas penas,* caviló la enferma. En ese momento, las
campanas tocaron a Sexta.

—Me voy. Leo prefiere que pose "cuando la luz cae a pi-
que, diluyendo las sombras".

Acomodó sus cabellos maquinalmente. Su belleza le daba
seguridad: mientras fuera hermoso, tendría al maestro a sus
pies.

Al cabo de una semana su palabrería se agotó y Giacomo no tuvo
más remedio que acudir a los cuadernos de Leonardo. Elegía
uno al azar y lo llevaba al cuarto de Caterina. Lo abría ante un
espejo. ¡Qué triunfo entender lo que escribía el maestro!

—Aquí dice: "Signori padri diputati, escojan mi diseño o
el de algún otro que demuestre, mejor que yo, cuáles reglas de
construcción resuelven nuestro problema".

—¿A qué se refiere? —indagó Caterina, entre toses. *Un
tumor avanza por mi pecho. Dios mío, no me maldigas, aunque
lo merezca, con una larga agonía. Ya soy un estorbo. Al menos
ordena que esto acabe pronto.*

—A la fabbriceria de la catedral, supongo. Los diputados
querían coronar la parte central del templo con un tiburio y
Leo metió su diseño a concurso —su índice recorrió el dibujo—. ¿Ves? Los arcos distribuyen el peso transversal con más
eficiencia que las columnas. Tardaron tres años en asignar el
contrato. Cuando lo hicieron, a Leo ya no le interesaba. Su
nombre ni siquiera se incluyó en la lista final. A pesar de todo,
ayudó a completar el ábside.

—¿Por qué crees que rechazaron sus planos?

La tos cortaba sus palabras y Giacomo se conmovía, a su
pesar, ante tanto sufrimiento.

—Quizá porque Leo comparte las ideas de Vi-tru-vius
—separó las sílabas para no cometer errores—. Cree que hay
puntos comunes entre la arquitectura y la anatomía humana.

El altar del templo corresponde al ombligo. Hasta ahí todo iba bien, pero Leo dijo que el hombre es la medida del mundo y los canónigos se asustaron.

Aquello olía a herejía, dedujo Caterina.

—Así que eligieron a otro ingeniero —cerró el cuaderno—. ¿Te enseño su tratado?

Ella asintió y Giacomo corrió a buscarlo. *Admira a Leonardo, pues presume sus logros como propios. Por lo tanto, tenemos un punto en común.*

—Aquí está: *Sobre el cuerpo humano* —el muchacho bajó la voz—. Sea Caterina, nadie debe enterarse.

Aseguró la puerta y, con cierto recelo, abrió el libro. Al igual que los cuadernos estaba forrado de cuero. Se acercaron uno al otro para compartir aquel peligro: examinarían un texto herético.

A través del espejo, sudando frío, leyeron en susurros. A veces el muchacho descifraba lo escrito; otras, la campesina interpretaba las frases con una lógica desconcertante:

Este trabajo estudia la naturaleza del vientre, cómo un feto vive ahí dentro, se nutre y crece; qué intervalo requiere para pasar de un estado al siguiente, qué lo expulsa y por qué nace; en algunas ocasiones, antes de tiempo.

Explica por qué algunas personas crecen más que otras y detalla las medidas de un niño de un año. También define a un varón y a una mujer, su naturaleza, complexión, color y fisonomía y de qué modo están distribuidos nervios, venas, músculos y huesos.

En otro libro sintetizaré los cuatro temperamentos, sobre todo dos: la alegría (con actos como la risa y sus causas), y la ira, que desemboca en acciones violentas (asesinato, huida, miedo). Catalogaré los movimientos de los músculos que se emplean en diferentes tareas: jalar, empujar, cargar, apoyar y movimientos similares.

Dedico un tercer libro al sistema nervioso. Afirmo que el cerebro contiene tres cámaras. La primera, impresiva, reúne impresiones de los cinco sentidos y la pasa al sensus communis, el hogar de la razón, la fantasía y el intelecto; es decir, el asiento del alma. Una vez descifrada esta información, se guarda en un tercer compartimento, la memoria.

El estudio de la óptica requiere un tratado completo. Aproxima al investigador a Dios pues la elegancia simple y hermosa del fenómeno óptico se apoya en las matemáticas; por consecuencia, en las bases del universo. La óptica investiga la iluminación del universo.

—Ahora comprendo por qué a Leonardo no le interesa el Nuevo Mundo del que tanto se vanaglorian los castellanos. El nuestro contiene un número tal de sorpresas que apenas bastarían cien vidas para explorarlo.

—Lo que Leo escribió es sólo un resumen de futuras obras.

Una vez que desarrolle sus ideas, ¿podré captarlas? ¡Mi cerebro es débil, espantosamente torpe!

—Estoy cansada. Necesito dormir.

Era la señal convenida. Salai no se hacía del rogar. Cerraría las cortinas ¡y al diablo con untarle emplastos! Vería qué comprar en la plaza.

—Hasta mañana, Sea Caterina.

Ella asentía, sin prestar atención. *Siempre lo supe. Estoy frente a un hombre excepcional: mi hijo.* La naturaleza desplegaba sus secretos ante todos, mas sólo Leonardo los cuestionaba, desechando la interdicción de la Iglesia. ¿Hubiera querido que se plegara a los dogmas? *Desearía que no hubiera prohibiciones, que él fuera libre para andar a su guisa.* ¿Cuánto tardaría la humanidad en aprehender lo que él ya asía?

Próxima a su admiración, habitaba la angustia. *Aunque tus descubrimientos iluminan el mundo, tú te hundes en las tinieblas. Amas el saber más que a Dios. Mea culpa. Mea culpa.* Ella le había inculcado esa inclinación hacia el conocimiento. *Señor, descarga tu ira en mí, ¡No en él!*

De pronto, pensó en Giacomo. Al igual que los florentinos, había dejado familia y hogar para iniciarse en el arte. Quizá añoraban los dulces acentos de su idioma, los aromas de la tierra cálida, los olivos, las paredes blancas, todo aquello que podía llamarse "mío". El artista suplía a padres y hermanos; sus enseñanzas, los recuerdos de infancia. Su presencia sostenía, igual a una columna. ¿Y en quién se apoyaba él? *En Salai,* suspiró Caterina. *Su belleza alivia los sinsabores del destierro.* Leonardo, en apariencia fuerte y en verdad frágil, no estaba solo. Un pensamiento inesperado la atravesó: *Entonces, puedo morir en paz.*

—¿Algo te falta? ¿Agua? ¿Otro cobertor? —inquirió el pintor, atisbando por la puerta.

La enferma negó con la cabeza.

—Esta noche, no salgas de tu habitación —y cerró.

Algo grave está a punto de ocurrir, especuló Caterina, removiéndose en la cama, *pero ¿qué?* Escuchó cómo los aprendices ponían la mesa; después, la conversación durante la cena. *Oigo una voz desconocida.* Con mucho trabajo y sufrimientos se levantó. *No importa.* El frío de las losas se filtraba por las babuchas. Tampoco importa. Le urgía oír cada palabra: enterarse del secreto.

Los comensales se pusieron de pie. Dieron las buenas noches mientras ella entreabría la puerta. Las velas se apagaban, una a una, sin que Leonardo las reemplazara. ¿Quién es su invitado? Antonio Benivieni, florentino. Tenía un hermoso timbre de voz y, desde luego, hablaba toscano:

—Consulté a Galeno, Hipócrates y Aristóteles. Siempre enseñan algo nuevo.

—Un hecho permanece inalterable: nosotros, imagen de Dios, debemos respetar nuestro cuerpo, cámara que contiene el alma.

—¿Pecamos al mutilarlo?

—Sólo según la Santa Madre Iglesia. Mas, ¿cómo investigar si no diseccionamos? La anatomía revela lo que natura esconde.

—E vero —asintió Benivieni, inquieto.

—La anatomía es pilar de la geometría, las matemáticas y la pintura, igual que el latín de la gramática. ¿Te muestro algo? —el artista sacó varios folios de un cajón—. Me ayudarán a explicar mis ideas. Aquí estudio los nervios del cuello y los hombros; acá, cómo fruncimos el ceño, alzamos las cejas, cerramos y abrimos párpados o labios, apretamos la mandíbula, hacemos pucheros o estallamos en una carcajada. Expongo por qué un feto de seis meses no sobrevive; cómo nos afecta un estornudo, un bostezo, espasmos, parálisis, sudor, hambre, sueño, sed… hice cientos de dibujos.

—De acuerdo —murmuró Benivieni, acercándosele—. Compartimos la misma pasión, la misma urgencia. Un cadáver responderá nuestras incógnitas —miró a sus espaldas—. Mañana habrá una ejecución.

Ambos se observaron. Leonardo tenía los ojos brillantes; Antonio sudaba a mares.

—¿El precio?

—Lo pagué sin regateos —tras larga pausa, el invitado musitó—: La clave del comportamiento criminal reside en el corazón. Debo probarlo. Si comparo el color de la sangre, la consistencia, el tamaño, con el de personas normales…

—Quizá el corazón sólo sea un órgano, ajeno a la nobleza o los defectos humanos —opinó Leonardo—. Si lo supiéramos a ciencia cierta, definiríamos con mayor precisión el alma. ¿Existe algo intangible en la materia? A veces creo en los postulados de Aristóteles; otras, dudo. Es como adentrarse en una caverna donde reina la oscuridad. Veo a los lados tratando de orientarme; avanzo a ciegas. Pretendo continuar; temo ese progreso. ¿Qué encierra esa cueva, ese útero, fuente de la vida?

—Yo aspiro a descubrimientos más humildes —susurró Antonio.

Caterina sintió una contracción en las piernas. Con manos temblorosas, frotó sus extremidades. *Volveré a la cama,* y se quedó quieta, sin perder palabra.

—¿Diseccionaste un ojo?

—Todavía no, Antonio. Los cortes lo reducen a una masa gelatinosa. Intenté evitarlo hirviéndolo con clara de huevo. Este método presenta serias dificultades: deforma la lente y, al separarla de la retina, propicia teorías equívocas. A pesar de tales problemas, he llegado a una conclusión: la luz viaja en ondas. Escribiré cómo se refleja en diferentes superficies; cómo el ojo la percibe y juzga distancia y perspectiva; cómo, al caer sobre los objetos, genera sombras.

—¡Dios mío! ¡Deberías ser médico o filósofo!

—Soy pintor, Antonio. Mi oficio me induce a la investigación. He hecho distinciones entre la visión periférica y la central y la manera en que las pupilas reúnen información sobre un objeto. Traté de duplicar la visión del ojo con instrumentos de vidrio y lentes de contacto que serían muy útiles a los ancianos. Ideé un aparato relacionado con el telescopio. También asocié la manera en que viaja la luz con el modo en que navega el sonido, a través de vibraciones.

—¡Basta! ¡Basta! Detente por un momento. Tus conceptos me abruman.

—Bebamos un vaso de agua.

—In vino veritas —objetó su amigo.

—Aun sin embriagarme, te hablaré con la verdad. O, al menos, con mi verdad —e, infinitamente paciente, explicó sus hallazgos. Al final, sintetizó sus conclusiones—: existe una relación estrecha, un principio unificador, en todo conocimiento. Yo dirijo mi esfuerzo a enlazar las diferentes disciplinas bajo una única perspectiva, la del artista.

—¡Bravo! Bravissimo! Sólo una mente brillante puede ligar conocimientos opuestos. Escucharte es una delicia —el fuego agonizaba en la chimenea, al igual que la plática—. Clarea el día, Leonardo. Iré a casa, preparé mis instrumentos y luego presenciaré la ejecución. Te espero en… —le susurró al oído.

—Ahí estaré —prometió Da Vinci.

Mientras se despedían, Caterina movió sus piernas rígidas. Tiritaba y cada paso le costaba un dolor espantoso. *Estoy demasiado vieja para permanecer en la misma posición durante horas,* pero no se hubiera perdido de aquella conversación por nada del mundo.

Semanas después, el maestro fue con sus alumnos a Charavalle, a estudiar un reloj que marcaba los minutos. Al regreso, los aprendices empezaron a hablar sobre aquella experiencia con entusiasmo. Leonardo hizo un gesto de fastidio. Armado de papel y pluma, entró al cuarto de Caterina, donde reinaba el silencio.

—Vengo a acompañarte —le dijo, para no admitir que era él quien necesitaba compañía—. Te mostraré lo que vimos esta mañana.

De memoria y sin titubeos, dibujó el reloj. A continuación lo describió, paso a paso. Su expresión era la imagen de la melancolía. *¡Está tan solo!,* pensó la enferma. *En medio de cien actividades y rodeado por un tumulto, le faltaba un confidente. Nadie capta la profundidad de su mente. Por eso desconfía. A veces teme que le roben sus ideas; otras, una respuesta idiota.* Tampoco el amor tendía puentes. *Ni Giacomo ni yo estamos a su altura, un gigante no dialoga con enanos.*

Sus ojos se posaron en Leonardo. Al lado del reloj, dibujaba a una anciana contemplando el rostro del crucificado. La mujer tenía las facciones de Caterina. Entonces, ella recordó lo que alguna vez su hijo dijera: "Nunca pintaré a la Sagrada Familia".

—Un hombre debería protegerlos.

—Imposible. San José murió.

—La soledad es un martirio, igual que la cruz —dijo la enferma—. ¿Comprendes por qué vine a Milán?

Para estar conmigo, mamma. Lo pensó de pronto, de manera casi inconsciente. La última palabra lo devolvía a su infancia, a la época dorada cuando Caterina le pertenecía.

—Al principio me humillaron tus condiciones, Leonardo. Me parecían una grosería innecesaria. Hoy te agradezco que me rodees de atenciones, aun si ponen en peligro nuestro secreto. Sé cuánto cuesta la aceptación, cuánto duele el rechazo… porque yo también lo sufrí —hubiera querido expresar lo que sentía: que nada de lo que le pasaba le era ajeno—. Al fin comprendo que sería un error pregonar nuestro parentesco. Tus alumnos me respetan; en esta casa nada me falta. ¿Entonces? Dejemos las cosas así. Reconocerme implica que a ti te desconozcan.

—Reconocimiento… Empleas la misma palabra con que Piero da Vinci me niega.

Aproximándolo, murmuró:

—Leonardo, ¿alguien actuaría de manera distinta a tu padre?

—No.

—¿Teniendo hijos legítimos, reconocería al bastardo, provocaría un escándalo y pondría en peligro su honra y matrimonio?

—Tampoco. Ni siquiera la Iglesia lo aconseja —su rostro se mantuvo impasible—. La culpa no es de Piero, sino de los prejuicios de nuestra época.

Aquella admisión los unió. Ya sin culpas ni acusaciones, volvía a aceptarse.

—El maestro me encargó cuidarla —dijo Meltzi.

—¿No irás a la fiesta? —inquirió Caterina.

—Más bien a una taberna. Leonardo departirá con el bajo mundo de Milán. En un santiamén se convierte en el centro de la reunión, canta, baila, toca la lira. La gente le sirve el mejor vino con tal de escuchar sus anécdotas. Organiza apuestas y, sin el menor esfuerzo, inmoviliza el brazo de sus adversarios sobre la mesa. Es el primero en reír y el último en despedirse.

—¿En qué estado?

—Si me lo permite… bastante borracho.

—Creí que estaba muy por encima de esas flaquezas.

—Se divierte en todas partes. En la corte es igual: damas, duques y condes alaban, embobados, cómo improvisa versos. Si visita la universidad, los alumnos no asisten a clases: acribillan a preguntas. Un profesor le cedió su cátedra para que expusiera algunas ideas sobre anatomía. Tal honor ocurre muy de vez en cuando.

Caterina sonrió. Le entibiaba el alma saber que la misantropía de su hijo se disipaba para dar pie a distracciones terrenas, tan necesarias al espíritu.

Ese día salió el sol. La anciana pidió que alguien la llevara al jardincillo y, cuando estuvo bien arropada y todos se olvidaron de ella, respiró aire puro: un bien supremo. *Pasé meses entre cuatro paredes, pero mi viejo cuerpo salió adelante.*

Varios cargadores entraron acarreando bultos de los que caía un polvillo blancuzco. Caterina recordó el horno donde Accattabriga cocía la cal y le pareció que aquel encuentro pertenecía a otra vida.

Francesco Galli contó los sacos que apilaban los obreros. Al terminar, el capataz recibió lo pactado y el patio recuperó la placidez habitual.

—¿Para qué son? —indagó Caterina.

—Para el caballo… una estatua ecuestre —dijo il Napoletano. Iba a añadir algo más, pero fueron interrumpidos por un grito jubiloso:

—¡Sforza aprueba mi proyecto! —Leonardo agitaba el contrato, como una banderola triunfal. Oficiales y aprendices salieron a felicitarlo—. ¡Estaba seguro de que lo convencería! ¡Hasta compré la cal!

Nadie lo había visto tan contento y su alegría contagió a los presentes.

—Desde hace años preparo esto —su mente revisaba cantidades y requisitos: horno, materiales, ayudantes, etcétera—. Ludovico nos cede la Corte Vecchia, el palazzo de los Visconti. Es un edificio majestuoso. Sus torres, el foso y los dos pórticos aún conservan los adornos de la antigua dinastía.

—Lo distingue, maestro.

—Mi estatua requiere espacio —repuso, concentrándose en cuestiones prácticas. Le hizo una seña a Zoroastro y ambos se apartaron del círculo—. El gran salón tiene ciento veintiocho pasos de largo y veintisiete brazos de ancho. Enormes vigas sostienen el techo, a una altura suficiente para que cuelgues nuestra máquina voladora —cauteloso, añadió—. Cúbrela con un lienzo y levanta un plafón desmontable. Podrá quitarse a placer; al mismo tiempo, evitará miradas indiscretas. Sólo tú y yo tendremos las llaves de la puerta de acceso.

El orfebre, tras titubear unos segundos, indagó:

—¿Cuándo hará el experimento?

—Pronto.

—¿Me elegirá? —su semblante traducía tal ansiedad, que Leonardo puso una mano sobre el hombro musculoso.

—Desde luego, Zoroastro. Cumpliré mi promesa: tú serás el primero en volar.

—Grazie, grazie, maestro.

Le hubiera besado la diestra, pero demasiadas personas los observaban.

Leonardo inmediatamente cambió ese proyecto por la escultura. Se encerró en su estudio y, absorto, llegó hasta la mesa donde amontonaba decenas de legajos. Bajo los tratados de fortificación, mecánica y geometría, encontró una libretilla de diecisiete folios. Sus ojos leyeron de derecha a izquierda: "23 de abril de 1490. Chomincai questo libro".* El 28 de abril escribí: "Recibí de Marchesino Stanga, tesorero del duque, 103 florines para el caballo". *Con ese dinero haré una estatua ecuestre que*

---

* Empiezo este libro

supere la de Marco Aurelio, en Roma. *Su altura, cuatro varas y media, me parece poca cosa. Por eso, también descarté al condottiere de Donatello. Mi caballo se alzará sobre sus patas traseras* —reflexionó, caminando por la estancia—. *Quizá esa base sea demasiado endeble.*

Pensativo, cogió otra hoja: "El 17 de mayo de 1491. Instrucciones para la fundición del caballo Sforza. La tarea se dividirá en dos fases: un modelo en yeso y el método de la cera perdida. Para el molde úsese arena de río, cenizas, ladrillos pulverizados, claras de huevo y vinagre, unidos con barro. *Me parece correcto, pero antes haré varios experimentos. Nada debe dejarse al azar.* Tan pronto se solidifique el molde, báñese, todavía tibio, con brea, aceite de linaza, trementina o sebo". *De acuerdo. Escogeré el más efectivo.*

A continuación examinó varios dibujos: mostraban un alazán poderoso, ágil, lleno de vitalidad. "La pose debe hacer que la imaginación lo vea a campo traviesa, cruzando el espacio". Aquí terminaba el texto. No escuchó que Francesco Meltzi abría suavemente la puerta.

—Los demás ya comieron. Sea Caterina me pidió que le trajera un tazón de caldo.

Leonardo, en otro mundo, sencillamente no lo escuchó. *Orfebres y herreros consideran imposible fundir un caballo de tales proporciones en una sola pieza. Pues bien, demostraré lo contrario.* Comprobó las medidas: 12 brazos de pezuña a cabeza; largo, casi igual, tres veces la talla de un cuadrúpedo vivo. *Necesitaré 100 meira* de bronce.*

—¿Se le ofrece algo más?

El maestro movió la cabeza. Ni siquiera se percató del caldo que humeaba sobre una mesita. *Convertiré el patio en una enorme fragua, semejante a la de Vulcano. Ampliaré los hornos. Idearé grúas especiales para izar grandes pesos.* De pronto, fijó los ojos en el oficial.

---

* Toneladas.

—Voy a lograrlo, Meltzi —aseveró con fría determinación.

—No lo dudo ni por un instante, magister.

—Hace años, comprábamos materiales con sacrificios porque el maestro ganaba poco. Solía decir: "Quien vive de la corte muere en un hospicio".

—Ahora viven como príncipes —opinó Caterina.

—Como burgueses —repuso Galli—. La suerte nos favoreció de manera imprevista. Ludovico se enamoró de Cecilia Gallerani. Estaba comprometida, detalle banal para el poderío del Moro. Un documento, que firma en junio de 1487, la libera de tan engorrosa obligación. Entonces abandona a su familia y se muda a una mansión, regalo de Ludovico, lo cual no impide que el duque contraiga matrimonio con Beatrice d'Este.

Todos los hombres son infieles, sentenció la aldeana. ¡Una sarta de traidores!

—Por desgracia, nadie somete fácilmente al corazón. El del Moro sigue perteneciendo a la sua innamorata* —cantó varias estrofas, al estilo de su tierra, para ilustrar su idea sobre el amor—. Ludovico visitaba a Cecilia con frecuencia. Al cabo de unos meses, la preña. Entonces, muy ufano, la lleva a palacio.

—Conoces cada pormenor.

—Fue un escándalo mayúsculo, signora. La duquesa se niega al débito conyugal. Ni curas ni consejos hacen que obedezca. Pone como condición para ceder que echen a su rival. La corte entera suplica a Ludovico: "¡Acata las reglas de la Santa Madre Iglesia!" De lo contrario, quizá intervenga el Papa. Ante esa imposición, Ludovico llama al gran Leonardo. Le pide que pinte, a la brevedad, un retrato.

—¿El maestro lo termina a tiempo? —indagó ella.

—Sé lo que temes —sonrió il Napoletano—. Tranquilízate, cumplió todos los requisitos.

* Su enamorada.

—¿Y el resultado?

—¡Magnífico! En la pintura, Cecilia acaricia un armiño. Cuentan que esta fierecilla prefiere que la atrapen a esconderse en un hoyo: sacrifica su vida a la pulcritud, a la blancura de su pelo. Simboliza a la joven. No obstante el amasiato y la preñez, conserva su alma pura.

—Al príncipe debió encantarle esa idea.

—Exacto. Hay algo más.

—Con Leonardo siempre hay algo más.

—¿Por qué eligió un animal hermoso, aunque difícilmente domesticable?

Caterina alzó las cejas en signo de ignorancia.

—¡Porque a Ludovico también lo conocen como "L'Ermellino"! Cecilia acaricia a la bestezuela que representa a su dueño —iba a interrumpirlo, pero Galli le impuso silencio—. Todavía quedan otras interpretaciones, monna Caterina. El armiño vigila. Sus patas terminan en garras que apoya en la manga de la joven. Al menor movimiento, las enterrará sin piedad… como el Moro. Cuando se hastía de una de sus amantes, ¡a la calle!

—Y el maestro, ¿de dónde copió al animal?

—Los curtidores importan armiños para las capas de la realeza. Seguro compró uno.

—¿Qué pasó con la ragazza?

—Tuvo un hijo, Cesare Sforza Visconti. Por tal motivo el duque terminó con lo que no debía seguir. La casó con el conde Bergamini y le concedió las tierras de Saranno, al norte de Milán.

¡Otro casamiento forzoso! Ni los hombres, ni la manera de componer sus estropicios, variaban.

—Ahora viene lo mejor. Por aquel tiempo, Bellincioni escribió estos versos:

O Natura, cuán envidiosa estás de Da Vinci
que ha pintado una de tus estrellas,

la hermosa Cecilia, cuyos adorables ojos
hacen que la luz del sol parezca oscura sombra.
Piensa esto: entre más hermosa Cecilia, tu criatura, sea,
más gloria tendrás en los siglos venideros.
Por tanto, da gracias a Ludovico y al genio de Leonardo
pues ambos comparten esta belleza con la posteridad.

—Si el poeta conmueve a los hombres, el pintor hace que
pierdan la razón ante su obra. Ludovico conserva el retrato y
cada día lo observa, entre suspiros. Muchos apuestan que si
viera a Cecilia apenas la reconocería. El cuadro, en cambio,
preserva la frescura del recuerdo.

—Y del amor.

—Sin duda, donna… también del amor.

Si tenía fuerzas, Caterina iba a la Corte Vecchia a atestiguar el
progreso de la estatua colosal. *Sé cuánto costó el modelo en yeso:
tareas a la luz de las antorchas, relevos impuntuales, accidentes,
falta de materiales…* todo ello agravado por alza de precios,
ineficiencia, turnos de veinticuatro horas y la duda, el peor
flagelo. Hasta Zoroastro, asistente fiel del maestro, empezó a
titubear. *Una obra irrealizable,* susurraban los obreros. Leonardo fruncía el ceño. *Nada me desalienta. Quien desee seguir-
me, que lo haga.*

Aquel día, las brigadas de trabajadores desistieron. Dos se
lavaban en la fuente, otros comían y contaban bromas. Leonardo estudió esa actitud durante un minuto entero. Después, cogió una pala y formó un redondel de cal al que fue agregando
agua. La camisa dejaba entrever el torso; los músculos delgados
y poderosos resaltaban bajo la piel. A pesar de que sudaba, no
mostraba cansancio. *La mezcla está demasiado espesa. Necesito diluirla.*

—¡Agua!

Ninguno se movió.

Caterina observaba a los artesanos con visible desprecio. *Si Leonardo los obliga a obedecer, propiciará una rebelión.* Entonces apartó el cobertor. Temblando por el esfuerzo, se irguió. Paso a paso, se acercó a una cubeta. Intentó alzarla. Imposible. *¡Hay tantos imposibles en esta vida!*, pensó, enojada. Los obreros la observaron y ella vieja, temblorosa, al fin alzó el balde. *Ahora comprendo qué sintió Jesús llevando la cruz a cuestas.* Llevándolo en la diestra, apartó a quienes retaban a su hijo. Caminaba penosamente. Alguien intentó detenerla.

—Estoy acostumbrada —lo previno—; yo ayudaba a mi marido en el forno.

El filo de la cubeta hería sus piernas; un dolor agudo taladraba su brazo. Aquel peso la vencería. Cada movimiento requería mayor esfuerzo. Apretó los labios, fijándose dónde pisaba. *Si tropiezo y caigo, nunca me levantaré.* La vista se le nublaba, pero no les daría el placer de oírla gemir. Cuando llegó al pozo, un albañil intervino.

—Permítame.

Llenó el balde. Leonardo le indicó el sitio preciso donde debía humedecer la mezcla.

—Despacio —musitó el artista, dirigiendo una mirada a Caterina.

Entonces los obreros, avergonzados, regresaron a sus puestos.

El caballo se exhibió a finales de 1493, para festejar un matrimonio: la sobrina de Ludovico se unía a Maximiliano, cabeza del Sacro Imperio Romano. Los poemas, compuestos para tan magno acontecimiento, celebraban los esponsales por obligación; por gusto, loaban la estatua. Nadie había visto cosa semejante. El tamaño sobrecogía; la similitud con la realidad azoraba.

—¡Juraría que empezará a trotar de un minuto a otro!

Los mirones se arrimaban al coloso; sin embargo, no osaban tocar el yeso: temían que la bestia resoplara.

—¡Bendito sea nuestro duque! ¡Cuánto honra la memoria de su padre!

—Gracias a este monumento, su recuerdo vivirá para siempre.

—¡Ni en Grecia ni en Roma se hizo cosa igual!

—Leonardo, el florentino, creó… ¡esto! —el curioso alzó las manos incapaz de expresar tanta magnificencia.

Bramante sintetizó aquel alborozo, mezcla de asombro y orgullo milanés, en una frase: "Vittoria vince e vinci tu vittore".

—¡Victoria al vencedor! Tú, Da Vinci, alcanzas la victoria.

Muchos traían flores para depositarlas a los pies del caballo. Un niño le llevó alfalfa. Leonardo y sus acompañantes, a un costado de la Corte Vecchia, sonreían satisfechos mientras los aprendices ofrecían vino con especias. Caterina, al abrigo de los indiscretos, ocupaba su silla. Por un instante las miradas de madre e hijo se unieron y paladearon un trozo de gloria.

Las zagalas, aprovechando tanta alegría, formaron rondas; los mozos cantaban. De pronto, Giacomo metió su pie entre las faldas que giraban. Una bailarina trastabilló y, si Leonardo no la detiene, hubiera caído de bruces.

—¡Basta, Salai! —musitó, iracundo—. Vete, no mereces participar en este festejo.

—Un castigo demasiado blando —opinó Caterina, a espaldas del artista—. Así, jamás aprenderá a comportarse.

Leonardo se volvió. Durante unos momentos, titubeó entre responder o guardar silencio.

—Las personas que amamos nunca son como nosotros deseamos —afirmó—. Tienen cualidades que pocos admiten y defectos que todos rechazan. Tal combinación sólo puede alterarla el individuo que la sufre. Yo no creo en azotes ni en dádivas: que cada quien elija su sendero y el modo de caminarlo —su voz se mantuvo neutra—: Acepto a Giacomo. Lo amo tal cual. Si modificara su temperamento por imposición, el resultado sería incierto. Quizá mejoraría, quizá no. De cualquier modo, el Salai que conocemos y trastorna nuestras vidas, no existiría. Y yo, Sea Caterina, estaría perdido.

La existencia de la anciana se redujo a una habitación. Aunque saliera el sol, permanecía en cama. Leonardo extrañaba las pláticas con que iniciaban el día. Cuando Salai le preguntó si contratarían a una cocinera, él replicó:

—Nos las arreglaremos como antes de que Sea Caterina viniera.

El maestro captaba las derrotas que su madre iba sufriendo. *El fin se acerca.* Ante lo inevitable, surgían ideas imprevistas. *Bien pudo echarme fuera de su vientre.* Algunas comadronas recetaban hierbas abortivas. El útero se contraía provocando una hemorragia… y el feto salía en medio de la sangre. *Tu destino, Caterina, hubiera sido menos incierto. En cuanto a mí… no habría paladeado el sabor agridulce de la vida.*

Para distraerla, Leonardo dejaba sobre el lecho sus últimos proyectos. Si el espacio físico se reducía a cuatro paredes, el de la mente no tenía límite. A veces, demasiado débil, sólo leía unas frases:

Mi espejo octogonal repite la imagen hasta el infinito.
La luz de esta lámpara varía en intensidad.

Otras, leía pequeños textos que no siempre comprendía.

Ideé muebles plegadizos; ocupan menos espacio y se trasportan fácilmente; puertas que cierran y abren mediante contrapesos.

Los peroles vaciarán el aceite hirviente sobre los asaltantes.

Me pregunto: ¿Es cierto que en Flandes patinan sobre hielo?

Tenía miedo. La eternidad la horrorizaba, lo mismo que el dolor. Su cuerpo viejo no resistiría el sufrimiento. Y padecer a perpetuidad por sus pecados…

Un sabio prometió darme, en foja sellada, las dimensiones del sol. Tantas cosas permanecen ocultas o se han mal interpretado durante siglos…

Investigo el movimiento de la cadera. Calculo las proporciones del Homo ad circulum.

No quería privarse de la visión divina. Don Bartolomeo, el cura, recordaba, se lo advertía…

Las matemáticas podrían medir el universo. La distancia del cabello a las cejas equivale a la de barbilla y boca. Cuatro dedos hacen una palma; cuatro palmas un pie; seis palmas un cúbito (del latín *cubitus*, codo); cuatro codos, la altura de un hombre.

Al amanecer, la calentura disminuía. *Si se lo propusieras, Leonardo dominaría su instinto. El vicio nefando. Y resurgiría, como si naciera de nuevo.*

El centro del universo es el ombligo de un hombre.
Definiré el término "naturaleza".
A continuación describo la transmisión del sonido.

Cuando tocaba la lira, Caterina podía dormir. *Escribe música para los ángeles.* Acumulaba fósiles, conchas y corales milenarios. Tenía once tazones, once tacitas, siete platos, tres bandejas y cinco candelabros para sus experimentos con metales. *Virgen Misericordiosa, intercede por él. Estrella de la mañana, protégelo. Puerta del cielo, defiéndelo. Salud de los enfermos, cúbrelo con tu manto. María Santísima, si no salvas a Leonardo Da Vinci, el bastardo, el anómalo, ¡el sodomita!, cuánto se perdería.*

El cuerpo en desorden, refleja el desorden del alma.
Hoy el carpintero exigió su paga, interrumpiendo el sonido de mi lira.
Salai hurtó una pluma. El perro toma el sol; se rasca con una pata.
He hecho más de mil dibujos sobre anatomía.

Virgen Inmaculada, si Tu hijo sabía que mi hijo se iba a condenar, ¿para qué lo creó?

13 de enero de 1490. Organicé un entretenimiento teatral pues celebraremos el primer aniversario del casamiento del duque Gian Galeazzo con su prima Isabela, tan radiante como un sol. Un año después, la desposada todavía no se preña. Las comadronas cuentan los meses. Alzan las cejas. Los murmullos suben de tono… con esta fiesta, Ludovico distrae la atención de la corte. Ambrosio da Varese elegirá la fecha para propiciar a Fortuna. Messer Bernardo Belinzon escribirá, en verso, la representación del paraíso. Yo, Leonardo, el *ingeniarius ducalis* o el *ingeniarius camerarius*, me encargaré de la escenografía.

Su tiempo en esa tierra se acababa. Pero temía llegar a Dios.

La enorme sala estaba adornada con guirlandas de follaje y las paredes cubiertas de seda. A un costado, el escenario de cuarenta pies de largo, cubierto por alfombras y, abajo, los músicos.

Imploró perdón para él. *No sabe lo que hace.*

El evento empezó a las ocho. Trombones, flautas y tamborines acompañaron una canción napolitana en honor a la hermosa novia. Luego se presentaron seis embajadas: española, turca, polaca, húngara, alemana y francesa, pretexto para bailes y mascaradas, en que los participantes alababan a Isabela, más blanca que la luna. El anunciador era un niño vestido de ángel.

El juez, lo había dicho el cura, debía conocer el pensamiento, las emociones y la intención del pecador. *Por eso a Ti, que todo lo sabes, cedo tan terrible cargo. Juzga a Leonardo, Tu criatura; yo, lo perdono.*

Cerca de la media noche las luces disminuyeron; se alzó la cortina. La mitad de un enorme huevo representaba el paraíso. Cubrí el interior de oro en polvo (necesité goma para pegarlo y veinticinco libras de cera). Lo iluminaba un haz de luces, tantas como hay estrellas. Puse a los siete planetas sobre siete nichos, de acuerdo con los grados que ocupan en el éter. Alrededor giraban los doce signos del zodiaco. Tras un espejo, varias lámparas proyectaban colores brillantes. Mi universo exhalaba bellas y dulces melodías.

Los huéspedes volvieron a sus hogares impresionados, haciéndose lenguas del esplendor y opulencia de la corte, la riqueza de los ciudadanos y mi ingenio, ¡el ingenio singular del florentino Da Vinci!

El espectáculo fue tan gustado que lo repetiré dentro de un año, en las bodas de Anna Sforza con Alfonso d'Este. Mi obra coronará tres días de carreras, justas y luchas. Las cortinas volverán a usarse (excepto las telas blancas y azules para el cielo). Diseñaré los disfraces de los hombres salvajes, mostrando su poder primitivo, pero también inocente. Produciré algo extraño, aterrador, que raye en lo mágico.

Una mañana el cuerpo desgastado de Caterina se trabó en una posición dolorosa. La parálisis le impedía pedir auxilio y nadie abrió la puerta para darle los buenos días. Escuchó ruidos. *Los aprendices preparan el desayuno.* Oyó risas. *Ya no hago falta; hoy lo compruebo.* Sólo horas después, cuando el sol entibió su cama, logró incorporarse, despacio.

Sus pupilas empezaron a fallar. Apenas distinguía la graduación entre atardecer y noche. Su mundo se redujo a una penumbra que ni siquiera el sol lograba disipar. Entonces exigió que alguien le leyera y, arrullada por las palabras, imaginaba lo que su hijo escribía.

Un buen pintor crea primores, cosas horrendas, ridículas o piadosas. Inventa demonios, exagerando las facciones o formando híbridos; por ejemplo, un perro con dientes de buey y la mirada tierna de un loco. Yo uso estos monstruos en mascaradas y desfiles, porque dan rienda suelta a mi oscura fantasía.

Francesco Meltzi transcribirá mi tratado sobre luz y sombra. ¿Qué haría sin él? Me ha seguido desde Firenze y su apoyo es mi fuerza. Complemento de Salai, espíritu versus materia, reflexión contra superficialidad. Sin su ayuda, nunca hubiera escrito estos cuadernos.

El segundo libro estudiará los cuerpos opacos. Las sombras que cubren los objetos y, por así decirlo, se adhieren a lo que tocan.

El tercero tratará de las sombras derivadas, la luz secundaria, la reverberación luminosa, qué cantidad de trasparencia hay en el aire, *l'aria ristretta* o espacio restringido, el viento que atraviesa el campo.

La poesía de esa prosa la ayudaba a olvidar sus dolores. Sin embargo, se consumía muy poco a poco. La enfermedad vencía en etapas lentísimas. Por la noche la fiebre ganaba la batalla; al amanecer, Caterina recobraba sus fueros. Aún presa en ese cuerpo viejo, su mente se volvía más lúcida.

Observo a los dementes: sus modales, ropa, movimientos bruscos y erráticos. Si sus gestos proyectan crueldad, desprecio, sufrimiento o impotencia. Tomo apuntes con una pluma de punta metálica. Dibujé a un general romano victorioso… Únicamente en apariencia. En realidad es un pobre idiota.

Luz y sombra son esenciales en la pintura. Yo logro una textura de humo, *il sfumato*, uniendo luminosidad y oscuros sin que medien divisiones. De esta manera, la *sfumatura* se convierte en un ambiente, una atmósfera, algo transitorio, como la fusión del otoño y la melancolía.

Si haces un retrato, píntalo hacia el fin de la tarde o cuando llueve porque esta luz da gracia y dulzura a los rostros.

Diseñé martillos, campanas, cuchillos, toneles de vino, hachas, máquinas textiles y para elevar enormes pesos, molinos para grano y de viento, rueda para enroscar hilos.

Caterina comprendió que debía despedirse de la existencia reviviendo su infancia y juventud; sobre todo, el nacimiento de su primogénito. Después, pediría perdón a sus hijas por haberles dado tan poco amor. Ellas no tenían la culpa de que su corazón estuviera ocupado por entero.

Usando la imaginación puedes contemplar una batalla en una mancha de tinta u oír un nombre en el sonido de las campanas. Si mojas una esponja con varios colores y los extiendes sobre una pared, verás un hermoso paisaje o cabezas de hombres, bestias, rocas, mares, nubes, bosques… Lo impreciso crea grandes invenciones en la mente.

Aunque escuchaba los comentarios que le llegaban desde la cocina, la anciana no hacía por entenderlos. Ya era ajena a este mundo.

—La corte está llena de celos y rivalidades internas.

—Isabela de Aragón tiene celos de Beatrice, quien se hace llamar "primera dama". Por favor, pásame la sal.

—Le pidió a Leonardo que decore sus habitaciones. Dame una rebanada de pan y la crema, Giacomo.

—Se acercan tiempos terribles. Lorenzo, el Magnífico, y el papa Inocencio VII, apoyaban a Ludovico. Por desgracia, nuestros aliados murieron hace unos meses. Piero de Medici sucedió a su padre. Ahora favorece a Nápoles, enemigo tradicional de Milán.

—Los florentinos seremos mal vistos de hoy en adelante.

—Además, las desgracias siempre vienen juntas. El cardenal Rodrigo Borgia acaba de convertirse en Alejandro VI. A pesar de los cuantiosos regalos que nuestro duque envió a Roma, el nuevo papa canceló los tratados de su predecesor y también apoya a Nápoles.

—Napoli! Napoli! Ludovico odia ese reino, por tal motivo alienta la ambición de los franceses. Si nos invaden, no mantendrán un balance de fuerzas como el Moro pretende. ¡Aplastarán esta ciudad!

—Tienes razón. Sforza ignora que alimenta un monstruo. Desatará una guerra en que los milaneses saldrán perdiendo.

Terminaron el desayuno en silencio. Francesco Galli le llevó a Caterina una bandeja con pan blanco y leche y le preguntó si necesitaba algo. Ella negó con la cabeza. Necesitaba paz, no comida.

Antes de iniciar sus labores, Leonardo se acercaba al lecho.

—¿Cómo estás hoy?

—Bien.

Contenían su ternura. *Nadie debe descubrir su secreto.* Así desperdiciaron los días.

El último, quizá el maestro entró vestido con una capa larga, sombrero de pluma y un collar de oro macizo. *Parece un príncipe,* se dijo ella, y su alma se llenó de orgullo. Detrás de él caminaba ¿un caballero?, de sólo una vara de alto. Caterina se asombró a tal grado que se incorporó.

—¿Qué es? —musitó, incrédula.

—Un juguete. Dobla sus piernas, mueve brazos y manos, vuelve la cabeza; también abre la boca. Coloqué un tambor en su interior con un mecanismo que le permite decir unas palabras.

Gracioso, ¿eh? Lo llevaré a la corte y, si agrada, fabricaré otro. Un león.

—Buena elección. El rey de la selva lleva tu nombre.

El muñeco se detuvo ante el lecho y luego hizo una reverencia. La enferma, boquiabierta, sonrió. Aquel mecanismo, cuyo inventor consideraba poca cosa, era una maravilla del ingenio humano. *Mi hijo crea. Ha hecho a un hombrecillo a imagen nuestra. ¡Y habla! Le ha dado el don de la palabra.*

El pintor se sentó sobre la cama y la vio a los ojos. En ese momento, la agonizante supo que su larga enfermedad, que había hecho sufrir a alma y cuerpo por igual, llegaba a su fin. *Hijo, has abarcado al mundo. Yo sólo conozco una décima parte, o menos, de tu obra. Aun así, quedo muda ante tus descubrimientos.* Cada palabra escrita, cada dibujo, definía al genio, al portento de una mente brillante. *Por lo que eres, un prodigio, te acepto tal cual.* Ya no aspiraba a que Leonardo se arrepintiera de su conducta. Como excepción, como hombre excepcional, estaba por encima de su tiempo, la moral, los prejuicios, hasta la manera en que concebía a Dios y el castigo divino.

Da Vinci se aproximó. *Hueles a nardos, caro filio.* La saliva se le secaba en la boca. Quería despedirse con una palabra que resumiera su amor.

¿Deposito un beso en tu frente, madre? No importaba si alguien lo espiaba. Titubeó… y se le murió en los brazos. Una emoción violenta lo estrujó de pronto. Su seguridad ya no se sostendría sobre una base firme: Caterina. El escudo que lo protegía se derrumbaba. Al mismo tiempo que el dolor de la pérdida lo invadía. Jamás tuvo, tan a mano, a un moribundo. A un cadáver. *La sangre cesa de correr, el pulso de latir y la piel, casi instantáneamente, empieza a enfriarse.*

Sus dedos dulcificaron las facciones contraídas y la muerta recobró su antigua belleza. O eso creyó Leonardo. *¡De niño te amé tanto!* La comparaba con otras mujeres y Caterina siempre vencía. A medida que tu ausencia se imponga, se acrecentará tu recuerdo. Luego terminó lo empezado: un beso en la frente.

Cuando Salai revisó las escasas pertenencias de la cocinera, encontró los diez florines que alguna vez le regalara Leonardo. No los había gastado, así que él se los embolsó. En la habitación contigua, el maestro analizaba sus sentimientos. *Soy el siguiente.* No había nadie entre él y el vacío. Suspirando por la brevedad de la vida, tomó la pluma:

Gastos del funeral de Caterina

Tres libras de cera, 27 soldi
El féretro, 8 s
Un dosel para el féretro, 12 s
Colocación de la cruz, 4 s
Cargar el féretro, 8 s
Cuatro sacerdotes y dos clérigos, 20 s
Campana, libro y esponja, 2 s
Los excavadores, 8 s
La licencia de las autoridades, 1 s
Subtotal, 106 s
El doctor, 5 s
Azúcar y velas, 12 s
Total, 123 s

Al terminar, llamó a quienes lo acompañaban desde Florencia y les dio instrucciones sobre la manera en que se llevaría a cabo la ceremonia luctuosa. Tratando de borrar sospechas, agregó:

—Es un sepelio modesto. El costo apenas sobrepasa los seis florines y cuesta cuatro veces menos que una capa para Salai.

—De cualquier modo, gastas más de lo usual. No sólo eso, Leo: tus distinciones empezaron hace tiempo. Incluiste a Sea Caterina en el censo, como si perteneciera a tu familia, algo que nunca hiciste con otros criados.

—Comprendemos el motivo —lo tranquilizó Francesco Meltzi—. Entierras a tu ama de llaves, quien te sirvió fielmente hasta su deceso.

—Vino de muy lejos para estar conmigo. Por mí abandonó a hijas y nietos y la tierra que tanto amaba. Hasta hoy comprendo cuánto me dio.

—Nadie echará en cara estas atenciones —concluyó su alumno.

Los demás murmuraron su aprobación. Si alguno conocía qué lo unía a la anciana, se guardaron de decirlo. El secreto quedaría enterrado con el cadáver.

Al maestro se le humedecieron los ojos. *Debo resignarme.* La había matado una enfermedad piadosa, sin sangrías, enemas o cauterizaciones. *Ergo, sufrió poco.*

Cuando todos salieron, Meltzi interrumpió aquella meditación.

—¿Qué epitafio pondremos sobre la lápida?

Contempló a su discípulo mientras pensaba: *Nada que me delate. La corte me respeta, pues ignora mi bastardía.* Había llegado a la cima. ¿Desdoraría tal hazaña? ¿Un nuevo destierro, burlas, desprecio, humillaciones? ¡Jamás! No pregonaría su parentesco, aunque tampoco iba a negarlo. *Lea entrelíneas quien sepa hacerlo.*

Tomó un papel y alisó su blanca superficie. *En verdad, mi madre nunca perteneció a Antonio Buti. Mis abuelos, creyendo hacer un bien, le impusieron a ese patán. Yo rectificaré tal error, bautizándola con el nombre de su pueblo... El mismo del hombre que debió desposarla.*

—Presta atención, Francesco. Pondrás: Caterina da Vinci, el origen.

NOTA DE LA AUTORA

Al terminar una novela histórica, el lector se pregunta qué tanto pertenece a la fantasía y qué tanto a la realidad. Aunque no hay una división concreta entre tales términos, trataré de deslindarlos. Cualquiera reconocerá los nombres de filósofos, artistas, escritores y gobernantes contemporáneos de Leonardo. La personalidad de todos ellos se basa en anécdotas más o menos creíbles; yo agregué características que los humanizaran.

Tonio Guardi, el tabernero, vivió antes que Leonardo. Nunca bailó en las calles de Florencia, ni incitó al desorden público.

Creé al cura, don Bartolomeo; al maestro de escuela, Michele; a Jerome y sus dos compinches; a Domenica; a Pantaleone y a Stefano; además de a la comadrona, los médicos y criados.

Se conocen los nombres de los invitados al bautizo, de las familias Da Vinci, Buti y de los amantes de Leonardo. Sin embargo, sus acciones, palabras y pensamientos surgieron de mi imaginación.

El gran pintor creía que un milano le había hablado al oído cuando él estaba en su cuna. Freud escribe una tesis al respecto; lo mismo sobre la frase: "Userai carnalmente con madre e sorelle"* y la descripción de la cueva.

---

* "Lo usarás carnalmente con madre y hermanas".

No encontré suficientes datos sobre la infancia de Da Vinci. Me responsabilizo por cada uno de los episodios que narro antes de que este genio ingresara a la bottega de Andrea del Verrocchio.

Notas musicales, mensajes, textos, citas en italiano y casi todas las ideas del florentino, así como la forma de expresarlas, fueron tomadas de sus códices y cuadernos.

Pertenece a mi pluma la correspondencia entre Francesco y su sobrino.

Varias personas me sugirieron acortar la descripción de la obra colosal del artista. Escribió diez mil hojas o más, de las cuales quedan unas cuatro mil. Las reduzco a seis o siete. Aún así, sus ideas tienen una extensión abrumadora. Sin embargo, ayudan a comprender la tarea amorosa, y a la vez titánica, que emprende Caterina para conocer y aceptar a su hijo.

Los investigadores deducen el año y el lugar de nacimiento de Caterina, aunque desconocen dónde y en qué fecha murió. Se casó con Antonio del Piero Buti y le dio cinco hijos. Leonardo nunca le otorga el título de madre. En sus cuadernos sólo aparece el nombre "Caterina" tres veces: en una pregunta despectiva ("¿Puedes decirme qué desea la Caterina hacer?"), en un censo y en el encabezado de los gastos funerarios.

Muchos afirman que esta mujer analfabeta no influyó en su primogénito; yo sostengo lo contrario. Por lo mismo te lo ruego, lector amigo, no confundas la Historia con mi historia.

Caterina da Vinci de Erma Cárdenas
se terminó de imprimir en octubre de 2019
en los talleres de
Impresora Tauro, S.A. de C.V.
Av. Año de Juárez 343, col. Granjas San Antonio,
Ciudad de México